天妈奇缘

林文坤 著

中国出版集团有限公司
China Publishing Group Co., Ltd.

现代出版社

图书在版编目（CIP）数据

吴妈奇缘／林文坤著. -- 北京：现代出版社，
2025. 4. -- ISBN 978-7-5231-1338-7

Ⅰ. I247.5

中国国家版本馆CIP数据核字第2025975DZ9号

吴妈奇缘

WU MA QI YUAN

著　　者　林文坤

责任编辑　袁子茵
责任印制　贾子珍
出版发行　现代出版社
地　　址　北京市安定门外安华里504号
邮政编码　100011
电　　话　（010）64267325
传　　真　（010）64245264
网　　址　www.1980xd.com
印　　刷　成都现代印务有限公司
开　　本　880mm × 1230mm　1/32
印　　张　10
字　　数　210千字
版　　次　2025年4月第1版　2025年4月第1次印刷
书　　号　ISBN 978-7-5231-1338-7
定　　价　78.00元

编 委 会

◆ 吴氏世家 ◆

◆ 化蝶投胎 ◆

◆ 自幼灵异 ◆

◆ 熟读诗书 ◆

2

随父就医

◆ 随父学医 ◆

◆ 拒婚远行 ◆

路途景休

云游四方

东瓯控疫

4

◆ 庐山学艺 ◆

◆ 深山采药 ◆

◆ 神针治病 ◆

◆ 仙洞祈梦 ◆

◆ 五峰修道 ◆

◆ 清坑洗字 ◆

◆ 蛭池育苗 ◆

福壽庵

寺庵
借宿

◆ 普渡众生 ◆

·前言·

　　文化传心承古韵，启贤后世永流芳。在历史的长河深邃处，有这样一位非凡女性，她以凡人之身，行非凡之举，被后世尊为"健康女神"——吴妈。她的故事，宛如一条涓涓细流，源自苏浙的温婉之地，穿越时光的洗礼，最终在闽地兴角山下汇聚成一片碧波荡漾的湖泊，不仅滋养了一方水土，更温暖了无数人的心灵。她在新加坡、苏里南和台湾、广东、澳门等国家和地区，被尊称为"乾坤圣母"。因此，她与妈祖、陈靖姑并肩，被誉为海峡三女神，共耀人间。

　　吴妈，本名吴媛，俗称吴圣天妃，其名蕴含无限柔情与坚韧。生于唐代烟雨朦胧的江南水乡，自幼便怀揣对生命的敬畏与对医术的无限热爱。在医疗资源匮乏的古代，她凭借一双巧手与一颗仁爱之心，为乡邻解除病痛，赢得了百姓的深深敬意与广泛爱戴。然而，她的志向远不止于此，她渴望将健康的福音传播至更广阔的地域，让更多人受益于她的医术与智慧之光。

1

于是，吴妈毅然踏上南下的征途，历经艰难险阻，终在闽中秀丽的兴角山寻得心灵的归宿。这里山川壮丽，云雾缭绕，仿佛是大自然为她精心铺设的一方净土。在这片土地上，她继续践行医者使命，不仅以草药疗愈病痛，更引入先进的农桑技术，兴修水利，培育海殖，促进农渔发展，同时以她的德行与智慧启迪民众。

岁月流转，吴妈的事迹逐渐传遍四方，成为民间传颂的佳话。无论是深山老林中的村民，还是碧波荡漾中的渔民，亦或是远道而来的旅人，皆对她满怀敬仰与感激之情。她以梦境启迪人心，以药物治愈疾病，更以德行惠及万民，将健康的理念与生活的智慧播撒至每一个角落，深深影响着每一个人。

我亦是深受吴妈文化熏陶的一员。自幼年起，我便在善信人士的虔诚与热爱中耳濡目染，对吴妈的事迹充满了好奇与向往。特别是自2010年以来，吴妈重要分灵宫——木兰溪出海口的涵江哆头昭惠庙的弟子们，他们齐心协力，捐资献物，在兴角山重建祖殿，重振吴妈文化，这一壮举更是激励了我对吴妈文化探索的热情，让我在这条道路上越走越远。

在探寻吴妈文化的漫长岁月里，我倾注心血，穿梭于乡村与城市之间，年复一年地深入访谈耄耋老人，挖掘那些被岁月尘封的民间故事。每一份口述都是历史的回响，每一则传说都承载着吴妈文化的深厚底蕴。我以笔为舟，以心为帆，在浩瀚的文化海洋中遨游，力求还原吴妈文化的真实面貌，让这份宝贵的文化遗产在新时代焕发出更加绚丽的光彩。

如今，我将吴妈的故事汇聚成书，旨在让这位健康女神的形象更加鲜活地展现在世人眼前。在撰写过程中，我力求保持故事的连贯性与文学性，通过细腻的笔触描绘出吴妈的音容笑貌与高尚品德。同时，我也融入了丰富的历史文化元素与民间传说，使故事更加生动有趣，易于传颂。

在构思与撰述之际，我循吴妈之生命轨迹，巧妙铺陈其诞生之纯、离乡之勇、学艺之勤、入闽之奇、定居之安、致善之深、乃至登仙之幻等斑斓篇章，精心构筑为上篇《玄妙一生的东瓯女神》，细述其传奇起源；中篇《悬壶济世的健康使者》，彰显其医术仁心，普渡众生；以及下篇《护国庇民的乾坤圣母》，颂扬其庇佑万民，功德无量。此三大部曲，各章错落有致，既保持了故事的连贯与丰满，又融入了趣味的火花，旨在让读者于字里行间，不仅能够一窥吴妈波澜壮阔的一生全貌，更能心生敬仰，对这位女神的崇高与伟大有更深的体会，同时激发对健康生活的热爱与向往。

本书的出版，以图文并茂的形式，不仅是对吴妈生平事迹的一种记录与传承，更是对健康理念与生活态度的一种颂扬。其中，内容插图多得益于澳门同胞郑福美先生的慷慨提供，他的吴妈事迹图成为本书不可或缺的珍贵资料。可以说，本书的顺利出版，离不开他对吴妈文化的热爱与对健康追求的本真之心，他是推动本书成书的重要力量。

在当今社会，健康已成为人们关注的焦点。吴妈作为"健康女神"的形象，其背后的健康理念与生活方式具有深远的现实意义。通过她的故事，我们可以更加深刻地认识到健康的重要性以及如何通过积极的生活态度与科学的养生方法来维护身心健康。

"敬吴妈，得平安，享健康。"这句民间谚语已深入人心，成为人们的共识。在此，我衷心希望这本书能够成为一座桥梁，连接过去与未来，让吴妈的精神之光永远照耀人间。同时，我也热切期盼更多的善信人士能够加入到传承与弘扬吴妈文化的行列中来，共同为构建一个更加健康、和谐、美好的社会贡献自己的力量。

做人之要，在于以利人立世，以善行留名。历史长河中，无数仁人志士以热血慈心，成就不朽佳话，借文化之力，穿越时空，扬名千古。在福建这片灵秀之地，吴妈的故事尤为动人。她以医术济世，仁心惠民，被誉为"东瓯女神"。《吴妈奇缘》一书，不仅追忆其生平，更传承健康理念与民俗文化。

吴妈，江浙来闽的医术高手，以非凡医术与慈悲心肠，悬壶济世，成为民众心中的健康女神。在医疗匮乏的年代，她治愈创伤，抚慰心灵，让绝望中的人们看到希望。定居仙游兴角山后，她兴水利，筑水陂，溉农田，使莆仙之地渐成鱼米之乡，名字深烙民心。

尤为值得一提的是，吴妈将青草药融入日常膳食，孕育出"古邑红酒""平安茶""山冬米"等健康食品，不仅滋养八闽子民，更成文化纽带，远播健康女神之美誉。其中，吴妈培育的平安茶，作为茶文化中的瑰宝，不仅丰富了人们的品茗体验，更传递了健康养生的生活哲学，对后世茶文化产生了深远影响。

　　吴妈与妈祖、陈靖姑并称为海峡三大女神，她们在促进两岸交流中扮演着重要角色，成为了文化交流的桥梁。弘扬吴妈健康文化，不仅有助于增进两岸同胞的相互了解，还能推动两岸的和平发展。《吴妈奇缘》一书，是文化旅者林文坤先生的倾心之作，它记录了吴妈的故事并传承了这一文化，同时颂扬了健康理念。感谢所有致力于弘扬吴妈文化的人士，正是有了你们的努力，这一宝贵遗产才能在新时代焕发出更加绚丽的光彩。

　　总之，《吴妈奇缘》不仅是对吴妈人生的致敬，更是对健康与文化的传承。在吴妈精神指引下，我们定能共筑健康、和谐、美好社会，让吴妈光芒永照人间。

张家坤
2024年3月11日

　　（作者系原福建省人民政府常务副省长，现任海峡茶叶协会会长。为中国作家协会会员）

·序 二·

    在金秋送爽、丹桂飘香的季节里，我们迎来了《吴妈奇缘》一书的出版，这不仅是我省非遗文化保护的一项最新整理和研究成果，更是对海峡两岸特色文化的精神内涵和时代影响力的一次深入挖掘和传承弘扬。作为曾经服务于福建省文化事业，现致力于推动两岸文化交流与研究的一员，我十分愿意为此书作序，并乐见吴圣天妃信俗文化在当代璀璨绽放。

    吴圣天妃，原名吴媛，她于唐代出生在江浙一名医世家，医道娴熟。后为避婚，她离家行至莆田仙游游洋兴角山修道行医，悬壶济世，被人亲切称为吴妈、大妈、古妈、牵脚嬷（台湾）。宋代高宗绍兴年间朝廷下旨褒扬，晋封为"吴圣天妃"。数千年来，以崇奉和颂扬吴妈弘道、济世、大仁的精神为核心的吴妈信俗传承不断，从莆田仙游兴角祖宫传至台湾、东南亚多个国家和地区，现有分灵宫800多座、信众千万以上，至今成为海内外同胞情感交流的重要纽带。自2014年莆田兴角祖宫吴妈金身赴台巡安以来，两岸吴妈信俗文化交流日趋频密。2018年，吴圣天妃信俗文化被列入了福建省《第六批省级非物质文化遗产项目名录》。

在此背景下，《吴妈奇缘》一书的问世，恰逢其时，意义大。它不仅仅是一部神格化历史人物吴妈生平事迹的传记文学作品，更是一扇窗，让我们得以窥见海峡两岸共同的文化记忆，感受到那份跨越时空、历久弥新的文化认同与亲情。

《吴妈奇缘》一书，由吴妈文化研究学者林文坤先生历经多年探访与编著，终成此作。全书以生动的笔触、丰富的史料和感人的故事，全面而详实地展现了吴妈从诞生到成为女神的传奇经历，以及她在闽中地区乃至海峡两岸所留下的诸多善行义举。书中既有对吴妈医术高超造诣的描绘，也有对她慈悲为怀、护国庇民精神的颂扬，更有对吴妈信俗文化内涵的深刻挖掘，为弘扬吴妈文化的当代价值注入了鲜活生命力。

在此，我衷心希望《吴妈奇缘》一书能够为吴妈信俗文化申报国家级非遗添砖加瓦，在增进台湾同胞对祖国、对祖籍地的认同感和归属感中发挥积极作用。我也期待更多的人以阅读此书为契机，积极投身到传承和保护非遗文化的队伍中来，更多的台湾同胞加入到共同弘扬中华优秀传统文化的行列中来，为两岸融合发展作出贡献，让中华民族的文化瑰宝在新时代焕发出更加绚丽的光彩！

陈秋平

2024年11月1日

（作者曾任福建省人民政府发展研究中心主任、省文化和旅游厅原厅长、省地方志编纂委员会主任，现任闽台文化研究院院长等职务，同时，为中国美术家协会会员。）

风雨故人来，虔诚吴妈心。家乡仙游，乃神仙游过之地，凝聚着千古文气，自古迄今，山川灵秀，人文蔚然。

在千年仙乡的历史人文长河中，流传着众多生动神奇的神话传说。除九仙外，还有健康女神吴妈。相传吴妈，名曰吴媛，俗称"吴四娘"，诞生于唐代江浙一中医世家。少时离家云游四方，后自尤溪踏入仙游地界，悬壶济世，于闽中地区留下诸多善行，她所至之处，医病救人、兴修水利、扶持农桑，深受百姓爱戴，民间亲切地称之为"吴妈"，史称"东瓯女神"。

吴妈仙逝后，民间处处传颂着她呼风唤雨、施展禹步、济世医民的神奇事迹。她曾多次受到朝廷的敕封并赐额，最终累封至"吴圣天妃"。吴妈信俗文化广泛传播至台湾、澳门及新加坡等地区和国家，被视为医术高超、慈悲为怀的典范，被各地同样誉为"健康女神"。在我国台湾、广东一带，甚至被尊称为"乾坤圣母"，与妈祖、陈靖姑并称为海峡三大女神。她的事迹激励着后人积极行善，关注民生，为构建和谐社会贡献力量。

《吴妈奇缘》一书，由莆田市秀屿区作家协会会长林文坤先生历经多年探访吴妈遗迹，深入采访并精心挖掘其传奇故事后编著而成。此书不仅是对吴妈生平事迹的详尽汇编，更是一部颂扬吴妈作为海峡三大女神之一，其慈悲为怀、护国庇民崇高精神的宏伟史诗。全书匠心独运地分为上、中、下三篇，开篇追溯吴妈的家世源流，中篇详述她如何成长为东瓯地区广受敬仰的女神，下篇则集中展现她入闽之后行善积德、悬壶济世、护佑国家与民众的诸多善行义举。每一章节都洋溢着神秘色彩与感人至深的力量，使读者在阅读过程中不禁心潮起伏，感慨万千。

上篇"玄妙一生的东瓯女神"，详细描绘了吴妈从忠良世家走出，到因异象降世，再到抗婚出走、偶遇老母、针救三命、祛除瘟疫等一系列传奇故事，展现了吴妈非凡的出身与早年的坎坷经历。这些故事不仅丰富了吴妈的人物形象，更为其后来成为女神奠定了坚实的基础。

中篇"悬壶济世的健康使者"，则集中展现了吴妈在医术与法术上的高超造诣。她以医术救治百姓，以法术驱邪避害，无论是捐资十二贯，还是治愈官疖疮，都体现了她深厚的慈悲心与广博的爱心。这些事迹不仅让吴妈在民间赢得了极高的声望，更为她赢得了"健康使者"的美誉。

下篇"护国庇民的乾坤圣母"，则进一步升华了吴妈的形象。她不仅关注民间疾苦，更心系国家安危。从助除蛟龙、卖蛏驸马，到千年神狮、三龙贵地，吴妈以她的智慧与力量，一次次地护佑着这片土地与人民。她的威灵显赫，不仅体现在祈雨遂愿、状元奇梦等神奇事件上，更体现在她对农业生产的关心与对百姓生活的深切关注上。

《吴妈奇缘》一书的出版，不仅是对吴妈生平事迹的一次全面梳理与展现，更是对海峡两岸文化交流与融合的一次重要推动。吴妈作为海峡三大女神之一，其影响力早已跨越海峡，成为连接两岸人民情感与文化的桥梁。通过这本书的传播，我们可以让更多的人了解吴妈的故事，感受她的精神力量，从而促进海峡两岸同胞在民间交流融合发展中更上一层楼。

衷心希望《吴妈奇缘》能够成为推动吴妈文化事业发展的重要力量，让她的慈悲惠民精神与爱国情怀，为构建更加和谐美好的社会贡献自己的力量。同时，我也期待海峡两岸能够携手共进，共同挖掘与传承这些宝贵的文化遗产，让它们在新的时代背景下焕发出更加绚丽的光彩。

　　是为序。

吴建华

2024年9月6日于榕城

　　（作者出生于仙游县鲤城二保街魁星巷吴宅。曾任莆田市市长、福建省农业厅厅长等职，为中国作家协会会员）

· 目 录 ·

◎ 上 篇 ◎

—— 玄妙一生的东瓯女神 ——

1

◎　中　篇　◎
── 悬壶济世的健康使者 ──

—— 玄妙一生的东瓯女神 ——

第一章

家世源流

第一节　忠良世家

吴媛的父亲叫吴竞，祖籍中原固始县。吴竞生性耿直、心怀苍生，本在朝中为官，欲一展抱负、匡扶社稷。却无奈世道黑暗，奸佞当道，朝堂之上乌烟瘴气，他那刚正不阿的脾性，与周遭格格不入，受尽排挤、打压，一腔热血终被冷水浇灭，心灰意冷之下，辞官归乡。

吴竞饱读诗书、学识渊博，更有着一手超凡的医术。回乡之后，他不甘平凡度日，便携着家人远赴曾经为官之地——繁华的苏州城，于城中择一良址，开了一间药铺，取名"百福堂"。吴竞为人宽厚、医德高尚，常为穷苦百姓义诊施药，时日一久，百姓们皆尊称他为"百福先生"。吴竞的妻子亦是贤良淑德、知书达理，操持家中诸事，井井有条，两人携手相伴，共育有三个男丁。怎奈命运无常，大儿子吴发幼年便不幸夭折，次子吴兴、幼子吴良接踵而至，给这个家添了几分慰藉，却也难掩长子早夭的伤痛。

这一年，上苍仿若降怒于世，大旱绵延上百天，烈日高悬，毫无收敛之势。炽热的日光如烈火般炙烤着大地，田野间庄稼尽毁，枯黄萎靡，焦土干裂，触目惊心。百姓们苦不堪言，拖家带口踏上乞讨之路，满脸写尽沧桑与绝望；更有甚者，家中断粮许久，饿殍于屋内，妻儿老小哭声震天，凄厉之景，令人潸然泪下。

祈雨的队伍浩浩荡荡，蜿蜒于街巷道路，百姓们衣衫褴褛、神情悲戚，口中声声祈求，哭声、叫声交织一片，直冲云霄，仿若要将天庭的大门震开。彼时，观音菩萨正携着蝴蝶仙女、善财童子赶赴王母娘娘的寿诞蟠桃会，这喧嚣之声，引得观音微微蹙眉，遂命蝴蝶仙女按下云端，一探究竟。

须臾，蝴蝶仙女腾云归来，禀报道："菩萨，眼下离七月十五鬼节尚有段时日，可各路孤魂野鬼却似受了蛊惑，纷纷挣脱地府束缚，肆意出来抢食作乱，搅得人间不得安宁，不少地方已是尸横遍野，百姓深陷水火。"观音抬眸，望向天际那滚烫的日头，轻叹了口气，旋即降下祥云。只见偌大的街区之上，百福药堂前人潮涌动，饥民们排起了长龙，吴竞正带着家人与伙计，有条不紊地施着利饭，腾腾热气中，满是慈

3

悲之意。一旁，另有一批人在设堂祈雨，为首一人指挥着众人，将一个童子架于祭堂上，周边摆满各类祭品，神色肃穆，预备行那祭天礼。

观音看向蝴蝶仙女，轻声问道："为首之人是谁？供童又是何意？"蝴蝶仙女垂首，恭敬答道："菩萨，为首之人正是这药铺之主吴竞吴百福，他素日便是个大善人，这施饭之举亦是他牵头所为。至于供童，百姓们笃信，待祭天祈祷完毕，需将童子抛入河中，以此向上苍表明诚意，盼能求得甘霖。"

说话间，街道上的祭礼已然完毕。吴百福神色凝重，背着次子吴兴，率先朝河边走去，步伐沉重却坚定，百姓们手捧祭品，亦步亦趋地跟在其后。待行至河岸，吴百福虔诚跪地，朝着苍穹连拜三拜，而后咬了咬牙，拉着身旁的儿子，便要往河中推去。

观音见状，素手轻抬，手持柳条，轻点那童子身躯，再缓缓往上一抛。神奇之事发生了，刚落水的童子，仿若被一股无形之力托起，竟跃上岸来，岸边百姓见状，顿时一阵惊呼，面面相觑，满脸错愕。

吴百福一心求雨，满心只想着上苍旨意，以为此举诚意未够，为表虔诚，再次扯过儿子，决然往水中抛去。可童子刚触及水面，双脚还未及踩水，便又如鬼魅般抽身返岸。祈雨的人群中，有人高呼着"河神莫怪，河神快接纳童子吧，不然全村孩童恐要遭殃"，声音颤抖，透着惶恐。

当吴百福第三次含泪上前，欲拉过已然哭哑了嗓子的儿子时，妻子猛地扑了上来，死死抱住他的胳膊，泪流满面地劝阻。可吴百福心意已决，狠下心肠，甩开妻子的手，快步走到儿子身边，双手用力拉扯着儿子身子往河沿去。然而，这一次，奇异之事再度上演，无论吴百福如何使劲，吴兴却仿若脚下生根，纹丝不动；随后，几个壮汉上前帮忙，合力拉扯，仍是撼动不了童子分毫。众人吓得面如土色，纷纷伏地，口中念念有词，祷告求饶，只求上苍息怒、快降甘霖。

　　未等众人祷告声停歇，一阵狂风呼啸而过，紧接着，豆大的雨点如倾盆之势砸落，打在人们单薄衣衫上，噼里啪啦作响，力道颇大，可众人仿若未觉疼痛，依旧伏地不起，高呼着"河神显灵，施泽万民"。

　　说起此事，缘由还得回溯到半年前。那时吴兴刚学会蹒跚走路，正是好动顽皮的年纪。一日，他竟爬上人们正在祭河神的供案，小手抓起祭品就往嘴里塞，还不慎打翻了供案上的香案与烛台。彼时百姓们满心虔诚祈雨，见此情景，皆视作大不敬之举，认为是吴兴触怒神明，才致使此后百余天滴雨未降，遭遇这旷日持久的大旱。人言可畏，流言蜚语似毒蛇般缠上吴家，平日里善良厚道的吴竞，在众人以讹传讹之下，心中也难免犯起嘀咕，自觉儿子此番过错实在太大。加之神婆一番装神弄鬼、指指点点，才有了方才要童子祭河神以求饶恕、祈愿降雨的一幕。

观音在云端将这一切尽收眼底，她目光微凝，瞧见几股黑煞气自地面直冲云霄，心中暗忖，屈指一算，便知是江南之地有众多孤魂野鬼，受那山妖水怪蛊惑煽动，纷纷出来搅乱世间秩序。只是天机不可泄露，她便未向蝴蝶仙女多言。

　　蝴蝶仙女满脸忧色，对观音说道："菩萨，这些妖怪肆意扰害生灵，若不及时除掉，日后必定后患无穷，还望大慈大悲的观音菩萨出手，救救众生于水火。"观音微微颔首，轻声道："蝴蝶仙女，此乃天机，你且莫要挂心。待回了洞府，你自会知晓其中缘由。"言罢，一行三人再度升腾祥云，朝着瑶池赴会而去。

　　自瑶池宴会返程，路过一座巍峨高山，山上矗立着一座观音阁，香烟袅袅，庄严肃穆。观音师徒三人见此胜景，心生欢喜，便降下云头，欲入阁内稍作休憩，欣赏这名山秀水。刚入阁内不久，一批香客接踵而至。人群之中，苏州百福堂主人吴竞赫然在列，他携着夫人，怀中抱着儿子吴兴，步入殿内，神色恭敬虔诚。观音见状，当即化身人形，端坐莲台，受其香火。

　　只听吴夫人跪地，双手合十，眼中含泪祈求道："大慈大悲观世音菩萨啊，我吴家命途多舛，生了三男，却不幸长男吴发早夭。如今次子吴兴，又不知怎地犯了河神忌讳，往后能否无灾无病、平安长大，实难预料。在此恳请菩萨垂怜，多赐子嗣，让孩子承欢膝下，也好使我吴家子孙满堂。我等初来乍到这苏州城，人生地不熟，常受人欺，只求能有个立足之地。若菩萨能应下这请求，我吴家定当多多施舍、普救世人，以报菩萨恩情。"吴竞亦是一脸肃穆，陪夫人上完香后，便带着家人悄然离去。

不多时，香客散尽，观音转头对龙女（蝴蝶仙女）说道："蝴蝶仙女，这吴家世代忠良，心怀善念、乐善好施，此次全家又诚心来求子嗣，实在令人动容，为师心有所感。后日便是七月十五，阳间'鬼节'，你便投胎他家，了却这段尘缘吧。也助那慧根不凡的童子吴兴一臂之力，往后一同收妖伏魔，替天行道，为百姓谋福祉，如此，自能修成正果。"

蝴蝶仙女闻言，心中尚有疑惑，刚欲开口再问，观音便又说道："此乃天意，莫要多问，去吧。"蝴蝶仙女见观音心意已决，无奈之下，只得盈盈下拜，却仍有些为难地说道："菩萨，世间妖魔横行、诡计多端，小女子唯恐才疏学浅，难当此大任，万一到时……"

观音浅笑，将柳枝蘸了净瓶甘露，轻轻往仙女身上拂了数滴，柔声道："为师自有安排，天机不可全泄，你于中元节降世，自带祥瑞之气，那些妖魔鬼怪见了你，自是敬畏三分。"言罢，观音再度用柳枝拂过蝴蝶仙女，仙女只觉一股柔和之力裹挟周身，脚下一个筋斗，瞬间消失在茫茫云际之中。与此同时，观音又转身对善财童子吩咐道："你也准备下凡，寻一善良人家投胎出生，往后助蝴蝶仙女一臂之力，莫要懈怠。"

第二节　异女降世

自那日吴夫人于观音阁虔诚上香归来后，日子仿若被悄然施了法，平静之中暗藏变数。未过多久，她便觉身子有了异样，请来郎中一把脉，果真是喜脉，家中上下顿时一片欢腾。吴竞满心欢喜，捻指细细算来，掐算出夫人的产期约莫在五月底六月初。他暗自筹备着一切，只盼孩子能顺遂降生，给这多舛的吴家再添几分喜气。

可日子一天天过去，眼瞅着过了五月，又熬过六月上旬，夫人的肚子却依旧安稳如山，不见丝毫临盆迹象。只见夫人的身形愈发臃肿，胸围亦是不断扩大，行动愈发艰难，却迟迟未有生产的动静，阖家上下的期待逐渐被焦虑取代。转眼间，炎炎烈日高悬，酷热难耐的七月汹汹来袭，吴竞的眉头拧成了死结，满心愁绪如乌云蔽日。他既忧心这酷暑难耐的天气会给夫人生产平添诸多不利，又听闻"鬼月"出生的孩子"命硬"，恐与父母缘分浅薄，种种忧虑，压得他夜不能寐。

彼时，正值七月半中元节将至，外头的世道愈发诡谲。饿慌了的孤魂野鬼似嗅到血腥味的饿狼，四处游荡、觅食索命，乡间仿若被阴霾笼罩，不时便有邻人惨遭横祸的噩耗传来。吴竞身为医者，秉持着济世救人之心，整日背着药箱，穿梭于各个村落间，奔赴一户又一户被恶鬼缠身、性命垂危的患者家中。只是这回，邪祟之气太重，多数病患药石无灵，他往往只能无奈地摇头叹息，噙着泪叮嘱家属准备料理后事。行医多年、在苏州城以"百福先生"之名备受尊崇的吴竞，从未见过孤魂野鬼如此猖獗、肆意横行的年份，心头满是无力之感。

这一日，月至中天，银辉洒落，吴竞仍在邻村一户人家出诊。病榻上的患者气若游丝，吴竞紧蹙双眉，全力施救，却依旧无力回天。正黯然神伤之时，自家仆人神色慌张、一路小跑赶来报信："老爷，不好了！从凌晨起，一只只五颜六色的蝴蝶，跟发了疯似的，围着咱百福堂飞来扑去，扰得夫人心烦意乱。没多会儿，夫人肚子就开始疼了，眼下疼得愈发厉害……"吴竞心头"咯噔"一下，匆忙收拾好药箱，心急如焚地往家赶。

这些日子，病患激增，吴竞几乎夜不能归，累得身形佝偻、脚步虚浮。此刻，归家途中，疲惫如潮水般将他淹没，走着走着，双腿便似灌了铅般沉重。他实在撑不住，便招呼仆人在路旁的路亭中稍作歇息。刚一坐下，困意便如猛兽袭来，吴竞迷迷糊糊间，仿若坠入了阴森之地。

　　一群衣衫褴褛、面容可怖的野鬼，周身散发着彻骨寒意，将他团团围住，为首的野鬼咧着嘴，声音仿若从九幽地狱传来："你要是让你的女儿来害我们，我们定不会放过你全家！"吴竞猛地一惊，满脸错愕，下意识辩驳道："我膝下三子，哪来的什么女儿会害你们？休要胡言乱语！"那野鬼"桀桀"怪笑，目露凶光，恶狠狠地回道："地府早有传言，说你夫人肚里这孩子，若上月初一来世，便是男婴；偏生拖到今日中元节临盆，定是女婴，是上苍派来惩治、管束我们的克星！"

　　吴竞眉头紧皱，满脸不解，高声反问："每个孩子皆有降临人间的权利，你们这群恶鬼，无端阻拦，本就罪孽深重，莫非要在阎王簿上再多添一笔罪状？"野鬼们闻言，顿时躁动起来，齐声尖叫："我们沦为饿死鬼，游荡世间，本就走投无路、罪状不轻，靠着四处觅食方能苟延残喘。若是上苍派下克星，往后哪还有我们容身、觅食之地？眼见仙女降世前，招来无数仙蝶绕屋护堂，让我们近不得身、无法阻拦，便只能赶来半路截住你，绝不让你回去助产，定要叫那婴儿胎死腹中，我们才有活路！"

　　吴竞气得浑身发抖，双眼圆睁，怒声抗议："你

10

们这群恶鬼，休想阻拦我吴家子孙满堂的心愿，我吴竞就算拼了这条命，也绝不屈服！"先前那野鬼见状，愈发凶狠，龇牙咧嘴地警告道："哼，你若不听劝，执意让女婴出生，我们便即刻夭折你的长子，叫你这'子孙满堂'的美梦彻底破碎，永无实现之日！"吴竞怒火攻心，猛地起身，奋力要冲出鬼群包围圈，却被众鬼死死缠住，手脚动弹不得。他满脸涨得通红，仍使足了劲儿挣扎，口中大呼："不要阻我……不要阻我……"

"主人，您怎么啦?"仆人焦急的呼喊声如一道利刃，划破这诡异的梦境。吴竞猛地惊醒，冷汗浸湿了衣衫，见仆人满脸担忧地抱着自己，忙强装镇定，安慰道："无妨，许是累极了，做了个噩梦，咱们赶紧收拾，速速回家。"主仆二人不敢耽搁，一路疾行，刚至村头，一股馥郁香气扑面而来，只见色彩斑斓的蝴蝶漫天飞舞，如灵动的彩云环绕着宅院，翩翩起舞。翻飞的翅膀在月光下闪烁微光，晃得人眼花缭乱。

吴竞心急如焚，三步并作两步迈进堂厅，将行李随手丢给仆人，箭步冲向主卧。屋内，夫人疼得面色惨白，双手死死抱住圆滚滚、好似冬瓜的肚子，在床上不停地翻滚、扭动，冷汗如雨下，口中声声呻吟，听得吴竞心如刀绞。他强自镇定，吩咐丫头："快去煎一贴催生汤，要快!"而后自己匆匆沐手焚香，朝着观音菩萨的画像虔诚跪地，口中念念有词，恳请菩萨庇佑夫人与孩子平安。

不多时，催生汤端至床前，丫头小心翼翼地喂夫人服下。吴竞紧紧握住夫人的双手，温声细语地引导她用力。一时间，屋内静谧得只剩夫人粗重的喘息与痛苦的低吟。突然，一道刺目红光电闪而过，紧接着"轰隆"一声巨响，仿若惊雷炸响，一个火红的圆球"咕噜噜"滚下床脚，在地上肆意滚动，丫头惊慌失措，伸手去抓，却屡屡扑空。

吴竞见状，眼疾手快，一把抄起床头的剪刀，朝着滚至身旁的血球果断刺去。刹那间，又是一声巨响，震得人耳鼓生疼，随即，一阵嘹亮的婴儿啼哭声冲破寂静，清脆悦耳，余音绕梁。丫头又惊又喜，高声喊道："夫人生了个千金！"吴竞却呆立当场，脑海中不由自主地浮现出梦中野鬼的狠话，心头不禁一颤。

与此同时，门外嘈杂之声此起彼伏："吴宅里面是不是失火了？那火光映得满天通红！"吴竞赶忙整理衣衫，疾步出门，连连摆手否定："诸位乡邻，并非失火，是内子刚诞下女婴，惊扰大家了，实在抱歉。"众人满脸狐疑，拨开仍在纷飞的蝴蝶，定睛一看，只见吴宅内祥光四射，熠熠生辉，馥郁清香萦绕不散，宁静祥和之气扑面而来，心下顿时放宽了许多。众人又惊又喜，交头接耳、啧啧称奇："千蝶绕宅，祥光射斗。此乃吉星祯瑞之兆啊！吴家这千金，定是福星临世，出自厚德之门，往后必能降瑞人间，福泽四方

......"

得知吴夫人刚生产完，不便进屋探望，众人便在吴宅厅堂纷纷向吴竞道贺，你一言我一语，满是祝福期许之语。一番热闹后，大伙才心满意足地各自散去。吴竞望着众人离去的背影，再回首看向屋内新生的女儿，心中五味杂陈，既有初为人父的喜悦，又隐隐担忧着未知的来日。

第三节　抗婚出走

吴媛自幼便生得乖巧伶俐，眸若点漆，透着灵动聪慧之光。她在父母的悉心教导下，饱读诗书、满腹经纶，诗词歌赋信手拈来，才情斐然，任谁见了都要赞一声"奇女子"。在那宁静祥和的小村里，吴媛与杨家的公子青梅竹马、两小无猜，情谊犹如春日暖阳下潺潺流淌的溪流，澄澈而温暖。

杨公子生得眉清目秀，气质儒雅，自幼痴迷读书，手不释卷，浑身散发着温润如玉的书卷气，旁人皆打趣称他"杨书斋"。杨家老爷瞧在眼里，喜上心头，自家儿子与吴家姑娘时常结伴吟诗作赋，情投意合，瞧着是桩天赐良缘。

时光悠悠，转瞬吴媛便到了二八年华，出落得如出水芙蓉般亭亭玉立，肤若凝脂，眉眼含情，风姿绰约，名声仿若春日花香，渐渐飘散开来，引得不少媒人踏破门槛。杨家自是按捺不住，精心筹备一番后，郑重地找人上门提亲。

提亲那日，吴家上下一片忙碌，张灯结彩，红绸飘舞，丫鬟小厮们穿梭其间，脸上洋溢着喜气，忙着张罗承办提亲的诸多事宜。吴父满心欣慰，差遣家中下人护送吴媛往东郊，去礼请德高望重的私塾先生前来做媒证，想着此番亲事定能顺遂圆满。

吴媛身为大家闺秀，平日里出行皆是轿子迎送，尽显端庄。轿子悠悠行至东门外，突然，一阵母牛凄厉的叫声如利刃般划破长空，尖锐刺耳，令人毛骨悚然。吴媛心下一惊，忙轻声唤轿夫止步，玉手轻掀红绸轿帘，探出身子张望。只见路旁一棵杨树下，一头母牛正卧于地，痛苦地挣扎着，下身淌血不止，两眼满是哀戚，泪水簌簌滚落，四脚止不住地颤抖，那模样，仿若深陷无间炼狱，受尽折磨。

见此情景，自幼随父研习医理的吴媛，脑海中瞬间闪过女人生产时的种种险象。成亲生子，于女人而言，恰似踏入鬼门关，稍有差池，便是母婴双亡的惨烈结局，生死悬于一线，实乃人生一劫。想到此处，吴媛心底泛起一阵寒意，对成婚一事陡然萌生退意，当下便决然命轿夫掉转轿子，折返家中。回到府中，她顾不得仪态，直奔父亲书房，言辞恳切，力劝父亲暂缓杨家提亲之事。

14

彼时，喜气洋洋的吴府仿若被一盆冷水当头浇下，吴父听闻女儿这番说辞，气得面色涨红，颜面尽失。自家女儿平日里便有些偏执任性，可这般大事上也如此意气用事，着实让他恼火又无奈。恰在此时，杨家提亲的花鼓队吹吹打打而来，喇叭声渐近，吴父心急如焚，又无计可施，当下铁青着脸，疾步出门，命人将花鼓队阻拦在府门五六十丈开外。仓促间，他寻了个"无春"（农历一年之内无立春节气）的由头，向杨家委婉致歉，暂缓了这门亲事。

杨家得知吴媛变卦缘由后，倒也大度，并未强求，只表示愿意静候姑娘回心转意，再来提亲。此后，两个年轻人情谊未改，闲暇时依旧与一帮玩伴相聚，吟诗诵经，欢声笑语回荡其间，仿若从未有过提亲风波。日子如水般静静流淌，这一等，便是两年。本以为岁月会这般安稳静好下去，却不想，一件意外之事如巨石投入心湖，激起千层浪，彻底改变了这桩姻缘，也扭转了吴媛的人生轨迹。

吴媛所居住的小城县，有个恶名远扬的恶棍，年纪轻轻却恶行累累，整日带着一帮爪牙横行霸道、鱼肉乡里，百姓们皆是敢怒不敢言。一日，这恶棍听闻吴村有户人家藏有祖传玉手镯，价值连城，当下贪心大起，指使手下得力干将闯入那户人家抢夺。

那爪牙如恶狼般闯进屋内，肆意翻箱倒柜，将家中搅得一片狼藉，却寻不到玉镯踪迹。正恼羞成怒时，他闯进卧室，一眼瞧见病榻上妇人手上那熠熠生辉的玉镯，正是众人梦寐以求之物。当下两眼放光，饿狼扑食般上前，粗暴地捋下玉镯，转身便要逃窜。病妇吓得花容失色，哭天抢地，凄厉的喊叫声引来了吴氏族人，众人一拥而上，将那爪牙当场擒住，扭送至衙门。

县令见有人竟敢青天白日入室抢劫，顿时怒发冲冠，当堂收押爪牙，命苦主补写一张状纸。病妇的丈夫心急如焚，匆匆找到吴嫒的塾师，求其代写状纸。一番斟酌后，写下"揭被夺镯"之罪。可状纸写就，苦主却满心忐忑，坐立不安。他深知这恶棍心狠手辣，万一告不倒对方，无疑是捅了马蜂窝，往后自家定会被报复得家破人亡，一家老小性命堪忧。

恰逢此时，杨公子来找吴嫒一同推敲诗句，正巧遇上苦主与吴父商议此事。吴父灵机一动，有心考考这位素有才名的"杨书斋"，便将状纸递到他手中。杨公子接过，细细询问了恶棍爪牙入室抢手镯的详细经过，沉思片刻后，提笔将"揭被夺镯"四字轻轻一挥，改为"夺镯揭被"。众人见状，面面相觑，皆是一头雾水，不明其意。杨公子却并未多言解释，眼下时间紧迫，吴父无奈，只得催促苦主火急将状纸送往衙门。

县令即刻提审爪牙，怒目而视，厉声问道："你抢镯之事，可是属实？"爪牙耷拉着脑袋，低声道："此事是真。"县令又紧追一句："你揭了病妇之被没有？"爪牙心虚地瞥了一眼，嗫嚅道："揭了。"县令拍案而起："为何如此？"爪牙颤声道："意在抢镯。"县令怒不可遏，大骂："简直无法无天，天理难容！"言罢，怒气冲冲地丢下判鉴罪状，喝令爪牙立即画押。

原来，知县依据这"夺镯揭被"四字，认定此乃双重罪行：夺镯，自是抢劫财物，罪不容诛；揭被，联想当时情境，分明是意图奸污未遂，情节恶劣至极。故而当堂重判，严惩不贷。此事一经传出，众人纷纷对杨公子竖起大拇指，赞叹他巧妙改动字面顺序的精妙用意，愈发敬佩其过人才华。吴家二老见此，更是坚定了促成两家儿女姻缘的决心。

再说那恶棍，爪牙被判重刑，仿若断了一臂，气得暴跳如雷，却又无可奈何。听闻是杨公子手笔，当下便将一腔怒火全撒在他身上。偶然间，听闻吴媛美名，色心顿起，竟找来媒婆，厚颜无耻地上门提亲。

吴媛心头对母牛产犊时的惨烈情景记忆犹新，每念及成婚生子的艰难与凶险，对与杨公子的亲事便不敢有丝毫大意。如今这臭名昭著的恶棍前来提亲，她自是满心不屑，视如敝履。吴父亦是气得吹胡子瞪眼，当场将媒婆骂得狗血淋头，灰溜溜地滚出吴府。

这日，吴府百福堂来了一位病恹恹的老者，身形佝偻，面色蜡黄，脚步虚浮。只见他脚趾发黑，散发着阵阵恶臭，脚面皮肤已然腐烂，脓血渗出，状况凄惨至极。吴父赶忙上前，一番"望、闻、问、切"后，心中已然明了病情，当即挥笔开了三帖药。其一为内服之方：金银花，每日五钱，煎浓当茶饮用，以清热解毒；其二是外洗之法：薄荷、崭艾、花椒各五钱，生葱连根十棵，鲜老姜二两，一同煎浓，每日先熏后洗，祛腐生肌；其三则是外敷之药：生蒲公英五两与无灰酒连糟合捣，敷于患处，干了便及时更换，直至肿退。吴父还不忘细细叮嘱来人，平日里给患者饮食要格外留意，糖、酒、洋芋和薯粉之类的食物需尽量少吃，药疗与食疗双管齐下，方能事半功倍，疗效更佳。

来人感恩戴德，连声道谢后，搀扶着老者缓缓离去。谁料，世事无常，不过旬日，一阵嘈杂声打破吴府的宁静。只见一批人抬着一具尸体，气势汹汹地堵住吴府大门。那尸体臭味熏天，熏得围观人群纷纷掩鼻后退，远远观望，面露惊恐之色。

原来，那老者竟是恶棍的远门亲戚。儿孙不孝，平日里对老人的病症不管不顾，恰逢恶棍有心算计吴府，便使了银子，教唆病患儿子带老人前来求医。而后又蛊惑其以老人年事已高、早晚归天为由，全然不按医嘱煎药治疗。不出几日，老人便撒手人寰。恶棍见时机已到，立马教唆一帮无赖前来讹诈，咬定患者是因吃了吴府的药才丢了性命，口出狂言"不要钱，只索命"，还扬言说要告官，大闹一场。

恶棍在吴府门前胡搅蛮缠，撒泼耍赖，托中人送来最后通牒：若吴父答应将女儿嫁过去，他自会花钱摆平死者家属，让吴家消灾得平安。吴父站在府门内，阵阵恶臭扑鼻而来，眉头紧锁，满心忧虑。在这重重压力之下，他食不知味，夜不能寐，仿若大病一场，身形迅速消瘦下去，眼眶深陷，尽显憔悴沧桑。

吴媛瞧着父亲被折磨得不成人形，眼眶泛红，泪水在眼眶里打转，心疼得如万箭穿心。思前想后，她咬着下唇，噙着泪对父亲说，暂且答应这门亲事，先让对方处理这陈尸之事，往后再做商议。吴父在当地威望颇高，德高望重，他这一点头，恶棍顿时喜上眉梢，立马着手平息此事，按部就班地安排提亲、对辰、下聘等诸多事宜，婚事紧锣密鼓地筹备起来，吴家上下却如热锅上的蚂蚁，焦虑万分。

反观吴媛，平日里气定神闲的她，此刻仿若事不关己，神色平静，无波无澜。这般模样，惹得杨公子满心误会，以为她当真贪图钱财、攀附权贵，无情无义。杨公子气不过，三天两头跑到吴府门前，指名道姓地数落、咒骂吴媛，字字句句如利刃，刺得人心疼。吴家人瞧在眼里，急在心里，却也拦不住。最终，杨公子一怒之下，将与吴媛昔日合作的诗抄统统堆在吴府大门前，一把火点燃，火势熊熊，映红了他满是愤怒与失望的脸庞。而后，他转身扬长而去，决绝的背影透着无尽悲凉。

吴媛站在府上台阶，双手紧紧握拳，指甲嵌入掌心，鲜血渗出，浑然不觉疼痛。她望着杨公子愤然离去的身影，眼眶再也兜不住泪水，簌簌滚落，心如刀绞。那远去的背影，仿若带走了她过往所有的美好与期许，徒留满心疮痍。

眼看大婚之日日益临近，吴府上下人心惶惶，忙着筹备婚礼事宜。谁也未曾料到，这段时间看似冷漠淡然的吴媛，竟在某个夜深人静之时，悄然消失，仿若人间蒸发，没留下一丝踪迹。吴家派人寻遍整个县城，掘地三尺，仍是一无所获。一时间，流言蜚语四起。有人说吴媛出生时便有百千蝴蝶环绕吴府，定是蝴蝶仙子化身，此番是翩然回天庭复命，诉说人间疾苦去了；也有人笃定是被恶棍逼婚，无奈逃走；更有人悲观揣测，说她受不了杨公子的挖苦恶言，心灰意冷，已然投河自尽……

街头巷尾，众人议论纷纷，说法各异，但吴媛消失得无影无踪，却是铁板钉钉的事实。吴家父母悲痛欲绝，整日以泪洗面；杨公子听闻消息，亦是呆立当场，满心懊悔，却已于事无补。而吴媛，仿若断了线的风筝，消失在茫茫夜色里，不知前路几何，命运又将把她带向何方。

第二章

························ 东瓯女神

第一节　偶遇老母

　　自踏出家门的那一刻起，吴媛的心便被无尽的牵挂与愁绪填满。她一路踽踽独行，脑海中不时浮现出家中父母那慈爱的面容、兄弟姐妹间的嬉笑打闹，往昔的温馨画面如走马灯般一一闪过，令她眼眶酸涩，满心都是眷恋与不舍。可一想到此番出走是为了不连累杨公子，避免那恶棍因婚事迁怒于他，吴媛便只能狠下心肠，佯装绝情，决然与他决裂。她默默在心底祈祷，但愿有朝一日，杨公子能洞悉她的苦心，体谅这份不得已的苦衷。

　　这一日，日头渐渐西斜，余晖如金纱般洒在蜿蜒曲折的小道上。吴媛沿着一条人迹罕至的偏僻小路匆匆前行，不知不觉间，竟走入了一处荒山野岭。周遭群山连绵，沟壑纵横，前不着村后不着店，唯有呼啸的风声与簌簌作响的树叶为伴。眼见天色愈发暗沉，夜幕即将笼罩大地，吴媛心急如焚，前路茫茫，宿夜成了亟待解决的难题。她疲惫地停下脚步，伸手从包袱里掏出仅有的两个馒头，想着先填饱肚子，积攒些力气再赶路。

馒头刚拿在手中，吴媛抬眼望去，只见前方不远处，一位老婆婆正拄着拐杖，步履蹒跚地在山道上艰难挪动。那老婆婆身形佝偻，瘦骨嶙峋，衣衫褴褛，在风中摇摇欲坠，仿若随时都会被吹倒。吴媛心中一软，怜悯之情油然而生，当下不假思索，几步上前，将两个馒头一股脑塞到老婆婆手中。

老婆婆见状，先是面露难色，推辞了一番，言辞恳切地说道："姑娘啊，这天色眼看就要黑透了，附近又没个村落，你自己也饿着肚子，这可使不得。要不，咱一人分一个，暂且充饥。"吴媛却连连摇头，温言劝道："婆婆，您莫要推辞，瞧您这般虚弱，比我更需要这吃食。我年轻，还撑得住。"老婆婆见她心意已决，便不再推脱，接过馒头，狼吞虎咽地吃了起来。

吃完馒头，老婆婆缓了缓神，抬眸看向吴媛，目光中满是同情，忍不住提醒道："姑娘，前方更是荒无人烟呐，时常有贼匪出没，还有凶猛的野兽在山林间徘徊，你一个孤身女子走这条路，实在太危险了。"吴媛闻言，心头一惊，暗自诧异自己明明乔装成了老太婆模样，竟还是被对方一眼看穿。她满脸惊愕，忍不住问道："婆婆，您是如何看出我是姑娘的？"

老婆婆神色平静，并未直接作答，而是缓缓从怀中掏出一本书，递到吴媛手中，轻声说道："姑娘，这本《灵异仙法》你收好，待你融会贯通之后，这易容换装的雕虫小技自然不在话下，往后行走江湖，遇上危险，书中功法还能助你护法防身。"吴媛双手接过书，如获至宝，连连道谢："婆婆，我在家时听父亲提及，《灵异仙法》乃是奇书，您与我素昧平生，却赠予如此贵重之物，这可让我如何是好，心里实在惶恐不安……"

老婆婆抬手打断她的话，目光笃定，不容置疑地说道："姑娘，我瞧你心地善良，宅心仁厚，此番出门，前路劫数重重，凶险万分。罢了，我便再教你一招'水上踩叶'的闪身法，但愿能助你化险为夷。"说罢，老婆婆身形一闪，轻盈地跳上一块怪石。方才还病恹恹、弱不禁风的模样瞬间消失不见，此刻的她，身姿矫健，如同一道黑色闪电，在怪石嶙峋的山尖上跳跃穿梭，如履平地，动作敏捷得令人咋舌。

片刻，老婆婆停下身形，朝吴媛招手，示意她上来捉拿自己。吴媛抖擞精神，快步向前追去。可任她如何加快脚步、拼尽全力，老婆婆的身影始终在眼前飘忽不定，速度越来越快，仿若鬼魅，只留下一道道残影，晃得人眼花缭乱，吴媛连她的衣角都碰不到分毫。

眼看吴媛累得气喘吁吁、大汗淋漓，老婆婆这才停下，将手中书本翻开，翻到《水上踩叶》那一章，耐心地教吴媛背熟心法口诀，又细细叮嘱、亲身示范了一番动作要领。待吴媛大致领会后，老婆婆便提出要告辞离开。吴媛满心不舍，眼眶泛红，急切地问道："婆婆，我还不知您的名讳道号呢，往后若有缘再见，也好知晓恩人是谁。"

老婆婆站在一块高大的石头上，拄着拐杖，神色淡然，心如止水般说道："姑娘，莫要称我师父，折煞老身了。我不过受了你两个馒头的恩惠，指点你一招脱身之法，权当扯平了。你此去路途遥远，艰险重重，望你福泽深厚，自有福报庇佑。"吴媛闻言，泪水夺眶而出，执意要跪地拜谢。老婆婆哪肯受此大礼，身形一转，如一只轻盈的飞燕，纵身跳上更高的石头，声音仿若滚滚沉雷，自高空传来："姑娘，你避开吴家，往后自有磨难等着你，此去前程漫漫，好自为之吧……"

声音渐远，待吴媛泪眼朦胧地抬起头时，老婆婆早已消失得无影无踪，仿若从未出现过一般，唯有山间微风拂过，树叶沙沙作响。吴媛定了定神，收拾好行李，一边默念着刚学会的心法口诀，一边试着施展"水上踩叶"之法。神奇的是，她只觉身子陡然一轻，仿若脚下生风，行走速度竟提升了不少，人也轻松许多，不一会儿便翻过了几座大山。

此时，天色已然全黑，浓稠如墨，伸手不见五指。吴媛正满心焦急，忽然，前方山坳处透出一抹昏暗的火光，仿若茫茫黑夜中的一盏明灯，让她心头一喜，仿若抓到了救命稻草，赶忙加快脚步，朝着火光的方向奔去。

走近山坳，吴媛瞧见那火光源自一间破旧的茅草屋。屋内隐隐传出嘈杂之声，在静谧的夜色中显得格外突兀。吴媛深吸一口气，上前轻轻叩响柴门。须臾，一位老者举着火把开了门。那老者身形佝偻，满脸皱纹，身上油渍斑斑，散发着一股刺鼻的异味，他上下打量着吴媛这身老相打扮，眉头紧皱，不耐烦地问道："你这老太婆，这么晚敲门，所为何事？"

吴媛赶忙趋前一步，和声细语地解释道："这位大叔，我出门走亲戚，不想迷了路，眼下天色已晚，实在无处可去。恳请您发发善心，容我借住一宿，积积德，日后定当感恩回报。"老者一听，撇了撇嘴，没好气地说道："走，走，走……你也不瞧瞧自己啥模样，年纪看着比我还大，还好意思叫我'大叔'！"吴媛见状，急忙改口："大哥恕罪，是民女口不择言了。您看这天黑得伸手不见五指，若是府上不方便，我就在门外廊道凑合一晚，绝不添麻烦。"

"阿福，听她声音，可不像是老太婆，怎能怠慢了送上门的客人……哦不，是远客。快让她进来，安排在东厢房暂住。"一个阴森森的声音仿若从九幽地狱传来，在黑幽幽的屋檐上方回荡。被唤作阿福的老者面露难色，嗫嚅道："老爷，东厢房不是要留作……"那声音顿时提高了几分，不容置疑地命令道："叫你这么安排就去，别啰嗦!"阿福无奈，只得应诺一声，侧身将吴媛让进屋内。

吴媛借着微弱的火光，努力想要看清主人的面庞，却只瞧见一片模糊黑影。屋内满地油渍，黏腻不堪，她每走一步都极为费力，仿若深陷泥沼。这时，阿福递来一双绣花鞋，解释道："屋里前不久打翻了一桶麦芽糖，地面黏得很，不好走。你穿上这鞋，我好引你去东厢安顿。"待到了东厢房，阿福又让她换回自己的鞋，称府上人员众多，这防粘的鞋还有其他人要用。

"阿福，给客人送点吃的，让她吃饱。"那阴森的声音再度从幽暗处传来。吴媛心头一暖，原本进屋时的满心疑虑顿时消散了大半。可出于谨慎，她还是悄悄用头上的银牌试了试饭菜有无毒性，见无异样，又自嘲自己太过小心，便安心享用起这顿来之不易的晚餐。饭后，吴媛简单洗漱一番，便和衣而卧，很快沉沉睡去。

不知睡了多久，吴媛在睡梦中忽然被厢房外的一阵响动惊醒。她赶忙屏住呼吸，竖起耳朵，仔细辨听外面的动静。只听阿福压低声，语气中透着一丝得意："还是老爷有眼光，这小妞可是送上门的好药引。"紧接着，那个神龙见首不见尾的主人也压低声音，恶狠狠地吩咐道："快去把小姐绑了，尽快剖腹取胆，给夫人下药助产，免得夜长梦多，尽早让夫人把那妖蜘生下来才好。"阿福连忙应道："老爷放心，这小姐在咱府上，插翅难逃。我这就去取她的胆子来下药！"

吴媛听得清清楚楚，惊得浑身冷汗，瞬间从床上蹦了起来，手忙脚乱地找鞋穿上，同时捻起兰花指，默念"水上踩叶"的心法口诀。可诡异的是，她只觉双脚仿若被死死钉在地上，身子轻飘飘却动弹不得。那鞋子像是被涂上了强力胶水，无论她如何拼命摇摆双脚，就是迈不开分毫；她索性丢下鞋，赤脚踩地，却发现脚底如同被无形的绳索捆绑，依旧无法挪动半步。

"我命休矣——"吴媛绝望地大呼一声。恰在此时，阿福举着一把寒光闪闪的尖刀，猛地拨开房门，闯了进来，满脸狰狞，恶狠狠地咒骂道："这是我蜘蛛府洞里的粘油液，没有特制的滑油鞋，就是神仙来了也休想逃出这洞府！小姐，你的劫数到了！"言罢，尖刀直直刺向吴媛的胸腔。吴媛惊恐地瞪大双眼，绝望地闭上了眼睛，脑海中一片空白，等待着死亡的降临。

说时迟那时快，就在尖刀即将刺中吴媛的刹那，窗外突然一声闷雷炸响，木窗瞬间支离破碎，木屑纷飞。一位银发婆婆仿若从天而降，破窗而入。她手中木杖一挥，如同一道凌厉的闪电，精准地拨飞了阿福手中的尖刀。阿福见状，吓得脸色惨白，"扑通"一声跪地求饶："女仙饶命，女仙饶命！"

银发婆婆面色冷峻，厉声喝道："大胆灰蛛精，不好好修炼元气真身，竟敢在此设陷阱，祸害过往行人，今日绝饶不了你们这群妖蛛！"阿福见求饶无用，眼珠一转，捡起尖刀，妄图负隅顽抗，同时扯着嗓子大喊："蛛王快来吐丝，把这对老少女人裹起来，又是两个现成的'药引子'呢！"

随着一阵"唧唧吱吱"的怪异声响，成千上万只蜘蛛仿若黑色潮水，从厢房外汹涌而来，迅速将房间围得水泄不通。它们围绕着房间不停地打转，口中吐出黏糊糊的蛛丝，层层叠叠，不一会儿便将房间裹得严严实实。紧接着，一只只毒蜘蛛从窗口、门缝、墙洞鱼贯而入，张牙舞爪，嘴里的毒触角不停地伸缩，将银发婆婆和吴媛团团围在核心。

银发婆婆见状，不慌不忙，一手紧紧护住吴媛，一手提起木杖，在地上快速划起圈圈，口中念念有词。神奇的是，那些毒蜘蛛不管如何疯狂地往圈内冲，却仿若撞上了一道无形的屏障，一次次被挡在圈外。随着毒蜘蛛越聚越多，银发婆婆念诀的速度也越来越快，双方陷入了一场惊心动魄的内力消耗战。

一个时辰过去，银发婆婆念口诀念得满脸通红，体力渐渐不支。只见她突然把木杖扔给吴媛，自己就地盘膝而坐，双手合掌于胸，快速上下翻转运力，周身气息愈发浓烈。最后，随着一道火光迸出，位于窗洞的一排蜘蛛瞬间被烧成灰烬，窗口的粘丝也遇火即断。火势渐大，很快烧出一个偌大的洞口，月光透过洞口，洒在屋内。

银发婆婆趁势一跃而起，从吴媛手中夺回木杖，往地上一支，借力纵身跳向窗口。她一手紧紧抓住吴媛的胳膊，带着她一同飞身而出。借着木杖在地上的支撑之力，两人的身子仿若脱离了地心引力，轻飘飘地掠过宅院，未沾上任何物件。直至逃出蜘蛛宅数里之外，银发婆婆终于体力耗尽，将吴媛轻轻放下，自己也丢下木杖，仰天跌倒在地，大口大口喘着粗气。

吴媛心疼不已，赶忙用树叶叠成三角小碗，跑到溪边盛来水，小心翼翼地喂银发婆婆解渴。而后又迅速在一旁升起一堆篝火，一来可供两人取暖，二来她深知蜘蛛怕火，这篝火亦可阻挡毒蜘蛛追击。待一切防范措施就绪，吴媛走到银发婆婆身旁，眼眶泛红，满心感激，屈膝便要下跪："婆婆再次救我性命，请受小女子一拜！"银发婆婆眼疾手快，用木杖轻轻托起她，轻声说道："受人之托，忠人之事。"

吴媛闻言，满脸疑惑，追问道："婆婆是说受了谁的托付，在路上护佑小女子吗？"银发婆婆似是意识到自己说漏了嘴，神色微变，赶忙岔开话题："没……没什么，刚才险些成了蜘蛛妖的药汤，可凶险得很呐！"吴媛想起方才惊险一幕，仍心有余悸，忍不住问道："婆婆，明明蜘蛛最怕火烧，您刚才为何不索性放火烧了妖蛛整座府宅，将这群毒蜘蛛一网打尽，为民除害呢？"

银发婆婆缓了缓神，耐心解释道："世间万物，并无绝对的良害、对错之分。能存于天地之间，皆遵循着适者生存之道。人为强行除之，便是破坏了五行相生相克的自然法则，牵一发而动全身，乃逆天之举，不可妄为啊。"吴媛虚心受教，连连点头："婆婆说得极是，小女子受教了。"

想到自己前路漫漫，危机四伏，吴媛心头一横，鼓起勇气请求道："婆婆，小女子既然走出家门，便没了回头的打算。此番追寻九仙仙踪，危险无数，能否请婆婆垂怜，收我为徒？小女子定当潜心学艺，承欢师门，孝敬师傅，练就一身本领，也好在往后南行路上自保。望婆婆莫要拂了我的诚意。"

银发婆婆喘着粗气，费力地摆摆手："姑娘，方才我已说过，天意不可违。今日我出手救你，已是元气大伤，须得回黎山闭关静养一番。倘若你我当真有师徒之缘，他日或许还能再会，再续这段缘分。"吴媛满心失望，还欲再求，抬眼却发现银发婆婆早已消失不见，唯有一股白烟袅袅升起，朝南天飘去。吴媛无奈，只好对着仙踪方向跪地，双手合于胸前，恭恭敬敬地拜了三拜，以答谢婆婆的救命之恩。

第二节　针救三命

　　自吴媛巧用馨角法师的符咒与圣泉，驱散东雁荡山北麓那场肆虐的瘟疫后，乡民们对她感恩戴德，仿若敬奉神明。瘟疫的阴霾散去，吴媛并未停歇济世的脚步，凭借着祖传精湛医术，日复一日穿梭于村落间，为患病百姓悉心诊治、祛病除灾。她妙手仁心，药到病除，声名仿若春日繁花，渐次传开，百姓们满怀敬意与亲昵，皆称她为"东瓯女仙子"，更有甚者，直呼她"小仙女"，那声声呼唤里，满是由衷的爱戴与信赖。

　　这日，阳光洒落，吴媛正在屋内全神贯注地救治一位产妇，屋内静谧，唯有她轻声安抚产妇的低语与器械偶尔碰撞的轻响。突然，一阵急促的脚步声打破宁静，只见一远客神色慌张、风尘仆仆闯了进来，瞧见吴媛，"扑通"一声跪地不起，眼眶泛红，声音颤抖："大仙，快救我姐……"

　　吴媛心头一紧，赶忙上前搀扶，和声问道："小兄弟，快快请起，你姐这是怎么了？"小伙子身形单薄，满脸焦急，被扶起后仍难掩慌乱，语无伦次地说道："我姐肚子疼了整整二十来天，孩子却迟迟生不下来，眼下疼得只剩半条命了……我实在没了法子，听闻大仙医术高超，一路打听，才寻到这儿，求大仙发发慈悲，救救我姐！"吴媛轻拍他肩膀，安抚几句，又问："你从哪儿来？离此地远吗？"小伙忙答了地址，吴媛略作思忖，点头道："你莫急，我先进去安顿下这屋母女，随后便随你走一趟。"

原来，这小伙子的姐姐张氏，打小体质孱弱，仿若娇弱的菟丝花，风吹即倒。孕期的种种不适更是雪上加霜，临近生产时，身体已然不堪重负，面无血色，虚弱乏力，整日卧床不起，精神萎靡不振。

一日，张氏于恍惚梦乡中，瞧见一妇人悄然而至，立在床前。那妇人面容憔悴，神色哀怨，幽幽开口："妾身求了阎王多年，直至今日才寻得小娘子你。望你莫要怨恨妾身。"张氏仿若坠入迷雾，满心疑惑，拼尽全力撑起身子，惊惶问道："你是何人？这话究竟何意？我听不明白。"

妇人嘴角扯出一抹诡异笑意，轻声道："妾身本是雁荡北麓之人，难产之际苦等吴仙子施救，却终是不及，含冤离世。如今，阎王定数，选中了你做替身，你也须难产而死，待你一去，妾身便能投胎转世了。"张氏听得冷汗涔涔，她也曾听乩僮讲过这等阴私规矩：溺死鬼寻溺死之人、吊死鬼觅上吊者替代，难产亡魂自要找同样难产的女子方能转世。当下，张氏泪如雨下，苦苦哀求："我与你素无冤仇，求你放过我吧！我还盼着亲眼瞧孩子出世、长大成人呐……"

可妇人仿若铁石心肠，任她如何哭诉，皆不为所动。张氏却不甘认命，强撑着精神，每日强迫自己进食饮水，只为多撑些时日，给家人留足四处求医问神的契机；逢着妇人现身，她便言辞哀切，软语求放过。

怎奈，女鬼渐失耐心，一日怒目圆睁，嘶吼道："小娘子，莫要再啰嗦！此乃你死我活之事，更是阎王旨意，无人能改！从今日起，我便守在这儿，等你咽气。"此后，女鬼果真如影随形，寸步不离张氏床前。家人浑然不觉，唯有精神恍惚的张氏，将那女鬼看得真真切切。张氏哀求声愈发微弱，仿若风中残烛，随时可能熄灭。

万念俱灰之下，张氏不再向女鬼求情。某夜，女鬼忽凑近，抬手打翻床头滋补药汤，咆哮出声："我等不及了！你今夜便死吧，不然吴仙女一来，我的盘算可就全落空了！"张氏木然问道："你要即刻弄死我吗？"女鬼目露凶光，恶狠狠道："原本阎王定你明晚亥时归西，眼下看来，活不过六个时辰，我才有转世指望。"张氏惨然一笑，心想横竖是死，药汤不喝也罢，轻声道："既知死生有命，我便等死吧。"女鬼面露喜色，追问："你当真安心等死，不再吃喝？"张氏无力颔首。女鬼又叮嘱："那我去会会吴仙女那丫头。天亮前你若没死，可别怪我下手狠辣。"言罢，女鬼身形如烟，飘出屋外，转瞬如纸鹤般飞向吴媛夜宿的山村客栈。

彼时，吴媛正酣睡，忽被窗外尖锐叫声惊醒。"吴家妹子，我是雁荡北麓荷塘边一产妇，因你迟来难产做了替死鬼，我冤呐……"吴媛瞬间清醒，心头一惊，暗忖撞上恶鬼了！她定了定神，手持木剑，清嗓问道："那日接报，我便撂下诸事赶来，奈何还是晚了一步……死生确是天数。"女鬼声调稍缓："既知死生皆天数，你便顺天而行，莫管我转世之事，打道回府吧。"

吴媛蹙眉，不卑不亢道："自小家父便教诲处事'应诺有始终'，我定要亲眼为张氏号脉，判明死生定数。若回天乏术，那才是天意。"女鬼不耐，追问："你不信张氏气数已尽？"吴媛目光坚定："医者仁心，不见病人、不施诊断，怎可轻言放弃？救死扶伤，本就是医者本分。"女鬼冷哼："好！既说人死是天意，你便别干涉我转世，可敢发毒誓？"吴媛反问："要我发何毒誓？"女鬼幽幽道："若张氏难产而死，你见了实情便让我安生转世。不然，你身为女子却为难女人，违抗天意，必遭报应，终身不得婚嫁生子。你敢发吗？"

吴媛尚未及答，隔壁张家小伙听得动静，赶来阻拦："你个死鬼，入了地府还出来索命害人，不怕遭天打雷劈？!"女鬼却不理会，紧盯吴媛："吴家妹子，你到底敢不敢发誓？"吴媛神色毅然："人若死，天无力。这有何不敢！"刚要开口，小伙又急呼："不要啊，吴仙子……"却未能阻止。此誓一出，冥冥中似有定数，致使吴媛日后终身未嫁，此乃后话，暂且按下不表。

女鬼得了誓言，飘回张氏床前。见她气息奄奄、不肯就死，当下心生恶念，伸手掀起被角，死死压住张氏鼻孔。张氏本能挣扎，却因体虚牵动胎盘，下身血水如注，转瞬没了气息……

再说吴媛，随张家兄弟一路疾行，心急如焚。半途，恰遇一出殡队伍，张家兄弟心头"咯噔"一下，上前打听，噩耗传来——死者正是其姐张氏，凌晨难产大出血身亡，此刻鲜血仍从棺材缝渗出，洒落一路，触目惊心。张家兄弟悲恸欲绝，扑向棺材，哭喊着要看姐姐最后一眼。

吴媛却无暇哀伤，目光紧锁那渗出的血滴，心头一动，闪过一丝希望：孕妇尚有生机！她不及多想，疾步上前，阻拦出殡队伍，言辞恳切，力劝众人歇下开棺救人。"吴家妹子，别忘了你昨晚发的毒誓……"女鬼凄厉声在空中回荡。吴媛仿若未闻，仰头对着黑云密布的苍穹朗声道："救人一命，胜造七级浮屠！只要产妇还有一线生机，便是寿数未尽……"女鬼怨愤指责："你莫要狡辩！人已出殡，过了奈何桥、进了鬼门关，你违抗天意，不仅坏我往生，更触怒阎王，定遭天谴！"

吴媛置若罔闻，待众人开棺，她迅速上前，指尖搭在张氏腕间，屏息凝神诊断一番，而后取出一枚银针，手法娴熟，精准刺入涌泉穴、人中穴等关键穴位。众人目不转睛，大气都不敢出。片刻，奇迹发生了！张氏原本惨白如纸的脸色渐渐泛起红润，微弱气息渐趋平稳，脉搏也恢复了跳动，须臾，缓缓苏醒。众人惊呼声此起彼伏，直呼"神奇"！

吴媛未停手，银针再刺合谷、至阴等穴位。张氏身子一颤，下身血水汩汩流出。吴媛眼疾手快，扯过陪葬衣物为她遮挡，同时喝令在场男人回避。约摸半个时辰后，伴着一阵婴儿啼哭，两个肤色迥异的男婴先后顺产而出——一个小脸黝黑，一个面色白皙。

周遭亲友惊得呆若木鸡，旋即跪地叩首，感恩之声不绝于耳："吴仙女定是神仙下凡呐！'一针活三命'，这般善德，功绩可比日月！"女鬼长叹一声，在空中恨恨道："吴家妹子，你今日违抗天意，必有代价！"吴媛仿若未闻，一心接生、照料母婴。

怎奈，男婴因孕期张氏营养不良，先天孱弱，终究没能熬过百日，夭折离世。却道是冥冥造化，二婴死后，转世投身阎王地府，化作黑白无常，专司阴阳缉拿之事。此般变故，亦是吴媛南下途中一段惊心动魄、福泽深厚的功德佳话。往后岁月，百姓谈及此事，仍对吴媛的果敢与医术赞叹有加，传颂不休。

第三节　祛除瘟疫

自离家出走那日起，吴媛便似一只孤鸿，怀揣着满心的坚毅与决绝，一路向南漂泊。白日里，她以高悬天际的炽热日轮为指引，步履匆匆；夜幕降临时，便循着熠熠生辉的北斗星辰辨明方向，风餐露宿，一刻不停歇。

这一日，她踏入了东瓯之地，却惊愕地发现此地仿若被恶魔诅咒，正深陷一场百年难遇的大旱之中。放眼望去，大地干裂，赤地千里，一道道裂痕仿若大地干涸的嘴唇，在无声地哀号；蝗虫铺天盖地，如乌云蔽日，所到之处，庄稼瞬间被啃食殆尽，只剩光秃秃的根茎在烈日下瑟瑟发抖。百姓们苦不堪言，饿殍遍野，许多农人被迫以树皮草根充饥，却因营养不良、误食毒物，纷纷倒毙路旁，生死一线间，惨状令人目不忍视。

吴媛自幼心怀悲悯，见此情景，心口仿若被重锤狠狠撞击，痛惜不已。她未曾丝毫犹豫，毅然深入那些受灾最为严重的村庄。然而，命运的重击接踵而至，瘟疫仿若隐匿在暗处的鬼魅，悄然肆虐开来，如野火燎原般迅速蔓延。旱灾、蝗灾、瘟疫三重灾祸交织叠加，仿若夺命的绞索，无情地勒紧了这片土地的咽喉。

一个个曾经生机勃勃的村落，转瞬沦为死寂的无人之境，炊烟断绝，唯余悲凉与死寂。

但吴媛并未被绝境吓倒，她心怀医者仁心，逐村搜寻那些在瘟疫魔爪下苦苦挣扎的幸存者。凭借着祖传精湛医术，她穿梭于山林荒野间，慧眼如炬，采撷各类珍稀草药。就地取材、现场调配，一碗碗热气腾腾、饱含希望的药汤经她之手送出，轻症患者喝下后，病情渐次好转，生命的光彩重归眼眸。百姓们对她由最初的怀疑观望，转为满心的信任与爱戴，纷纷自发加入救治队伍，青壮年们主动帮忙采药，妇人们守在锅灶前悉心煎药，孩童们亦跑腿递水、协助分药，死寂的村庄渐渐有了烟火气，仿若濒死之人重焕生机。

随着驱瘟除疫工作逐步深入，吴媛敏锐地察觉到一丝诡异端倪。有些村庄刚将瘟疫扑灭，转瞬却又有新毒滋生，旧瘟新毒交替发作，仿若鬼魅般难缠，打得众人措手不及。一日清晨，天刚泛起鱼肚白，一村民神色慌张、气喘吁吁地跑来找到吴媛，声音颤抖地汇报："吴姑娘，昨夜有人在井水里投毒，幸被大伙及时发现，当场捆了个正着，本想等天亮交由您发落。可谁成想，大伙守了一夜，天亮一推门，那贼人竟消失得无影无踪，只剩一根粗壮的白楠树桩，还捆在原地呢！"

吴媛心头一凛，匆忙赶到现场。只见那白楠树桩静静伫立，她神色凝重，取出银簪探入井水，须臾间，银簪通体变黑，一股不祥预感涌上心头。此时，一位老者长叹一声，语重心长地说道："姑娘啊，这是白蛇精又出来作怪了！"原来，雁荡山北麓隐匿着一条修炼成精的白蛇，每甲子轮回，逢与蛇相克犯冲之年，它便会出洞，摄取凡人胆汁，用以提升自身妖力、进阶修炼。"今年恰逢猴年，正是蛇妖兴风作浪、残害百姓之时。祖上曾有传言，说唯有属鸡相的外乡姑娘，方能克制蛇妖疫毒。只可惜，数百年来，一直没出现能与之抗衡、除妖降魔之人呐。"老者满脸忧虑，摇头叹息。

众人闻言，亦是纷纷叹气，满脸悲戚无奈。吴媛下意识捻指一算，心中暗忖，随即轻声自问："属鸡姑娘能除妖？"身旁一性急之人抢先问道："姑娘芳龄几何？难不成是属鸡之人？"吴媛回过神来，轻轻颔首，轻声应道："我……我正是属鸡之相。"而后抬眸，目光坚定："须如何才能降妖祛瘟疫？还望诸位告知。"老者见吴媛属相契合，眼中闪过一丝希冀，缓缓说道："圣井山景福寺的馨角法师，身怀镇魔符咒与驱妖精术，威力非凡，若能请得他出手，定能驱蛇回洞，还世间太平。"

吴媛听罢，毫不犹豫，斩钉截铁地说道："我去圣井山求馨角法师！"老者面露难色，犹豫道："只是……此去圣井山，路途遥远，山势险峻、崎岖难行，你一个姑娘家独自上路，如何叫人放心得下？况且村里青壮死伤大半，病的病、残的残，实在挑不出人手陪你同去啊。"吴媛神色坚毅，语气笃定："我既到此地，恰逢蛇妖作孽，许是冥冥之中自有天意。我常年在外奔波，这些艰难险阻算不得什么。老大爷，您快告诉我去圣井山的路，我这便出发！"

众人虽满心不舍，却也知事不宜迟，只得依依惜别吴媛。吴媛稍作整顿，便马不停蹄向着圣井山进发。殊不知，那蛰伏在村落附近的蛇精早已耳聪目明，探得消息。它曾领教过吴媛身上那股清正之气，深知若她求得馨角法师的捉妖法术，自己数百年修炼成果必将毁于一旦。当下心生毒计，幻化作吴媛模样，抢先一步奔赴圣井山。

这蛇妖常年隐匿于雁荡山腹地深洞，潜心修炼，练就一身出神入化的幻形法术，无论身形还是声息，皆能模仿得惟妙惟肖。此刻，它幻作吴媛模样，袅袅婷婷出现在馨角法师面前，盈盈下拜。馨角法师见眼前女子容貌清丽脱俗，仿若出水芙蓉，心中暗自诧异这弟子竟来得如此之早，却也未及细究，只当她求法心切。当下，便将纵影飞步避敌招数、缉拿蛇蝎猛兽要领倾囊相授。

蛇妖虽狡黠聪慧，却终究忌惮圣井山上馨角法师炼丹的烟火气息，那烟火仿若克星，令它浑身不适。修炼之时，它依着法师所授吐纳心法研习，初时只觉法力大增，诸多精妙法术对自身邪气克制有加。可越

40

往后修炼，却越发不对劲，体内灵力紊乱，似要走火入魔。它又恐真正的吴媛赶来，致使自己身份败露；更忧心吴媛习得法师真传，日后成为致命威胁。

一日，恰逢法师月夜闭关养息，蛇妖瞅准时机，扮作守门护卫，猛地推门闯入关内，突袭法师。馨角法师虽身负惊世骇俗之功，奈何闭关中元气外泄，一时难以御敌，几招下来，竟被打成重伤。生死攸关之际，馨角法师倾尽最后一丝力气，踢开供桌下机关，瞬间，一道阳罡真火从门后喷射而出，蛇妖躲避不及，鳞壳被烧开，肉身亦惨遭烫伤。它自知不敌，慌乱间趁势逃窜，临走前，还不忘顺手牵羊，从供桌上盗走法师的五方印玺法宝。

再说吴媛，历经百日艰难跋涉，翻山越岭、披荆斩棘，终于抵达圣井山景福寺。她满怀期待，自报家门与来意后，两名小和尚引她至馨角法师坐堂。谁料，前脚刚踏入，后脚两扇大门便"哐当"一声紧闭。紧接着，七名和尚手持铁棍，如临大敌，二话不说朝着吴媛劈头盖脸打来，其间还夹杂着雄黄酒肆意泼洒。

吴媛猝不及防，惊得花容失色，只得左躲右闪，身形狼狈不堪，口中不住求饶。可和尚们仿若未闻，攻势愈发凌厉。吴媛又惊又怒，索性立定原地，双眼一闭，高声抗议道："久闻景福禅寺馨角法师德高望重，以镇妖除恶为毕生己任。想不到我今日没死在蛇妖之口，却要枉死在佛门清规戒律之下！罢了罢了，这命我不要也罢……"

"停——"就在此时，大堂上方陡然传来馨角法师洪钟般的声音。稍作停顿，他又清了清嗓子，厉声斥道："你这千年蛇妖，竟敢在佛门清净之地幻作人形，骗取法术，欺师灭佛，还偷走宝物！简直自作孽不可活！"吴媛闻言，睁开双眼，目光炯炯，毫无惧色："佛门素以慈悲为怀，如今却仅凭臆想，便要杀生害命！我二八年华，心怀苍生疾苦，不辞辛劳赶来求救；您身为古稀高僧，却不分青红皂白，叫人围杀弱女子。此事若传扬出去，景福寺百年威名怕是要毁于一旦！"

馨角法师眉头紧皱，紧盯吴媛，沉声道："我念你修炼数十甲子不易，今日，只要你交回五方印玺，我便饶你性命。"吴媛挺直脊梁，神色决绝："我已说过，受雁荡山北麓乡亲所托，前来求取除妖清疫之法，一路艰辛跋涉百日，今日才初到宝刹。您口中那些恶行，我从未做过，也不屑争辩。您既已听信谗言、盲目定罪，要杀要剐，悉听尊便！"

馨角法师心中一动，连连追问："你说从雁荡山北麓而来？受民所托除妖？你当真不是蛇妖幻形？"见吴媛满脸坦然，又道："你且将事情来龙去脉细细道来，容我辨明真伪。"吴媛冷哼一声："法师戒堂，棍棒伺候，威严高悬，这是要审讯罪人吗？"馨角法师微微颔首："好一个伶牙俐齿的姑娘。都退下吧，今日我倒要看看你是人是妖，有何本事。"

待和尚们提着木棍鱼贯而出，吴媛整了整衣衫，平复心绪，将雁荡山北麓乡民遭受的旱灾、蝗灾、瘟疫、蛇害等惨状一五一十娓娓道来，言辞恳切，其间，还郑重取出乡老的求救信函呈上。馨角法师看完信件，又细细端详吴媛周身气质、神色仪态，良久，才确定她并非蛇妖所变，神色缓和，吩咐小僧人奉茶，邀她入座细聊。

交谈间，吴媛见馨角法师面色苍白、身形虚弱，心中暗自诧异。一番交流后，方知两个月前那蛇妖假冒自己，先来此地偷学法术，还将法师打成重伤。吴媛恍然大悟，难怪方才遭遇那般误会。误会既消，吴媛便将蛇妖种种恶行，残害百姓、投毒作恶之事，一股脑倾诉出来，言辞间满是愤慨，表明此次前来，一是为百姓求取生机，二是要替死者报仇雪恨，为民除害。

馨角法师长叹一声，满脸无奈："姑娘，此地乃佛门净地，寺规森严，我不能收女弟子。况且那蛇妖冒充你骗取法术，眼下我伤势未愈，元气大伤，实在无力传授你硬功法术了。倘若日后有缘，我自会指点一二。现今，我赠予你一颗百宝丹，此丹珍贵无比，服下可保你遇毒不侵，用以防身护法。你赶紧下山，解救苍生去吧。"言罢，馨角法师引吴媛至练功房，取出一颗红光熠熠的丹丸，又带她来到圣井旁，亲眼看着她以圣泉送服丹药，而后传授一套对水划符念咒的心法，命她牢记于心。

吴媛心领神会，依言反复练习符形笔画、咒语吟诵，直至娴熟流畅、只字不差。馨角法师见状，颇为赞许地点点头："姑娘，今日你与本寺结缘，心怀苍生，实乃大善。你服下的这颗百宝丹，堪称镇殿之宝，比舍利子还珍稀，是本寺数代祖师爷耗费两百年心血凝练而成。望你此去，救百姓于水火，还世间太平。"吴媛听闻丹药来历不凡，下意识双手抚肚，面露不舍，似欲吐出还宝，被馨角法师及时制止。

馨角法师又郑重叮嘱："往后你只需寻地挖泉，念动此咒，清水便能化作圣泉，配以药剂引子，瘟疫自可祛除。速去，莫要耽搁！"吴媛含泪拜别法师，转身下山。

果不其然，吴媛谨遵法师教导，依方行事。回至雁荡山北麓后，她率众人四处挖井，每挖一处，便虔诚念咒。须臾间，清泉汩汩涌出，化作圣泉。百姓们以圣泉调配药剂，饮下后，瘟疫如冰雪遇骄阳，迅速消散，再无踪迹。说来也怪，伴随着瘟疫祛除，肆虐的蝗虫仿若失去魔力，竟也消失得无影无踪。那蛇妖见各个村庄皆有圣泉庇佑，忌惮其灵力，再不敢轻易下山祸害百姓，却也因此怀恨在心，暗中蛰伏，伺机报复吴媛与馨角法师。此乃后话，暂且不表。经此一役，吴媛声名更盛，百姓传颂她的功绩，仿若传颂济世神明，感恩之情溢于言表。

第四节　扶正斜塔

彼时，吴府上下乱作一团，家仆们掘地三尺，寻遍每一个角落，依旧毫无吴媛的踪迹，仿若她凭空消失在了这世间。吴父被那恶棍逼得焦头烂额，整日唉声叹气，茶饭不思，往昔意气风发的模样荡然无存，只剩满脸憔悴与满心无奈。

而另一边，面容姣好、温婉甜美的吴媛，已然乔装改扮成一位面容丑陋、皱纹丛生的老太婆，孤身一人踏上抗婚逃难之路。她专拣那蜿蜒曲折、人迹罕至的偏僻小路，一路南下，决然逃离家乡故土，仿若一只离巢孤雁，奔赴未知命运。

这日傍晚，暮色渐浓，如浓稠墨汁缓缓浸染天空。吴媛在荒僻山路上艰难独行，周遭群山连绵，静谧得有些阴森，唯有她略显疲惫的脚步声在山间回荡。直至天色全然暗下，伸手不见五指，她才瞧见前方山坳处有一座古庙，仿若黑夜里的孤灯，带来一丝慰藉。吴媛心头一喜，快步抢行入内，稍作整顿，掏出干粮匆匆填饱肚子，而后将祭台当作临时床板，和衣躺下，不一会儿便沉沉睡去。

翌日，暖阳高升，日光透过斑驳窗棂洒在吴媛脸上，她悠悠转醒，揉了揉惺忪睡眼，抬手欲拿身旁行李，双手摸索半晌，却摸了个空。吴媛瞬间清醒，心底"咯噔"一下，冷汗簌簌而下，头皮发麻。她慌乱起身，在庙里翻箱倒柜、四处搜寻，不放过任何一个角落，可直至累得气喘吁吁、瘫倒在地，行李依旧不见踪影。满心绝望如潮水般将她淹没，吴媛跌坐在门栏上，泪水夺眶而出，放声大哭起来。

这荒山野岭，罕有人烟，吴媛哭声在空荡荡的庙宇里回荡，倍显凄凉。哭了许久，体力渐渐不支，肚子也适时"咕咕"叫了起来，似在提醒她现实的窘迫。吴媛狠狠抹了把眼泪，强自收住悲情，深知哭解决不了问题，眼下得先走出这是非之地，寻条活路。

此后几日，吴媛一路风餐露宿，饥饿如影随形。她生性腼腆，脸皮薄得仿若蝉翼，即便饿得头晕眼花，也不敢贸然入村乞讨。所幸自幼熟读医书、熟知植物习性，沿途瞧见可食用的山果、鲜嫩花草，或是收集些花粉露水，勉强果腹，维持体力。就这样，一步一步，不知不觉挨到日斜西山，她终于走到了兰溪县城郊外。

正寻觅能容身的庙宇时，吴媛忽闻一阵嘈杂喧闹声从远处传来。循声望去，只见一条宽阔大溪的江心岛上，人群熙熙攘攘，围成一团，仿若炸开的蜂窝。她满心好奇，加快脚步凑近，费力挤入人群。只见人群中央，一位身着绸缎华服、头戴高帽、腰系香袋的老者，满脸怒容，额头青筋暴绽，瞠目竖眉，双手握拳，周身散发着怒气，大有气冲斗牛之势；其对面，蹲着一位中年汉子，身形粗壮，却如霜打的茄子般，双手抱头，耷拉着脑袋，满脸颓丧。

吴媛心中好生奇怪，拉住身旁一位大娘轻声询问，这才知晓事情原委。原来，这位老者姓王，乃福建闽中人氏，来兰溪经营桂圆生意多年，凭借着独到眼光与勤恳经营，事业顺遂，颇有建树。平日里，王老爷子心怀慈悲，乐善好施，时常接济穷人、修缮路桥，在当地人称"王大善人"。去年，恰逢老母亲八十大寿，王老爷子一心想做桩功德，便慷慨乐捐，在兰溪畔修建一座木塔。一来为兰溪镇邪祈福，二来聊表孝心，为吃斋念佛的母亲还愿，再者也盼能给这谋生之地留下一处千古美景，供后人瞻仰。

此项工程交由一位本地木匠全程承接监造。木匠手艺精湛，口碑在业内亦是极佳，带着徒弟们日夜赶工，历经近三年精心架造，木塔终于巍峨耸立。可谁成想，待到竣工，众人定睛一看，却傻了眼。这木塔不论横看竖瞧，总透着股怪异劲儿——塔身明显倾斜。一番专业测量后，得出木塔倾斜竟达7度之多，消息传开，引得众人摇头叹息，街头巷尾议论纷纷。

王大善人满心期许化作泡影，耗费大量钱财、人力，换来一座斜塔，不仅没落下好名声，反倒遭人非议，沦为邻里笑柄，声誉受损严重。老爷子又气又急，亲自找上门来，要与木匠算账。撂下狠话：要么推倒重建，一切损失由木匠承担；要么限期把木塔扶正，恢复原状。否则，便依着契约，送官法办，绝不姑息。

木匠此刻如热锅上的蚂蚁，急得团团转。生米已然煮成熟饭，推倒重建？那可得砸锅卖铁、倾家荡产，怕是连妻儿老小都得跟着遭殃，卖儿卖女都凑不齐这天文数字；可要扶正眼前这座数百万斤重、由无数巨型木料堆积而成的高塔，谈何容易？即便动员全城百姓，搭起高台、使尽全力拉扯，怕也只是蚍蜉撼树，无济于事。众人围在一旁，瞧着木匠狼狈模样，皆暗暗为他捏了把汗。

吴媛默默听完来龙去脉，悄然从人群中挤出，围着木塔缓缓踱步，美眸仔细打量，时而蹲下查看塔基，时而伸手触摸塔身木料。片刻后，她从地上捡起一块小石头，从包袱里翻出一条细线，将石头牢牢绑住，而后手提细线，围着木塔不同方位，仔细观测倾斜度与倾斜方向，每测一处，便在倾斜度较大的方位，用石子悄悄做个记号。

一番细致勘察后，吴媛走近愁眉苦脸、一筹莫展的木匠身旁，轻声安慰道："大叔，您莫要担心，这塔能扶正。"木匠仿若溺水之人抓到救命稻草，瞬间瞪大双眼，"噌"地一下站起身来，趋步上前，双手紧紧攥住吴媛的手，力道大得似要捏碎她的骨头，声音颤抖，连声追问："你说什么？这塔真能扶正？姑娘，你可别哄我！"吴媛用力挣脱他的手，神色笃定，语气不容置疑："没错，能扶正！"

这话一出，仿若热油锅里溅入水滴，人群瞬间炸开了锅。"老大娘，你怕不是在开玩笑吧？这么重的塔，别说兰溪全城百姓，就是搭再高的台子、使再大的劲儿，也拉不正啊！你可别空口说大话。""哼，我看呐，这老太婆指定是木匠找来解围的说客，他俩准是一伙的，把她一起抓起来！"众人你一言我一语，质疑声此起彼伏。

不多时，一行人闹哄哄地来到"威——武——"声声的兰溪县衙。县令端坐高堂，满脸怒容，手中惊堂木重重一拍，厉声斥责木匠不用心建造，还妄图找人糊弄王大善人，责令他从实招来。木匠吓得"扑通"一声跪地，磕头如捣蒜，战战兢兢细说了塔斜缘由：皆是因位置选址不巧，塔基正巧落在溪床软基之上，起初尚不明显，随着塔身重量日益增加，地基不堪重负，这才逐渐倾斜一方。言辞恳切，反复强调眼前这位好心大娘与自己素不相识，绝无串通。

县令却压根不信，冷哼一声，再次猛拍惊堂木："你罪不可赦，还敢嘴硬！来人呐，将他押跪下来，重打二十大板，看他招是不招！""且慢——"吴媛见状，心急如焚，赶忙上前制止，高声道："大人，这位大叔所言句句属实，我与他的确素无瓜葛……"县令眉头一皱，目光如炬，紧盯吴媛，大声问道："你叫他大叔？瞧你模样，年纪比他小？"吴媛一慌，这才意识到说漏了嘴，顿时结巴起来："我……我……"县令见状，提高音量，怒喝道："你还不快老实交待，不然连你一起打！"吴媛定了定神，抿了抿干裂嘴唇，近乎请求地说道："我……我饿坏了，大人能否先给我点吃食，吃饱肚子再说？"

县令不耐烦地朝一旁师爷摆了摆手。不多时，师爷端来一盘热气腾腾的馒头和一碗稀粥。吴媛也顾不上什么仪态，饿狼扑食般大口吞咽起来，须臾间便将吃食一扫而空。饭饱之后，她一抹嘴，叫人端来一盆清水，洗净脸上污渍。刹那间，仿若云开雾散，露出皎洁明月，吴媛原本清丽脱俗的面容展露无遗，在场众人皆是一愣，惊得合不拢嘴。

吴媛整了整衣衫，不卑不亢，将自己身世遭遇一五一十和盘托出。言罢，转身面向王大善人，盈盈下拜："王老爷，只要您再寻些质地坚硬的木头来，另找几个手脚勤快的木匠听我差遣，我以性命担保，不出两个月，定能让这斜塔转正，了却您这桩心愿！"木匠在旁，听了这话，心里直犯嘀咕，忍不住提醒道："姑娘，此事非同小可，你可要三思啊。"吴媛冲他微微一笑，眼神坚定："大叔放心，我自有办法。"

说罢，吴媛看向王大善人，轻声问道："王老爷，这木匠大叔着实不易，我既接手扶正斜塔这活儿，往后花销费用，还得劳您出资，您看可行？"王大善人一心只想早日修好木塔，挽回声誉，当下连连点头：

"只要能把这事办圆满，费用我全包了，全包了！"吴媛又道："王老爷宅心仁厚，自是知晓，干活儿也得让帮手们吃饱肚子，这伙食花销……""自然包含在内！"王大善人爽快应下，随即面露疑虑，问道："姑娘，不是我信不过你，只是此事太过蹊跷，你如何保证能扶正斜塔？"

吴媛微微扬起下巴，目光炯炯："王老爷，我虽是一介女流，可向来言出必行，自比须眉，一言九鼎！"王大善人却仍不放心，苦笑着摇头："姑娘，我在兰溪做买卖多年，凡事讲究稳妥，得有人、有物作保，心里才踏实呐。"木匠见状，挺身而出，拍着胸脯保证："王大善人，我来作保！您一个外乡商人，来咱兰溪做这等功德大事，本地人都由衷感佩。宝塔如今斜成这样，我心中愧疚万分。接下来，我定全力配合姑娘，分文工钱不要！"

王大善人将信将疑，盯着木匠问道："你拿什么作保？一个小姑娘，要扶正千万斤的斜塔，本就令人难以置信，万一搞砸了，我这老脸可往哪儿搁？传回老家，怕是得被人戳脊梁骨，指点七八代人呐！"县令见局面僵持不下，耐着性子打圆场："王大善人，眼下斜塔之事迫在眉睫，大家也没别的法子。不妨先听听姑娘有何解决之道，要是可行，咱就照办；要是不行，再另做商议。"说罢，看向吴媛："吴姓民女，你且说说扶正斜塔的办法，让大伙听听。"

吴媛微微颔首，不慌不忙解释道："大人、王老爷，我仔细测过，木塔倾斜方向是东南方，确是溪床软基承受不住塔身重力所致。好在经过这段时日重压，地基已然压实，不再下沉。我打算用硬木制成千千万万只楔子，从每一层的木料缝隙间打进垫高，层层加码，借由这巧劲儿，慢慢将斜塔纠正过来。"县令听后，沉思片刻，微微点头："嗯，此办法听着有理，眼下这斜塔也只能'活马当作死马医'了，王大善人，你意下如何？"王大善人眉头紧皱，沉默不语，显然仍在斟酌。众人却在旁不住点头，交头接耳，小声议论着方案可行性。

良久，王大善人轻叹了口气，缓缓说道："一切全凭县老爷作主。"县令当机立断："既如此，便按吴姑娘所言行事！"于是，王大善人迅速差人从各处调集材质坚硬的木头，又请来七八个手艺娴熟的木匠。众人分工明确，有的负责削制木楔子，一时间木屑纷飞；有的扛起木楔，小心翼翼地从塔层倾斜一面往里敲，"乒乒乓乓"声响彻江心岛。起早贪黑、日夜赶工，这般忙碌了近四五十天，奇迹发生了！只见原本倾斜的木塔，仿若被一只无形巨手缓缓扶正，一点点、一寸寸，最终垂直耸立于兰溪畔，威风凛凛，成了远近闻名、百姓辨路的地标性建筑，也圆满了王大善人老母亲的心愿，造福一方百姓。

据说，积善之家必有余庆，因果福报不爽。王大善人的后人中出了个王家彦，自幼受祖上善德家风熏陶，心怀苍生。成年后出仕兰溪，担任县令一职。初到任上，见当地财政亏欠严重，百姓生活困苦，二话不说，变卖诸多家产，携资前来施政，"挑钱到兰溪做县令"的佳话不胫而走，流传后世。此乃后话。

斜塔揭幕当日，阳光明媚，暖风和煦。县令满脸感慨，踱步至吴媛身旁，拱手称赞："姑娘，今日我算是真正明白了，这斜塔属穿斗结构，木质构件相互牵扯，联结结实，已然形成一个稳固有机整体。你巧用木楔，借斜面之力抬高塔身，恰似'四两拨千斤'，这般补救办法，实在是高明至极啊！"吴媛微微欠身，谦逊回应："大人过奖了，许是天意使然，让我有幸为王大善人了却这桩功德心愿。"

县令连连点头，满怀感激道："姑娘，你此番作为，与王大善人一样，皆是为兰溪做了件大好事。你若有什么需求，尽管开口，本县定当全力相助。"王大善人在旁，赶忙附和："对对对，吴家妹子，你这一路要去往何方？我雇顶轿子送你，盘缠路费也全包了，权当是我的一点心意！"

吴媛微微摇头，婉拒道："王老爷，我本欲前往黎山问道，途中偶遇您这桩善事，机缘巧合下出手相助。待黎山之行结束，我倒真想前往您家乡，感受那善德之风。只是前路茫茫，我孤身一人，不敢有劳您费心。"说罢，转身面向县令，轻声请求："大人，此行路途遥远，艰险未知，能否赏给民女一张兰溪县的公文？也好震慑盗贼，保我一路平安。"县令毫不犹豫，大手一挥："这有何难？莫说是兰溪县公文，后天我便要前往金华郡府公干，届时向府尹求一份公文，保你在郡内畅行无阻！"

吴媛心怀感激，连连道谢。随后，她怀揣着县令的郡县公文与王大善人资助的盘缠，背上行囊，再度启程，一路向南，奔赴未知旅途，身影渐行渐远，唯留一段佳话在兰溪百姓口中代代传颂。

第五节　祸福有报

吴媛在兰溪大展身手，扶正那摇摇欲坠的木塔，此番功绩引得县令大为赞赏，特赐一张通送文牒，自此，她一路畅行无阻，向着未知的前路继续进发。

不多时，吴媛的脚步停留在了衢州药王山。这座山仿若世外桃源，藏着绝世草药，更承载着无数传奇。炎帝、扁鹊、华佗、李时珍等医界先圣皆曾在此采药、居住，留下诸多遗迹——"神农谷""神农炼丹""药王居"，光听名字，便觉古韵悠然。山林郁郁、瀑布飞泻、溪泉潺潺、峡谷幽深，集雄、奇、险、灵、秀、美、幽于一体，吴媛仿若误入仙境的旅人，沉醉其间，数月时光转瞬即逝。山下百姓听闻她在此处，纷纷慕名前来求医，一时间，找她看病的人络绎不绝，吴媛皆耐心接诊，毫无怨言。

然而，平静的日子骤起波澜。这日，九龙湖畔何家庄来人，神色慌张，一路跌跌撞撞奔向吴媛，口中急道："吴神医，不好了！柳仲死而复生，可眼下却疯了，见东西就砸，拿到刀便要自刎，性命堪忧，还望您速速前去救治！"

说起这柳仲，也曾是何家庄的风云人物。他自五岁启蒙，便展露非凡天资，头脑聪慧过人，记忆力超群，但凡读过之书，皆能过目成诵，顶着"神童"的光环长大。邻里乡亲皆笃定，这孩子日后定能金榜题名，光宗耀祖。奈何岁月流转，年逾四十的柳仲却连举人都未考中，仕途失意，家境也随之落魄，一贫如洗。

柳仲之妻余青莲，生得花容月貌，身姿婀娜。当初，她慕柳仲之才，满心期许嫁入柳家能过上富贵荣华的日子。可现实却如冷水浇头，婚后生活清苦不说，柳仲性情大变，喜怒无常，全然不解风情，甚至时常在情绪失控时，对余青莲拳脚相加。

为了勉强维持生计，那个闷热的夏日，余青莲在自家门口支起一间包子铺。为招揽生意，她身着一袭轻薄纱衣，姣好身材若隐若现，引得不少男人驻足，每日铺子前人来人往，生意倒是红火。

一日，有人拎着厚礼上门，请柳仲写一副墨宝，可家中纸墨恰好用尽。柳仲便踱步至铺中，向妻子伸手要钱购置。谁料，入眼便是妻子那娇艳打扮，还与往来客人眉眼传情，他顿觉颜面扫地，怒火"噌"地一下蹿上心头。待客人离去，柳仲当即苛责道："咱们柳家乃诗书世家，你这般刻意打扮，成何体统？简直丢尽我的脸面！"

余青莲辛苦忙碌许久，手头刚攒下些钱，满心委屈，听了这话更是火冒三丈，当下便与柳仲对骂起来，直言柳仲没本事，让她跟着受苦，还数落他在外毫无颜面可言。柳仲被怼得无地自容，羞愤难当，哪还有脸回去，索性在街上漫无目的地游荡。

行至一家酒馆门口，柳仲饥肠辘辘，腹中饥饿感如潮水般翻涌，他顾不上许多，抬腿迈进酒馆，点了一桌酒菜，又要两壶福茅窖酒，闷头吃喝起来。待到酒足饭饱，结账时才惊觉自己身无分文。想到若是被掌柜当众羞辱，往后在镇上哪还有颜面立足，慌乱间，他心生一计。

柳仲佯装要去出恭，起身往后院走去。趁着小二不注意，费力爬上墙头，一咬牙，纵身跃下。哪曾想，酒馆外墙后竟是个丈余深的粪坑，里头屎尿满池，恶臭熏天。柳仲径直坠入其中，越是挣扎，身体陷得越快、越深，不多时，便被刺鼻气味呛得昏死过去，没了声息。

小二久闻柳仲大名，起初见他进店吃喝，并未多想。可左等右等，始终不见柳仲从茅厕出来，心下疑惑，便提了灯笼去寻人。茅厕中空无一人，唯有墙头攀爬痕迹醒目，小二心头一紧，赶忙找来梯子爬上墙头张望，借着微弱灯光，瞧见粪坑中柳仲那早已僵直的身躯，大惊失色。

余青莲婆媳得知消息，火速报官。官兵一番查验后，认定柳仲是跳粪坑自尽，与店家并无干系。余青莲向来泼辣，怎会轻易罢休？她一不做二不休，竟让婆婆将尸体陈于衙门，拒不拉回安葬，誓要讨个说法。县衙哪容得这般撒泼行径，几次劝解无果，正欲扣留余青莲时，恰逢在隔壁救助难产孕妇的吴媛闻声赶来。

吴媛拨开人群，瞧见满身污秽的柳仲，却敏锐地发现尚有一丝生机。她当机立断，沉稳指挥："快，端盆清水来！"又转头对余青莲说："劳烦你将柳仲这身污秽衣物褪去。"随后，命人找来一块木板，架在石头上，指挥众人小心翼翼抬着柳仲，头朝下缓缓来回翻转。末了，吴媛手捧一碗陈醋，缓缓灌入柳仲鼻孔。须臾间，柳仲接连打了几个喷嚏，身子猛地翻坐起来，瞧见满地脏衣，又看看周遭众人，瞬间明白发生何事，满脸羞愧，跌跌撞撞挤出人群，瞬间没了踪影。

柳仲死而复生的奇事，瞬间传遍四里八乡，吴媛妙手回春的医术也声名远扬，百姓们啧啧称奇，自此，有人尊她为"东瓯女神医"，医德美名传遍东南沿海。

至于柳仲此番生而发疯，吴媛依据医理推断，应是跌入粪池受惊过度所致。她叮嘱来人："先回去把病人安置在无利器的房间，好生照料三餐，务必保持环境安静。我交代下邻里，收拾好行李，明日要前往庐山访友，顺路便去九龙湖畔为柳仲复诊。"

吴媛收拾妥当行李，早早歇下。许是庐山美景入梦来，她很快沉沉睡去。恍惚间，吴媛赶到柳仲家中，眼前景象却让她胃中一阵翻涌——柳仲正手持一只人手，往嘴里塞去，口中还念念有词："这是阴世分的人手，美味得紧呐！"

吴媛强忍着恶心，欲上前制止。柳仲却仿若未觉，身子转了一圈，继续嘟囔："咱阳世间的盗贼，到了阴间，手便要被砍掉做成卤肉；多舌造谣之人，得天天吃小鬼屙的屎；好色男子去了阴间，黑杵要被切下泡酒；贪淫妇人那私密处也要被割下做成榨菜。这便是善恶有报，天道好轮回呐！"

吴媛灵机一动，心想着带柳仲去找阎王理论，或许能寻得破解疯病之法。阎王听闻东瓯女神医前来拜会，赶忙亲自出门相迎，礼数周全："吴神医大驾光临，有失远迎，还望恕罪。"

吴媛微微欠身，寒暄几句后，切入正题："阎王大人，小女子此番前来，确有一事不明，还望大人不吝赐教。"

阎王抬手示意："神医但说无妨，本王定知无不言。"

吴媛直言："我这病人柳仲，九龙湖畔柳家庄人，祖上皆是忠良之士，他本人幼时也聪慧过人，却仕途坎坷，至今未得高中，如今又遭逢疯癫厄运，这命运为何如此波折？"

阎王目光深邃，微微思忖，看向柳仲问道："你父亲可是叫柳九增？"

柳仲面露惊诧之色，眼中闪过一丝光亮，急切问道："大人竟识得我爹？"

阎王嘴角浮起一抹冷笑，沉声道："哼，因果报应罢了，你怕是不知你爹昔日恶行。"

吴媛心头一惊，追问道："柳仲命运竟与他父亲作为有关？"

柳仲亦是满心狐疑，高声辩驳："家父一生勤恳，斋僧布道、乐善好施，十余年前不慎坠崖身亡，连尸首都残缺不全，这般好人怎会有恶行？大人莫要冤枉好人！"

阎王面色一沉，紧盯柳仲："十七年前，药王山尼姑庵那场大火，你可曾听闻？"

柳仲点头："确有此事，可这与家父能有何关联？"

阎王长叹一声，缓缓道："你爹人面兽心呐！那时，他垂涎庵里一位尼姑许久，多次威逼利诱不成，竟使出下作手段，偷偷将男人内衣置于尼姑内室，再找人来捉奸，害得那尼姑含恨自焚，火势蔓延，整座寺庙毁于一旦。他以为神不知鬼不觉，可头顶三尺有神明，所作所为皆被记录在册。雷公震怒，将你爹活活劈落山崖，而后豺狼虎豹闻腥而来，将他开膛破肚，落得个死无全尸的下场。"

柳仲如遭雷击，呆立当场，满脸不可置信，身子簌簌发抖，半晌说不出话来。

阎王转身看向吴媛："他家祖上积善，本应福泽绵延，柳仲年少聪慧，本该前程似锦。奈何其父做下这等损阴丧德之事，上天震怒，将他家福禄寿喜财尽数剥夺，致使后人诸事不顺，家破人亡。此乃天意，神医还是莫要插手，任他疯死吧。"

柳仲"扑通"一声跪地，磕头如捣蒜，苦苦哀求，阎王却不为所动。吴媛见状，心中五味杂陈，感慨万千："善恶有报，果真是半点不由人。小女子谨遵大人之意，往后定劝世人多积功德，福荫子孙。"说罢，拉起柳仲便往外走。

刚跨过门槛，脚下突然一空，吴媛坠入无尽深渊，吓得她冷汗涔涔，猛地从床上坐起，抬手揉了揉惺忪睡眼，晃了晃脑袋，才惊觉是一场噩梦。

窗外，阳光透过茅草缝隙洒落屋内，吴媛知晓时辰不早，匆匆吃完早餐，背起行李，向着柳家庄快步赶去。

待吴媛赶到柳家庄村口，只见柳仲疯疯癫癫，嘴里嘟囔不停，仰头对着天空嘶吼："阎王爷，一人做事一人当！我爹的事，找他算账去，为何要降祸于我？"众人围观看热闹，却无人敢上前阻拦。

柳仲突然发了狂，冲进厨房，"哐当"一声闩紧门。紧接着，屋内传来阵阵惨叫。众人惊惶失措，凑近门缝一瞧，只见柳仲挥刀砍下自己一只手，塞入口中啃咬，嘴里还喊着要割下舌头泡酒，警示世间多舌之人。说罢，真就揪住舌头，手起刀落，将舌头丢进酒坛。而后，他又举刀欲挖眼珠，眼瞅着就要酿成大祸。

恰在此时，吴媛心急如焚，俯身捡起一块小石头，奋力朝屋内掷去。石子精准震飞柳仲手中利刃，顺带将他震倒在地，滚落至灶口。余青莲惊呼出声，忙叫人破门而入，可一切为时已晚，柳仲已气绝身亡。

刹那间，天空电闪雷鸣，一个威严声音仿若从天而降："人在做，天在看。积德留余福，善良有厚报。"

众人望向吴媛离去的背影，耳畔仿若还回响着那掷地有声的劝诫之语，久久不散……

第六节　虎报恩情

吴媛满怀着感恩之情，恭恭敬敬地拜别银发婆婆后，环顾四周，目光落在路边那堆积如山的干柴上。

她深知这荒郊野外危机四伏，豺狼野兽随时可能出没，而火焰恰是它们心底最深的忌惮。于是，吴媛不辞辛劳，一趟又一趟地搬运干柴，往那已然燃起的火堆里持续添薪旺火。熊熊烈火冲天而起，噼里啪啦地作响，似是忠诚的卫士，筑起一道天然的安全屏障，将危险远远隔绝在外。吴媛这才稍稍安心，侧身靠在一块冰冷的大石头边，伴着跳跃的火光，缓缓沉入梦乡。

夜半时分，万籁俱寂，唯有火堆偶尔发出轻微的噼啪声。睡梦中的吴媛，忽然感觉衣领被一股莫名的力量轻轻拖动了几下。她瞬间警醒，仿若受惊的小鹿，警觉地睁开双眼，定睛一看，刹那间，惊恐如潮水般涌上心头，令她浑身血液凝固，一动也不敢动——只见一只威风凛凛的老虎，正威风凛凛地站立在眼前，那铜铃般的大眼幽绿深邃，仿若两口深不见底的寒潭，正幽幽地盯着她。虎头低垂，嘴里叼着一个暗红色的布袋，缓缓前移一步，轻轻放下袋子后，又抬头望向吴媛，片刻，复又叼起布袋，往前推了推，目光中似有别样深意，那幽绿的眼珠，在火光映照下，放出微弱却摄人的光芒。

吴媛瞪大双眼，死死盯着眼前这庞然大物，心脏狂跳不止，脑海中只剩一个念头：今日，自己怕是要命丧虎口，沦为它的腹中美食了。可老虎却仿若看穿她心思，并未展露丝毫攻击性，只是静静地走到吴媛面前，再次放下布袋，而后不紧不慢地后退几步，稳稳立住，目光平和，就那样静静地望着她。

　　吴媛见老虎并无恶意，紧张的情绪稍稍缓解，好奇心悄然爬上心头。她咽了咽唾沫，壮着胆子，缓缓弯下腰，指尖颤抖着捡起那小布袋。入手的瞬间，只觉颇为沉重，吴媛心下愈发疑惑，犹豫再三，还是缓缓打开了布袋。刹那间，金光夺目，布袋里竟整整齐齐地装着五锭黄金，黄澄澄、金灿灿的，晃得人眼晕。吴媛不禁倒吸一口凉气，惊讶得合不拢嘴。惊愕之余，她心底也泛起一阵苦涩——银发婆婆携她逃离蜘蛛洞时，太过匆忙，行李银两全然不及带上，此刻的她，身无分文，囊中羞涩，往后这漫漫南下之路，该是何等艰难啊！

　　这时，那只老虎仿若知晓吴媛心思，又缓缓靠近她身边，伸出尖锐獠牙，轻轻咬住吴媛的衣角，轻轻拉扯，目光中满是示意。吴媛心头一动，似有所悟，冲着老虎微微点头，以示领会。老虎见状，松开衣角，转身前行，咬着衣角在前面带路。吴媛怀揣忐忑，亦步亦趋地紧跟其后。这般走了约莫半炷香的时辰，眼前豁然出现一个阴森森的山洞。洞口仿若一张巨兽大口，黑黢黢地透着股神秘与未知。

　　吴媛满心好奇，强压心底恐惧，俯身从山洞旁捡起些干柴枯树叶，手脚麻利地捆扎成简易火棒，又从怀中掏出火折子，"噗"地一声点燃。火光摇曳，驱散些许黑暗，山洞内景象渐渐明晰。只见山洞深处，一只雌虎虚弱地卧在地上，皮毛黯淡无光，身上血迹斑斑，伤口狰狞，气息奄奄，仿若风中残烛，随时可能熄灭。

吴媛瞬间恍然大悟，知晓了老虎此番举动的用意。当下不及多想，转身快步奔出山洞，凭借着自幼熟知的草药知识，在周边山林里仔细搜寻，不多时，便采得几种消炎止血、祛毒生肌的草药归来。她蹲在雌虎身旁，手法娴熟，小心翼翼地清理伤口，挑出几味鲜嫩树叶，放在掌心，用力捣碎，轻轻敷在雌虎伤口处，又从衣角撕下布条，仔仔细细地包扎起来，动作轻柔而专注。

处理完雌虎伤口，吴媛长舒一口气，放下手中布袋，起身欲下山继续行程。这下可急坏了一旁守护的雄虎，它猛地起身，一个箭步上前，精准地咬住小布袋，折返回吴媛身边，轻轻放下，目光坚定，不容置疑。吴媛见状，彻底明白过来，原来这虎王是以此黄金首饰答谢自己的救命之恩。她心中一暖，也不再推辞，俯身捡起小布袋，心怀感激，坦然出洞下山。

吴媛在前，老虎紧随其后，默默护送。这般走了几个时辰山路，周遭静谧得有些诡异。突然，前方灌木丛簌簌作响，一群老虎仿若鬼魅般窜出，一只只张牙舞爪，凶神恶煞，铜铃大眼中射出冰冷寒光，瞬间将吴媛紧紧围住，龇牙咧嘴，唾液滴落，显然是把她当作了一顿美味佳肴。

吴媛脸色煞白，惊恐地瞪大双眼，双脚发软。关键时刻，护送她的雄虎挺身而出，仰头发出一声震天咆哮，声浪滚滚，仿若雷鸣，在山谷间久久回荡，震得人耳鼓生疼。那群饿虎闻声，身子忍不住瑟瑟发抖，气焰瞬间消散，先前凶狠模样荡然无存。不过片刻，便如受惊野兔，一溜烟跑得无影无踪。

　　吴媛这才知晓，眼前这雄虎想必是此山中虎王，有它庇佑，自是安全无虞。不知不觉间，二人一虎行至城郊大路，此时，天已大亮，旭日东升，暖橙色光辉洒满大地，驱散一夜阴霾。虎王咬着吴媛衣领，前足伏地，仰头对着澄澈天空，轻啸三声，声音悠长婉转。吴媛冰雪聪明，瞬间领会其意，依样学着呼啸三声。须臾，山林间沙沙作响，一群老虎仿若训练有素的士兵，迅速聚集在路边，跟在虎王身后，摇尾摆臀，似在为吴媛送行。

　　吴媛孤身一人，又行了一程路，瞧见路边有口水井，便快步上前，俯身掬起一捧清凉井水，洗漱一番，顿觉神清气爽。洗漱完毕，她下意识地摸了摸身上布袋，心底盘算着，当下身无长物，前路漫漫，需得将黄金换些碎银，重新置办行李，备足干粮才行。

　　怀揣着这般想法，吴媛寻至城里当铺。她迈进当铺大门，将布袋轻轻置于柜台上，从中掬出一锭黄金，轻声说道："劳烦掌柜，帮我换些碎银。"伙计见状，赶忙搬来一张凳子，满脸堆笑："姑娘，您且坐下歇歇。"又招呼另一个帮工前来招待，自己则匆匆往后院请老板定夺去了。

吴嫒满心期许，静静等候。可左等右等，许久不见老板出来，肚子却适时"咕咕"叫了起来，又饿又急。她不耐久等，起身欲往下一家当铺寻求交易。然而，变故突生——当铺前门和后院瞬间涌出几个衙役，身形矫健，如狼似虎，前后门各拐进一人，将吴嫒夹击在中间，动弹不得。吴嫒惊恐万分，瞪大双眼，还不及反应，便被五花大绑，扭送至县衙。

原来，两天前，有个商人进山收购山货，本想着大赚一笔，却不幸遭遇歹徒黑手。歹徒见财起意，心狠手辣，谋害商人后，将其身上值钱财物洗劫一空。偏巧虎王叼送吴嫒的这袋黄金，正是商人被劫之物，布袋上还绣有商人独有的某个印记，仿若无声铁证，将嫌疑矛头径直指向吴嫒。

县官老爷端坐高堂，面色阴沉，目光如炬，死死盯着桌上赃物，猛地一拍惊堂木，怒声喝道："大胆刁民！你是何方人氏？快报上姓名！如今人赃俱获，你还有何话可说？速速从实招来，免得受那皮肉之苦！"

吴嫒双手被牢牢捆绑在后背，面对这突如其来的横祸，娇躯微微颤抖，声音带着几分颤抖与委屈："大人，民女姓吴名嫒，这事儿着实冤枉……"当下，她将山上经历一五一十细细道来，言辞恳切："民女在山上偶遇受伤雌虎，心生怜悯，出手相救。老虎感恩图报，叼来这布袋酬谢，事情便是这般简单，望大人明察秋毫。"

县官听后，却怒发冲冠，瞪大双眼，驳斥道："大胆民女，竟敢在公堂之上信口雌黄！老虎乃野性畜牲，怎会懂得用黄金报答你？简直一派胡言，妄图蒙混过关！"这县官老爷恰好也姓吴，起初念在宗亲情分上，说话尚留几分余地，语气稍缓；可听着吴媛这番说辞，只觉荒诞不经，心中怒火"噌"地一下燃起，当下对吴媛动用刑罚。

吴媛虽只是柔弱女子，却生性坚韧。那尖锐竹片紧紧夹住肌肤，疼痛钻心，冷汗如雨下，她却紧咬牙关，死死忍住，依旧一口咬定首饰乃老虎报恩所赠。县令瞧她这般模样，不似说谎，又念着同宗同源，自家妹子从远道而来，孤身漂泊不易，心中疑虑渐生，对她言语半信半疑起来。思忖再三，决定派两个衙役跟随吴媛上山查探究竟。

吴媛带着衙役踏入茫茫大山，山林茂密，古木参天，仿若迷宫般错综复杂。几人兜兜转转许久，吴媛心急如焚，却发现竟迷失了方向，寻不到来时山洞。衙役见状，心生猜忌，认定吴媛是故意带错路，企图拖延时间、伺机逃跑。二人对视一眼，一前一后将吴媛夹在中间，言语威逼："姑娘，你可想好了路线，莫要再耍花招！"

吴媛心急如焚，额间汗珠滚落，猛然记起与虎王临别时所学唤虎术。当下不及多想，仰头依样发声，长啸三下，声浪穿破山林，在山谷间悠悠回荡。片刻，几只老虎仿若神兵天降，从树丛中迅猛钻出，瞬间将三人围在中央。虎视眈眈，朝天咆哮，声震九霄，仿若山崩地裂。俩衙役哪见过这般阵仗，脸色煞白如纸，双腿发软，瑟瑟发抖，不断往吴媛身边聚拢，平日里威风凛凛的架子荡然无存，口中哆哆嗦嗦，哀求吴媛使唤虎群莫要再进一步。

　　须臾，虎王威风凛凛地从山道上行来，瞧见吴媛，兴奋地摇头摆尾，仿若见到久别主人。虎群见虎王驾到，自动让出一条通道，恭迎它入内。吴媛见状，冲着虎王微微示意，恳请带路前往雌虎所在山洞。虎王心领神会，昂首阔步在前带路，一群老虎紧紧相随，将三人堵在中间。俩衙役此刻哪敢造次，战战兢兢，小心翼翼地跟在吴媛身边，手脚并用，拨开路边杂树，生怕惊扰虎群，只求平安无事。

　　不多时，三人在虎王引领下步入洞中。吴媛一眼瞧见受伤雌虎，快步上前查看，见其伤势已有好转，心中欢喜，对着洞中雌雄双虎轻声说道："老虎啊，眼下只有你们能救我了。你们送我的黄金，原是赃物，关乎一条人命，如今我被当作杀人嫌犯，深陷囹圄……"

　　吴媛话音刚落，受伤雌虎仿若听懂人话，拼尽全力站起身来，与虎王并肩而立，仰头对着洞口，发出一阵悠长长啸。刹那间，围在洞口的虎群纷纷响应，此起彼伏的长啸声震得山洞簌簌作响，吓得俩衙役瘫倒在地，直呼爹娘救命。

随后，虎王踱步至吴媛身边，伸出虎牙，轻轻咬断她身上绳索，又转头恶狠狠地瞪向俩衙役，仿若下一秒便能将二人撕成碎片。衙役何曾见过这般凶狠模样，吓得屁滚尿流，"扑通"一声跪地，磕头如捣蒜，不断向吴媛求救。

吴媛冲着虎王微微点头示意，虎王会意，令守洞口虎群让开一条路。俩衙役如获大赦，连滚带爬，带着吴媛跌跌撞撞下了山。回到衙门，二人不敢耽搁，立马将山中见闻一五一十告知县令吴老爷。

吴县令为官多年，见多识广，知晓此事非同寻常。当下不敢草率定夺，将吴媛暂押候审，自己则带着一个书童，亲赴实地勘察案情。行至一座山脚下时，变故突生——一只老虎仿若天降奇兵，从灌木丛中猛然蹿出，挡住去路。只见老虎嘴里叼着一只鞋子，缓缓走到吴县令面前，轻轻放下，又往后退了几步，目光幽幽，仿若暗藏深意。

吴县令俯身捡起鞋子，眉头紧锁，心中暗自琢磨："这老虎竟如此通灵性，难不成本家那女子真是受了冤枉？说不定，这只鞋子与那桩命案大有关联……"回到县衙后，吴县令对着鞋子反复端详、细细思量，却始终不得要领。夜里，吴县令辗转难眠，恍惚入梦。梦中，他带着几个衙役，全力追赶一人，那人脚上所穿鞋子，竟与老虎叼来的这只一模一样。

次日清晨，吴县令猛地惊醒，心中有了计较。他即刻吩咐几个衙役，全力查找鞋的主人。正所谓功夫不负有心人，经过半个月艰苦卓绝的明察暗访，衙役们终于寻得线索——有个樵夫，进山砍柴时偶遇老虎，却毫发无损。回村后，樵夫得意洋洋，将此事添油加醋、夸夸其谈炫耀了一番。

说者无心，听者有意。吴县令听闻此事，兴奋不已，当即命人将樵夫捉拿审问。大堂之上，吴县令目光如炬，证据确凿，一番唇枪舌剑、攻心较量，樵夫心中防线终被攻破。原来，那日樵夫进山砍柴，正巧碰见独自一人、满身财物的露富商人，歹念顿生，痛下杀手，谋害商人后匆忙逃离。慌乱间，不慎遗失小布袋，彼时只顾逃命，哪还顾得上返回寻找。谁成想，这布袋被老虎王拾得，又阴差阳错送给吴媛，无端生出这诸多曲折来。

如今，真相大白，案子水落石出。樵夫因犯下命案，证据确凿，被判极刑，一命偿一命，也算还受害商人家属一个公道。善恶到头终有报，人间正道是沧桑，天理昭昭，疏而不漏。

吴县令心知吴媛小小年纪，却有独身行走上千里路的胆识，还身怀驱蛇驭虎之奇异本领，这般聪慧果敢、坚毅不凡，假以时日，必成大器，非凡人可比。无罪释放吴嫒当日，精明且重宗亲情谊的吴县令，特意设宴为她饯行。酒过三巡，吴县令举杯，目光诚挚："本家妹子，倘若日后成就卓越，还望多光耀吴氏宗门，多多扶持吴家后裔，壮大我吴氏一族！"

吴嫒起身，举杯相迎，心中感慨于吴县令爱憎分明、惠政为民的为官风范，神色凛然，语气坚定："女娲造人之时，便赋予世人使命。吾辈当努力优秀自我，心怀苍生，造福他人，如此方不负来这世间一遭！"

吴县令闻言，放下酒杯，由衷赞叹："君心高远，心怀天下，非吾等所能及。假以时日，妹子必成我吴氏最杰出人物，受众人敬仰，尊为女神！"言罢，二人相视一笑，一饮而尽，吴嫒怀揣着这份期许与祝愿，再度踏上漫漫征程，前路虽未知，却满是希望。

第七节　庐山异学

吴嫒别了九龙湖，怀揣着对道学的一腔热忱与满心疑惑，以日月星辰作指引，一路向着西北，奔赴庐山，心心念念要到阎山净明派访道求学。她仿若一位虔诚的朝圣者，不惧路途遥远，一心只为解开萦绕心间的道学谜团。

这一路风餐露宿，行了一月有余，吴媛抵达都昌城北七八里地时，正值日落西山。干粮袋早已空空如也，前路茫茫，不见村落客栈的影子，孤身一人置身荒野，焦急与疲惫如潮水般涌上心头。可她别无选择，咬咬牙，拖着沉重步伐继续前行。

天色渐暗，暮色像一张巨大的黑幕缓缓落下。就在吴媛满心疲惫之时，路边一座气势恢宏的大宅院突兀映入眼帘。那院门巍峨高大，透着威严庄重，门楣之上高悬"许府"匾额，在朦胧夜色中隐隐散发着神秘气息。吴媛暗自思忖，这般气派的宅院，主人定非富即贵，当下上前，抬手轻叩大门铜环。

不多时，门"吱呀"一声开了，从中走出一位青衣小道士。这小道士看着年岁不大，约莫十五六岁模样，面容青涩，透着股少年人的朝气。他瞧见吴媛，眼中闪过一丝疑惑，开口问道："你是从哪来的姑娘？敲门所为何事？"

吴媛赶忙欠身行礼，言语间满是谦恭："打扰道兄了。我从东瓯而来，名叫吴媛，一心痴迷道学，欲往庐山求师问道。只是这一路没碰上村店，干粮已然耗尽。见贵府宅院这般气派，斗胆恳请道兄帮忙通报一声，赏我一口吃食，解解燃眉之急。"

小道士微微点头，语气平和："你且稍等片刻，我这就进去禀报师父。"

"多谢小道兄。"吴媛感激不已，目送小道士身影消失在门内。

不一会儿，隐隐约约有交谈声传来："既是来自东瓯的姑娘，说不定是蝴蝶公主亲临，快请她进来！我要与她叙上一叙。"吴媛心头一惊，满心疑惑，还未及细想，青衣小道士已然折返，抬手邀她入内。

吴媛跟着小道士踏入内宅，刹那间，一股森寒之气扑面而来，仿若冬日冰水灌顶，她忍不住打了个哆嗦，心底暗叫不妙，顿生退意。可转念一想，这般贸然离去，实在有失礼数；再者，自己身负艺学，危急关头还能用"禹步"提纵术脱身。况且此刻肚子饿得"咕咕"直叫，抗议声此起彼伏，无奈之下，她只得硬着头皮，一步步向深宅内走去。

二人穿过三重门，眼前豁然开朗，是一间宽敞大厅。吴媛抬眼望去，只见右侧坐着一位老者，鹤发童颜，仙风道骨。老者闭目端坐，双手掐诀，口中念念有词，似是在演算天机，又仿若早已算准她的到来，静静等候于此。

许久，老者缓缓睁开双眼，目光平和，朝吴媛轻点下头，侧身与青衣小道士低语几句。小道士领命而去，不多时，双手稳稳端着饭菜归来，轻轻搁在吴媛面前食案上。

吴媛实在饿极了，顾不上许多，匆匆道了两句谢，便端起碗筷，大口大口吃起来。眨眼间，满满一碗饭菜便见了底。

老者看着她吃饱喝足，这才不紧不慢开口："公主芳驾光临，有失远迎，还望恕罪。"

吴媛闻言，惊诧莫名，瞪大双眼问道："道长何出此言？为何这般称呼我？"

老者并未直接作答，只是微微闭目，双手再次掐诀，口中念念有词。须臾，他语调平缓，却似洞悉一切："自你离家那日起，我便等了你183天。你芳龄二九，生于江浙，游历东瓯，得黎山老母些许传授，如今一心奔赴庐山，欲求阊祖之学。我说的可对？"

吴媛听得瞠目结舌，由衷赞叹："道长真乃神人也！"心中对老者的敬畏又添几分。

老者嘴角浮起一抹笑意，自信满满又道："不止于此，我还知晓你前世身世。你本是天上瑶池王母娘娘的五公主，化蝶下凡投胎，于七月十五子时呱呱坠地。"

吴媛先是一愣，随即自嘲一笑，拍着胸脯反驳："道长怕是误会了，我姓吴，家父吴百福，乃太湖之畔吴世伯后人，实打实的凡人！"

老者摆了摆衣袖，笑容和煦，打断她的话："那不过是你投胎凡世的表象罢了。你本非常人，命中多有劫难，故而投身尘世历练。"说罢，老者目光炯炯，凝视吴媛，"实不相瞒，我便是你心心念念要上庐山找寻的正一道，也就是净明派创派人，姓许名逊。我派素来讲究'忠诚孝道，践行伦理'，公主今日能寻至此间，可见你我缘分匪浅。我有意认你为义女，你意下如何？"

吴媛瞬间陷入沉思。她对庐山正一道早有耳闻，知晓祖师许逊，字敬之，乃晋朝名士，曾任四川旌阳县令，百姓敬称"许旌阳"。传闻他年少以射猎为生，一日进山射鹿，目睹母鹿舔舐坠地鹿胎，直至身死，怆然有感，折弩弃猎，自此潜心修道。许逊聪颖过人，博通经史、天文、地理、医学、阴阳五行诸多学说，痴迷道家修炼法术，终开正一道教派，与张道陵、葛玄、萨守坚并称为道教四大天师。可如今，这位数百年前的宗师竟要与自己认干亲，吴媛只觉头皮发麻，惶恐不已，斟酌再三，谨慎回道："您乃一代宗师，德高望重；我不过是民间一普通苦女子，哪配得上做您的女儿？我一心只想拜您为师，研习道术，修身为民，还望您成全。"

许真君微微皱眉，轻声叹道："纲常伦理，皆有定数。你贵为王母娘娘五公主，下凡肩负镇鬼之责……"话至此处，似是怕泄露天机，戛然而止，目光却依旧深情，静静看着吴媛。

吴媛愈发害怕，全然顾不上礼数，转身拔腿就跑。她心急如焚，穿过三重门，沿着曲折回廊一路狂奔，瞧见大门就在眼前，心中狂喜，三步并作两步冲出门槛。

可待她回头定睛一看，却惊得差点叫出声来——

自己竟还在那阴森森的宅院之中，眼前正是刚才的大堂，许真君端坐如初，青衣小道士依旧静静站在一旁。

"我这是撞了什么邪？"吴媛惊恐万分，满心纳闷。此时也来不及多想，当下施展"禹步"提纵术，纵身一跃，再次逃离。这一回，她看得真切，确实逃出大堂，穿过三重门、走过回廊，稳稳站在了大门之外。然而，诡异的是，眨眼间，场景陡然变换，她又回到了大堂，许真君与青衣小道士的身影近在咫尺。

青衣小道士见状，笑着提点："公主，别白费力气了，没有师父允准，任谁也走不出这道门。"

许真君神色平静，语气却不容置疑："此处是鬼府，寻常人既看不到，也进不来。数百年来，你是唯一能瞧见且踏入此间的。既已进来，不论男女，都得成为我的义子或义女，传承我衣钵，扬名济世，造福苍生。"

青衣小道士也在一旁附和："是啊，公主！往昔多少人想拜师父为师，求之不得呢，更别说认干亲了。"

吴媛满脸尴尬，仍试图说服许真君："承蒙许真君厚爱，能拜您为师，习得道术强身健体，我便心满意足了。至于传承衣钵，向来以男儿为重……"

许真君微微摇头，手抚拂尘，轻声道："既入道门，便超脱世俗，哪有'男女有别'之说？你认我为义父，不过是心间存个尊位罢了。我自会授你炼丹之法、道家秘术。待你学成走出这宅门，往后诸事，皆顺其自然。"

吴媛心中一暖，眼眶微湿，自唤真名后，又觉此刻要拜许真君为义父，理应改姓，当下纳头便拜："一日为师，终身为父。您既是严父，也是恩师，请受吴媛……许媛三拜！"话落，俯身行礼。

许真君手挥拂尘，轻轻一拂，吴媛下跪之势瞬间受阻，身形稳稳站直。他语重心长叮嘱："俗礼罢了，不必拘泥。往后你行走世间，仍用本名即可，无需冠'许'姓。"言罢，从怀中缓缓掏出《灵剑子》《玉匣记》两册手抄本，拂尘轻扫，两书稳稳飞至吴媛眼前。许真君神色庄重："这两部道术心法，乃为父毕生修为所凝，今日传予你。待你拿到五虎山授箓开眼后，需勤加修习，凭此化解危难、逢凶化吉，解救苍生困苦，千万牢记！"

吴媛双手捧书，跪地再拜三拜，起身时，面露忧色，恳切求道："孩儿生性愚钝，还望义父日后多多指教。"

七七四十九天转瞬即逝，在许真君悉心教导下，吴媛日夜精学勤练，尽得两书精华，许真君看在眼里，喜在心头。

这日清晨，吴媛如往常一样向许真君问安。许真君目光温和，却透着一丝决然："你我仅有七七之缘，这段时日，我也算重享天伦之乐。只是阴阳有别，终有分离之时。你久留阴宅，恐误了尘世诸事。"

吴媛满心不舍，嗔怪道："孩儿承蒙义父真传，无以为报，还想多尽些孝心，为何这般着急赶我走？"

许真君不容置疑地吩咐："公主身负使命，尘世尚有诸多事宜待你完成。今日便出门吧，带上这封信，前往龙虎山找主持授箓，习得符技后，径直前往七闽之地，那儿百姓有难，正需你援手。"

吴媛虽满心眷恋，却也不敢违抗，只能依依惜别，收拾行囊，在青衣小道士引领下，缓缓走出阴森宅院。

刚出门没几步，吴媛忍不住回头张望，这一看，惊得她目瞪口呆——原本气派的大宅院竟消失得无影无踪，原地只剩一座偌大古墓，芦苇在风中摇曳，荆棘肆意丛生，遮天蔽日，阴森之气扑面而来。

吴媛眼眶泛红，朝古墓投去最后深情一瞥，转身快步朝都昌城走去。行至一段平坦大路，她从怀中取出《灵剑子》，边走边默默复习。谁料，半路杀出个程咬金，一壮汉猛地冲出来，一把抢走书本，怒目圆睁，呵斥道："大胆盗贼，瞧你个小姑娘，竟敢盗许仙师古墓？"

吴媛又惊又急，伸手欲夺回古籍——这《灵剑子》，又名《灵毕通宝》，珍贵无比。可壮汉身手敏捷，将书藏至身后，还把她数落一番。吴媛面红耳赤，无奈之下，只得一五一十将事情始末细细道出。

壮汉听后，满脸狐疑，二话不说，拉着吴媛折返

78

古墓，欲一探究竟。原来，这壮汉来自附近许家营，祖上世代为许逊守墓。想当年，许逊任职旌阳令时，心怀苍生，推行"以工代税"之策，让大批灾民有田可耕，得以自救；瘟疫肆虐之际，更是亲制药方，药到病除，百姓感恩戴德，敬若神明，民谣传颂："人无盗窃，吏无奸欺，我君活人，病无能为。"旌阳在其治理下，百姓安居乐业，人户大增。太熙元年（290），许逊算出晋室将有大乱，挂冠而去。启程时，百姓夹道相送，甚至千里相随至西山，聚族而居，改姓为许，此地遂称"许家营"。许逊仙逝后，百姓尊称其为"许仙"。

壮汉携吴媛来到墓前，绕着坟墓细细查看，不见丝毫异样，土未翻动，周遭完好。又接过《灵剑子》，逐字比对手抄内容，反复甄别，忙活大半晌，仍无头绪。吴媛见状，掏出《玉匣记》递上。壮汉比对字迹，一模一样；又让吴媛施展书中武艺招式，精准无误。这下，壮汉终于确信无疑，当下满脸敬畏，躬身行礼："许仙师已故数百年，今日竟能与您结为干亲，定是真君在天有灵！您年纪轻轻，却身负大才，往后便是我们的仙姑，请受我一拜！"

吴媛赶忙上前扶住壮汉，二人寒暄几句。因身负许真君嘱托，吴媛婉拒壮汉留宿许家营的盛情邀请，折回原路，朝着都昌城、龙虎山方向继续前行。

此后，吴媛行走民间，秉持初心，行善积德，声名远扬，百姓尊称其为许仙姑。不少人家还在自家神龛供奉吴媛行道济世的公主形象，闽地甚至有公主僮身代言传说流传，传颂着她的慈悲与功绩。

第八节　传授药方

那日，吴媛如闲云野鹤般云游至延平府境内的五峰山下，山间静谧清幽，唯有清风拂过林梢，沙沙作响。突然，一阵悲戚的哭声如利刃般划破这份宁静，吴媛心头一紧，循声而去。只见路边一位老妇人瘫坐于地，双手捂脸，哭得肝肠寸断，仿若被世间最深重的苦难击中。吴媛心生怜悯，快步上前，轻声询问："老人家，您这是为何哭得如此伤心？若是遇上难处，不妨说与我听听，或许我能帮上一二。"

老妇人闻声，缓缓抬起满是泪痕的脸，瞧见吴媛，恰似抓住最后一丝救命稻草，哭声愈发悲恸："姑娘啊，我苦命的儿子哟！他来延平府走亲戚，哪成想半道上竟被竹叶青蛇给咬了。我们寻了郎中来看，可那郎中却摇头叹气，直说让我准备后事。我一个孤苦老婆子，身上连副薄棺的钱都凑不齐呐，我儿才十九岁啊，往后日子可咋过哟……"说着，又捶胸顿足地大哭起来。

吴媛俯身查看老妇人儿子的伤势，只见那伤口位于小腿部位，被蛇咬之处已然肿大发紫，仿若一块狰狞淤青。她微微皱眉，旋即镇定下来，出言安慰道："老人家，您莫要太过绝望。竹叶青蛇咬伤人，毒性虽说凶险，但大多不会即刻致命。您且带我去瞧瞧，说不定我能救下您儿子。"老妇人闻言，抬眼打量吴媛，见她衣衫破旧，模样寒碜，心底不禁犯起嘀咕，实难相信这般模样的姑娘会通医术。可眼下儿子危在旦夕，死马当作活马医，咬咬牙，还是决定带她一试。

吴媛蹲下身，凑近伤者，动作娴熟地从怀中掏出一颗药丸，小心翼翼地喂入老妇人儿子口中，令其吞服。随后，她闭目凝神，脑海中飞速翻阅义父所授的《灵毕通宝》药书，依照书中记载，迅速锁定各类蛇伤解药。抬眼四望，见周边生有不少蛇草，当下不及多想，俯身采摘一把，寻来一块圆润石头，将蛇草置于石上，双手用力捣烂，而后敷在伤口处，仔细包扎妥当，动作一气呵成，沉稳干练。

不多时，奇迹发生了！原本面色惨白、昏迷不醒的年轻人，脸上渐渐泛起丝丝血色，仿若阴霾散去，暖阳初照；眼皮微微颤动，缓缓睁开双眼。老妇人见状，先是一愣，随即"扑通"一声跪地，双手合十，泣不成声："多谢神医救命之恩呐！敢问神医大名？待老太婆日后手头宽裕，定当报答您这份再造之恩。"

吴媛赶忙上前搀扶起老妇人，神色温和，轻言细语："老人家，快起来。这蛇毒本就不至于要命，是之前那郎中误诊了。至于报答，万万使不得，医者仁心，治病救人本就是分内之事。况且在这五峰山下与您母子相逢，也是一场缘分呐。"老妇人却执意不肯起身，非要问个明白，吴媛心中不愿透露真实身份，脑海中灵光一闪，想起义父所授两本书籍助她良多，便随口应道："我姓许。您真不必挂怀报答之事。"

"您定是仙姑下凡，专来搭救我们这些穷苦百姓的，是我儿的再世父母哇！"老妇人激动万分，忙不迭催促儿子起身拜谢，"儿啊，快，快来拜谢许仙姑的救命大恩，要不是仙姑出手相救，你这会儿怕是早去见阎王了！"吴媛此刻虽是化装成老人模样，行走闽中山区图个安全，可眼见年纪相仿的小伙要给自己下跪，到底面皮薄，慌忙侧身跳开，脸颊微微泛红。她转而询问老妇人："镇上难道没个医术高明些的郎中，给百姓们瞧瞧病？"

老妇人长叹一声，眼中满是无奈与辛酸："姑娘啊，我们是尤溪西滨人，初来乍到，人生地不熟的。那些有名的郎中，出诊费贵得吓人，我们穷苦人家哪请得起哟，就算求上门去，人家一听要赊账看病，立马就变了脸色，把我们拒之门外。给我儿瞧病的那个小郎中郝前，我瞧着，多半是见我没钱，就随便找个借口打发了。"言语间，满是难为情。

吴媛听了，柳眉微蹙，愤愤不平道："见死不救，怎配称医者！"老妇人又接着说："听闻这郝前，是尤溪口一位老郎中的徒弟。老郎中上了年纪，平日里医馆都是这俩徒弟坐诊。"二人闲聊间，吴媛渐渐知晓，尤溪口镇三面环山，一面临江，地理位置偏僻。镇里稍有本事、家境殷实些的，都搭船顺着闽江而下，奔赴山外谋求生路，就连医术高明的郎中，也难耐此地清苦，顺流而下去省城坐诊了。偌大个镇子，独独只剩一家医馆，瞧病艰难。吴媛心生恻隐，又寻思着郎中徒弟这医术实在堪忧，万一误人性命可如何是好，当下决定前去点拨一二。

吴媛略施粉黛，乔装成一位面容娇俏的少妇，莲步轻移，走进医馆。医馆内，两个后生正各司其职，一个年纪稍长的叫吴余，模样沉稳，透着股干练劲儿；另一个便是郝前，瞧着有些机灵，眼神却透着几分浮躁。吴余率先瞧见有人进门，忙不迭迎上前，礼数周全，将吴媛引至桌前坐下，还递上一条洁净丝巾，隔着丝巾为她切脉。一番查看后，吴余微微摇头，语气笃定："夫人，您脸色红润，气血充盈，六脉纯阳，心血平和，并无病症呐。"

吴媛却佯装不悦，蛾眉轻蹙，故意提高音量抗议："我明明浑身难受得紧，你怎就瞧不出来？哼，我要换个郎中瞧瞧！"郝前在旁，见师兄吃瘪，心中暗喜，忙凑过来打圆场："夫人莫气，我也是这儿的郎中，让我给您瞧瞧。"吴媛顺势把手递过去，郝前一把抓住，顺势还多摸了两把，只觉入手肌肤光滑细腻，一时间心猿意马，盯着吴媛出神。片刻后，才回过神来，煞有介事地说道："少奶奶，您这是内火攻心呐，得好生调理，不然恐有大病将至。"

吴媛神色平淡，轻声道："既如此，那你便给我开些药回去调理吧。"吴余在旁，一听这话，眉头皱得更深，上前阻拦道："师弟，你这话可就欠妥了，此人分明身无病症，你莫要乱说。"郝前却梗着脖子，故意拿话激他："师兄，你看不了的病，我可瞧对了症，你这是心里不服气吧？"吴媛也在一旁添油加醋："就是，你这庸医，不会看病就别耽误我治病！"吴余见状，气得甩了甩袖子，闷声回了自己诊台前。

吴媛付了银两，提上药包，目光在两个郎中身上来回打量，心中对二人品性已然有了判断。可她仍不死心，决意再试探一番，若是吴余医德无亏，她便打算送他一本医书，也好助其提升坐诊对症率，多救些百姓性命。

这回，吴媛摇身一变，扮作一个蓬头垢面、衣衫褴褛的乞丐婆，拄着根歪歪扭扭的拐杖，步履蹒跚走进医馆。郝前抬头一见，眉头紧皱，满脸嫌弃，不耐烦地挥着手驱赶："哪来的乞丐婆，脏兮兮的，别弄脏了医馆，耽误我们看病！"吴余却赶忙起身，疾步上前阻拦师弟，将吴媛扶到自己桌前坐下，语气温和："老人家，您慢些。师弟，这老人家既然寻到医馆来，定是身上哪儿不舒服了，咱可不能赶人走。"

郝前却冷哼一声，提醒道："师兄，你瞧瞧她这模样，摆明了是没钱看病的主儿，咱医馆又不是善堂！"吴余仿若未闻，俯身询问吴媛："老人家，您哪儿不舒服呀？"吴媛抬起一只脚，那脚又脏又臭，散发着阵阵异味，轻声道："我的脚疼得厉害哟。"吴余见状，眉头都未皱一下，俯身仔细检查后，神色凝重："老人家，您这是脚被冻伤化脓了，瘀血不散，脓水生毒，若不赶紧处置，整只脚怕是都要溃烂喽。"

　　"那你快给我治治吧。"吴媛依旧平静如水。吴余转身欲拿兽角给吴媛拔脓，郝前瞥见那溃烂的脚，胃里一阵翻涌，只觉恶心至极，上前一把拉住师兄："师兄，用那珍贵的犀牛角给个乞丐婆拔脓，多浪费呀！"吴余无奈，只得叹口气："那我用手把淤积的脓血挤出来，再用药吧。"说罢，轻轻托起吴媛的脚，放在椅子上，双手缓缓按住脓包，微微用力一挤，刹那间，污血四溅，喷得吴余满身都是。吴余却仿若未觉，定睛一看，脓头还未挤出，当下咬咬牙，加大力气，可那脓头仿若生根一般，纹丝不动。吴余眉头紧皱，沉吟片刻，决然道："如今别无他法，我只能用嘴把脓头吸出来。"

　　"使不得，使不得……"吴媛嘴上推脱，脚下却纹丝未动，把脚伸得更近些。吴余不再犹豫，轻轻捧起她的脚，含住脓包，用力一吮吸，只听"啵"的一声，脓头终被吸出。吴余长舒一口气，起身拿过药膏，细细为吴媛敷上，边忙活边叮嘱："老人家，伤口处理好了，往后您多留意着，别沾水，注意保暖防冻，过不了几天就能好了。"

吴媛面露欣慰之色，满意地点点头，从怀中缓缓掏出一本《东瓯青草录》，左手捏诀，口中念念有词，右手在书面上快速划动几个神秘圈圈。做完这一切，她将医书轻轻置于诊台上，飘然而去。吴余愣了一愣，待回过神来，忙拿着医书追出门去，可门外早已不见人影，只剩空荡荡的街巷。

郝前见吴余手持医书，在门口呆呆出神，心中好奇，上前一把夺过，贪婪翻开，满心期许能瞧见些精妙药方，谁知入目竟是白纸一张，不见半个黑字，顿时捧腹大笑："吴余，你个傻瓜！费劲巴拉用嘴给乞丐婆拔脓，结果换来一叠白纸，被人糊弄喽！"吴余却仿若未闻，自顾自打开医书，刹那间，眼眸瞪大，满脸沉醉，口中不住赞叹："真是一本好书哇！"原来，书中图文并茂，满是疑难杂症治疗之法与用药良方。

郝前见状，伸着脖子使劲张望，却依旧只见白纸，心中又气又急，嘟囔道："吴余，你莫不是着了那乞丐婆的魔障？我怎就啥都看不见！"吴余却仿若沉浸在另一个世界，对郝前的话充耳不闻，只顾痴迷研读医书。郝前见吴余不似说谎，可自己无论如何瞪大双眼，都瞧不见半个字，知晓自己与此书无缘，只能满心不甘地作罢。

原来，这本《东瓯青草录》倾注了吴媛一路行医心得，被她暗中施了法术，唯有心存善念、医德纯正之人，方能瞧见书中内容。此后，吴余潜心钻研此书，医术突飞猛进，声名远扬，成了备受百姓尊敬的一代名医。他谨遵吴媛教诲，将医书悉心抄录，广传众人，还收了许多诚心向学的徒弟，言传身教，培育出苏颂、宋慈、杨士瀛、陈修园等诸多杏林圣手，福泽闽山闽水，惠及万千百姓。时至今日，在建阳、顺昌、延平、尤溪、闽清、德化等山区，民间依旧流传着《东瓯青草录》医书，百姓们遇上常见病症，便会依着书中方法，自诊自治，往往药到病除。吴媛也因此举，愈发被百姓推崇，尊为"东方健康女神"，受万人敬仰。

第三章

·························· 入闽行善

第一节　乌龟报恩

在兴角祖宫那庄严肃穆、古意盎然的大殿天井泄水道里，悄然栖居着一只神秘的千年报恩龟。岁月悠悠，它日复一日、年复一年地穿梭于阴暗潮湿的下水道间，默默承担起"管道卫士"的职责。那斑驳厚实的龟甲，每次划过狭窄水道，都似在低语着往昔的故事；灵活有力的四肢，稳健拨动水流，精准清理着淤积杂物。正因有它这份无声守护，这座肇建于唐代的古老建筑，纵使历经千年风雨侵袭、无数场倾盆暴雨洗礼，天井积水如瀑宣泄，下水道却始终沉稳如常，从未有水满溢出、污涝成灾的狼狈景象。当地百姓在虔诚朝拜吴妈、祈愿福祉的同时，心底也总默默感恩这天井下的无名英雄，偶尔闲叙家常，乌龟那充满传奇色彩的感恩故事，便如袅袅炊烟，悠悠飘散开来。

话说当年，吴媛于庐山奇遇许逊祖师，一番奇遇仿若命运齿轮悄然转动，自此人生轨迹彻底改写。承蒙许逊义父悉心指点迷津，她怀揣敬畏与期许，顺路奔赴龙虎山，历经层层严苛考验，最终成功授箓。彼时闽地仿若磁石，深深吸引着吴媛，怀揣一腔热忱与济世宏愿，她再度乔装改扮，化作模样丑陋、面容沧桑的老太婆，恰似一位坚毅行者，背着简陋行囊，挂着粗木拐杖，跋山涉水，向着神秘闽地坚定进发。

　　这日临近晌午，烈日高悬，吴媛拖着疲惫身躯，踏入赣闽交界地带一家不起眼的饭庄。店内人声嘈杂，烟火气弥漫。她寻了空位坐下，正欲唤小二点菜填肚，却敏锐捕捉到门前一口大缸内传来阵阵异常声响，窸窸窣窣，仿若隐秘求救信号。吴媛心生好奇，踱步凑近，探头张望，只见缸内蜷缩着一只硕大乌龟，龟甲纹路繁复，幽暗中透着古朴神秘气息；颈部一道狰狞伤口，鲜血干涸凝结，周边皮肤红肿发炎，看着触目惊心。那乌龟似有灵性，感知有人靠近，缓缓抬眼，四目相对瞬间，吴媛分明瞧见，它黯淡眼眸中竟有泪水缓缓涌出，仿若委屈孩童见了亲人，惹人怜惜。

　　吴媛目睹此景，心底最柔软处被深深触动，怜悯之情油然而生，当即转身，轻声询问店小二："小哥，这缸里乌龟咋回事？"店小二正忙碌穿梭于桌凳间，闻声以为来了大客户，瞬间两眼放光，满脸堆笑凑过来："客官好眼光！您瞧这龟，绿纹环绕，行家一看便知龟龄悠长，吃了它，老人家能延年益寿、身强体健，女眷们更是能养颜美容、面如凝脂呐！"言罢，搓着手，满脸期待盯着吴媛，仿若这笔买卖已成定局。

吴媛心头一沉，暗忖这可怜生灵竟要沦为盘中餐，实在于心不忍。沉吟片刻，她缓声问道："这龟卖多少钱？"店小二一怔，显然没料到客人是想买而非吃龟，挠挠头道："这事儿我可做不了主，客官稍等，我带您问问掌柜。"说罢，热情在前引路。

掌柜正端坐柜台后，手拨算盘，噼里啪啦算账。听闻来意，三角眼微微眯起，透出一抹狡黠，抬眼上下打量吴媛，目光在她破旧衣衫、简陋行囊上稍作停留，旋即伸出一根手指，晃了晃："十两银子，少一个子儿都不卖。"吴媛瞪大双眼，满脸错愕："什么？一只龟竟要这般高价？"掌柜撇嘴冷笑："爱买不买，这宝贝疙瘩你不入手，有的是识货主儿等着下锅当下酒菜。这可是附近渔民费了九牛二虎之力，从溪里精心网来的，我收它时，也砸了大价钱。"言罢，不再理会吴媛，埋头继续算账。

吴媛心中愤然，却也知晓此刻争执无益，略作思忖，嘴角上扬，绽出一抹笑意："那就卖给我吧。"掌柜不耐烦地挥挥手，店小二会意，引着吴媛办妥交易。付钱时，吴媛翻遍行李，掏出零碎银钱，才勉强凑齐数目。随后，草草吃了几口饭菜填肚，便手提装龟竹篓，再度启程。

行至半路，瞧见一条清澈小河蜿蜒而过，吴媛心生一念，当下觅了处平坦河岸，放下竹篓，小心翼翼取出乌龟。又从行囊深处翻出一瓶药膏，那是她自制的疗伤圣药，草药芬芳馥郁。她蹲下身子，轻柔拨开龟颈伤口周边鳞片，蘸取药膏，细细涂抹，手法娴熟谨慎；再摘下一片鲜嫩树叶、扯下一条柔韧草藤，巧手包扎妥当，动作一气呵成，尽显温柔呵护。

　　乌龟仿若知晓人意，全程乖巧安静，静静趴在地上，沐浴暖烘烘阳光，唯有眼珠缓缓转动，满含感激望向吴媛，那目光仿若无声谢语。一刻钟过去，吴媛俯身解开藤条与树叶，只见伤口已神奇结痂，边缘微微泛红，新生肉芽隐约可见。她满心欣慰，双手捧起乌龟，缓缓放入水中。乌龟入水瞬间，先是欢快打了个滚，搅起一圈圈涟漪；随即探出脑袋，深情凝望吴媛，目光眷恋不舍；而后鱼尾轻摆，迅速没入水中，消失不见。吴媛伫立河岸，目送良久，直至水面归于平静，才记起义父叮嘱——"艺展七闽救黎庶，云居兴角绽芳华。"怀揣使命，她决然转身，继续赶路。

　　行行复行行，吴媛一路风餐露宿，终踏入闽地境内。彼时夜幕低垂，如黑色幕布缓缓落下，天边尚有几缕余晖挣扎闪耀。眼前一条宽阔大河横亘，仿若天堑阻拦去路。吴媛无心欣赏沿岸旖旎风光，满心焦虑寻思渡河之策。正发愁时，一位膀大腰圆的船夫仿若天降神兵，撑着一叶扁舟，从河边树丛后悠然转出，高声招呼："老人家，天色已晚，要过河嘞，快上船！"吴媛上前询问渡船费，听闻价格公道，便放心登船，寻了舟头位置坐下，抬眼欣赏夜幕笼罩下的七闽山川。

船夫生性健谈，一路妙语连珠，将当地民间奇闻趣事、鬼怪传说讲得绘声绘色、诙谐幽默，吴媛听得入神，不时抿嘴轻笑，紧绷神经渐渐松弛，对船夫好感渐生，心底戒备悄然卸下。行至河中，夜色浓稠如墨，明月高悬山头，洒下清冷光辉，仿若银纱铺陈水面。吴媛许是旅途劳顿，又被船夫风趣故事催眠，加之误饮船夫递来竹筒中下药之水，不觉昏昏欲睡，意识渐沉。

待吴媛沉睡不醒，船夫嘴角勾起一抹狡黠冷笑，抬手往河畔吹出一声尖利口哨。刹那间，对岸一艘木帆船仿若鬼魅，迅速破浪驶来，悄然靠近小舟。船上数人仿若凶神恶煞，赤膊袒胸，高举利刃，满脸横肉在月光下愈发狰狞可怖。他们手脚麻利，如饿狼扑食般跃上小舟，瞬间将吴媛五花大绑。小舟不堪重负，剧烈摇晃，吴媛被这番动静惊醒，睁眼一瞧，惊恐万分，本能欲起身反抗，却发现周身被绳索紧缚，动弹不得，浑身气力仿若瞬间抽空。

吴媛瞬间明白船夫与强盗竟是一丘之貉，心急如焚，扯着嗓子大喊"救命"。一强盗见状，恼羞成怒，举刀恶狠狠刺来，牙缝挤出狠话："再喊一声，立马捅死你！"吴媛深知此刻硬碰硬无异于以卵击石，保命要紧，只得压低声音，哀求放过自己。强盗们满心期许能从行囊中翻出金银财宝，大肆搜刮一番后，却大失所望——不仅银子不见踪影，连件值钱物件都无。其中一强盗破口大骂："出门闯荡不带钱，还敢行走江湖？老太婆，去死吧！"说罢，挥刀便砍，幸被另一强盗阻拦："何必费劲，直接扔河里了事。"言罢，飞起一脚，狠狠踹向吴媛，吴媛惨叫一声，裹挟着绳索，坠入冰冷河中。

彼时吴媛遭下药暗算，浑身绵软无力，又被五花大绑，入水瞬间便呛了几大口河水，四肢胡乱挣扎，满心绝望蔓延。脑海中走马灯般闪过师父黎山老母谆谆教诲、义父许逊殷切期许、龙虎山张天师庄重授箓场景，满心懊悔自责，自觉有负师恩，恨意渐生。

千钧一发之际，水面陡然泛起波澜，一艘"小船"仿若神来之笔，破浪而来。吴媛定睛一看，竟是那只放生乌龟！此刻它身形暴长，犹如一艘坚固小船，迅速潜入水底，用宽厚龟背稳稳驮起吴媛，奋力往对岸游去。强盗们见状，哪肯罢休，吆喝着驾船拼命追赶。乌龟驮着吴媛即将上岸时，猛然发力，龟甲光芒大盛，仿若一面银色巨盾，四射银光如凌厉利箭，强盗们躲避不及，纷纷被光芒扫中，眼前一黑，仿若被强光灼目，刺痛难忍，只能悻悻掉转船头，狼狈逃窜。

乌龟将吴媛驮至河对岸一棵古老樟树下，稳稳泊停。吴媛浑身湿透，狼狈不堪，大口喘着粗气，抬眼一瞧，瞬间认出眼前救命恩龟，尤其瞧见龟颈隆起痂痕，眼眶一热，泪水夺眶而出，满心震撼与感动。她万没想到，不久前于龙虎山下随手一善举，今日竟成救命稻草，这乌龟修炼多年，颇具灵性，知恩图报，危难时刻显身手，化身守护神。

吴媛瞧见蚊子嗡嗡围着乌龟侵扰，当下恢复法力，双手捏诀，口中念念有词，指尖轻点樟树七处方位，厉声下令："樟神听令，庇佑三丈之内，蚊虫不得入内，扰龟者严惩！"语毕，樟树仿若被注入灵魂，树身剧烈摇晃，枝叶沙沙作响，仿若簌簌战栗；奇异香气氤氲飘散，仿若无形结界瞬间张开。数丈范围内，蚊虫仿若撞上铜墙铁壁，纷纷慌乱逃离。据说，吴媛此后忘了收回法令，这樟树自此成了蚊虫克星，福建山民有样学样，纷纷植樟驱蚊，皆得益于吴媛此番无心插柳。

经此一劫，吴媛望向灵龟目光满是温柔感激，暖流涌上心头，喟然长叹。此后，但凡涉水过河，她总会带上干粮蔬果，虔诚投入水中，权当犒劳恩龟；闲暇无聊时，立于河岸，轻唤三声"小灵龟，小灵龟，小灵龟，快快现身……"说来也奇，那乌龟仿若心有灵犀，不多时便悄然游至身边，或静静相伴解闷，或温顺驮她往返渡河，仿若忠诚伙伴，时刻待命。

多年后，吴媛功德圆满，登列仙班。彼时兴角山昭惠庙突遭山洪肆虐，殿宇倾颓，砖石散落。信众痛心疾首，决意异地另建规模宏大的九座九天井吴妈宫。新宫筹建，董事们却被下水道排水难题搅得焦头烂额。一日夜里，两位董事竟同时入梦，梦中一只乌龟口吐人言，娓娓道来："吴妈曾救我性命，如今我愿永居排水道中修炼，保祖宫天井水不满不溢，护此地昌盛繁荣。"

待宫殿建成，果不其然，自唐时肇建，历经千余年风雨、数度重建扩建，兴角祖宫天井排水始终顺畅无阻，从未现水满溢出现象，成了宫中一大神秘奇观。直至今日，常有人在祖宫附近瞧见从排水道爬出的"散心"小乌龟，百姓视其为"神龟"，心怀敬畏呵护备至，这何尝不是对吴妈恩泽念念不忘、感恩戴德的最好回馈？

第二节　茶神蛏王

吴媛一路跋涉，仿若逐风行者，脚步不停，行行复行行，不知不觉间踏入一座偏僻静谧的古墓。这古墓看似寻常，却暗藏乾坤，机缘巧合之下，吴媛于此认许旌阳为义父。这许旌阳绝非等闲之辈，弱冠之年便拜大洞君吴猛为师，潜心修行，研习道家秘法，造诣颇高。彼时，乡中官员见他品行高洁、才学出众，举孝廉将其推荐为旌阳县县令，百姓敬其清廉爱民，皆尊称他为许旌阳、旌阳真人、旌阳真君。

后来，烽火四起，战乱纷扰，许旌阳见局势动荡、苍生受苦，毅然弃官归乡，隐入庐山潜心修行。山中岁月悠悠，他清心寡欲、日夜不辍，终悟大道，羽化登仙，跻身与张道陵、葛仙翁、丘弘济齐名的四大天师之列，备受尊崇。吴媛能得他亲传道家法术，实乃天赐福缘。临行之际，许逊义父心怀期许，郑重赠予她两本珍贵秘笈，恰似为她点亮前行灯塔。此后，吴媛怀揣秘笈，怀揣济世宏愿，一路向南，穿梭于七闽壮美山川间。每至一处清幽之地，她便觅个安静角落，潜心研学书中秘法，日夜揣摩、反复试炼，法术造诣与日俱增，愈发精湛。

这日，日斜三竿，天边残阳如血，慵懒倚靠在武夷山天游峰山腰，仿若一幅绝美画卷。山脚下，一条素白纱帐似灵动仙子，沿溪流翩然而上，与山谷间袅袅升腾的炊烟轻柔交融，缓缓弥漫山间，如梦似幻，恰似人间仙境，惹人心醉神迷。

可吴媛却无心贪恋这旖旎风光，抬眼望去，暮色渐浓，如厚重黑幕缓缓落下；前路又被滔滔河水无情截断，仿若天堑难越。她轻叹一声，无奈之下，目光锁定远处一座规模恢宏的庭院，抬腿朝那儿走去。

庭院坐落溪畔，占地数亩，周遭绿树成荫、果蔬飘香，楼台错落、连廊蜿蜒，曲径通幽处尽显雅致清幽，一看便是大户人家。吴媛上前，抬手轻叩大门铜环，清脆声响在静谧空气中回荡，三下过后，静静等候。

不多时，门"吱呀"一声开了，一位仆人探出脑袋，询问来意后，匆匆入内通报主人。片刻，仆人折返，引着吴媛步入厅堂。

厅堂窗明几净，一侧台上，一位身着华服、珠光宝气的主人正威严端坐案几边，对面是位僧人，二人交头接耳，低声私语，对吴媛到来仿若浑然不觉。吴媛走近，恰好听见主人对僧人说道："昨夜我做一怪梦，梦中我于一棵参天巨树下操练军马，那树仿若有神助，疯长不止，最后竟捅破苍穹。大师，您给解解这梦是何意？"

僧人闻言，心头一震，捻指轻算，心中明了：主人所言绝非梦境那般简单，这参天大树暗指他自己，"天"寓意皇帝，"树捅破天"，分明是暗藏谋逆篡位之心，此乃诛九族大罪！僧人冷汗簌簌而下，却强装镇定，双手合十道："洞主恕罪，老僧法术浅薄，平日虽偶算卦占卜，却极少解梦，恐解之有误。"

主人眉头紧皱，面色不悦，咄咄逼人："胡说！天心寺高僧之名谁人不知？平日里为百姓答疑解惑，怎到我这儿就推脱？是不愿说，还是另有所图？罢了，你且给我算一卦，我那件事……成败几何？"

僧人无奈，闭目凝神，掐指一算，缓缓开口：

"大人，卦象显示，接下来这段时日，您诸事不顺呐。"主人脸色骤变，冷汗直冒，声音发颤追问："那……我寿数几何？"僧人迟疑片刻，咬牙道："大人，您面相……反骨隐现，天庭不圆，地阁不方，若心怀异志，恐大祸将至。"

吴媛在旁，目光锐利，直视华服主人，直言不讳："大人，人生命运自有定数，起承转合，皆为天意。既不信法师卦象，又何必为难于他？"主人转过脸，瞪着吴媛，怒声斥道："你一外来客人，竟说这等不吉利话，莫不是存心找茬？"

吴媛神色坦然，分毫不让："凡事当讲道理，不可强人所难，此乃处世根本。"主人冷哼一声，阴沉着脸："我乃武夷洞主，方圆百里，谁敢不给我面子？你这老婆子，投宿我府，还敢与我顶嘴作对，莫不是活腻了？"

吴媛昂首挺胸，大义凛然："有理走遍天下，无理寸步难行。我不过替法师说句公道话，大人身为朝廷命官，更应知晓以理服人。"洞主彻底被激怒，拍案而起，瞪大双眼吼道："好你个老妖婆，竟敢在本洞主面前摆谱教训人！哼，我连天都敢反，还受你这气？来人，先将这老和尚押下去！待我收拾了这疯婆子，再找他算账！"

"法师且退后，小女子愿挡他一阵。"吴媛侧身护着僧人，示意他往厅堂后方躲避，自己则直面洞主，毫无惧色，浑身散发凛冽气势，令周遭武士一时不敢上前。

"你这妖婆子，当真敢在武夷洞府撒野？今日，我倒要瞧瞧送上门的你，有何本事！"武夷洞主一抖披肩，顺势抽出一支银枪，枪尖寒光闪烁，直逼吴媛。僧人年老体弱，哪堪这般惊吓，慌乱甩袖躲闪，三两回合下来，便破绽百出，败相尽显。吴媛见状，迅速加入战局，拂尘一挥，卷入战团。可对方武士源源不断，层层围拢，如铜墙铁壁，将二人困在核心，吴媛拳脚难施，处境艰难。

武夷洞主满脸狰狞，杀意渐浓，步步紧逼。千钧一发之际，吴媛灵机一动，拂尘一扫，僧人袖中两枚卜卦铜钱仿若听懂指令，"嗖"地飞上天花板，在空中急速绕圈，而后裹挟凌厉之势俯冲而下，直击武士面门。武士们惊慌失措，纷纷闪避。吴媛趁机左右舞动拂尘，平地起风，裹挟僧人瞬移出门，急声叮嘱："法师，速往后山茶坪！"

"哼，天机既已泄露，你们不肯为我所用，就休怪我心狠手辣，谁也别想走！"武夷洞主恼羞成怒，银枪一挥，一张天罗地网从天井上方轰然落下，铺天盖地，瞬间将吴媛罩住。吴媛在麻绳网中奋力挣扎，却发现这网韧性十足，仿若铜筋铁骨，纹丝不动。

"老妖婆，这可是大王峰下千年古藤织就的天网，从古至今，无人能逃！"武夷洞主得意狂笑，继而威逼利诱，"看你法术不俗，若肯归顺于我，待我大业功成，荣华富贵少不了你！"

吴媛被困网中，却毫无惧色，仰头大笑："哈哈哈，这可不就是'天网恢恢，疏而不漏'？洞主，你举事谋反，定要挑起杀戮，致生灵涂炭、百姓流离，何苦为之？常言道'命里有时终须有，命里无时莫强求'，咱们应遵循天师'道法自然'之道啊！"

"少废话！武士，将这不知好歹的妖婆抬进地牢，我去天心寺抓回老和尚，一并处置！"武夷洞主一声令下，率众匆匆出府，追赶僧人去了。

吴媛被押进地牢，心急如焚，蓦地想起义父所授《灵毕通宝》里的"化形于外"术，当下强自镇定，盘坐角落，闭目凝神，掐指念咒，物我两忘。须臾，奇异之事发生，她身形仿若面团般柔软，骨骼悄然收缩，竟从网眼脱身而出。稍作调息，吴媛提拂尘一扫门闩，"嘎吱"一声，木门洞开。她身形一闪，跃上屋檐，如离弦之箭，向着天游峰方向疾追而去。

待吴媛一袭红衣赶至茶叶坪，眼前景象触目惊心：武夷洞主正举枪刺向躲在几棵岩石老茶树下的天心寺老僧，枪尖寒光闪烁，老僧险象环生。吴媛柳眉倒竖，怒目圆睁，远远甩出拂尘，一道劲风呼啸而过，武夷洞主手中银枪"哐当"落地。吴媛快步上前，定睛细瞧，这才惊觉，眼前这武夷洞主竟非人类，而是东海大蛏精幻化成的人形，在此兴风作浪、为祸一方。吴媛心头一凛，暗忖：近来闽北洪水肆虐，十有八九是这蛏精作祟，今日定不能让它逃脱，否则后患无穷。

蛏精狡黠机敏，见吴媛从天网脱身，便知她法术高强，自己身份已然暴露，当下也不慌乱，俯身拾起银枪，回身与吴媛厮战。几个回合下来，渐感不敌，心生一计，虚晃一枪，化作一股云气，逃窜至五曲一处沙洲，摇身一变，幻化成一头黄牛，隐匿身形，佯装吃草。

吴媛开启道眼，目光如炬，穿透迷雾，瞬间锁定黄牛位置。转头对老僧低语："法师，那蛏精现形为黄牛，躲在那儿。我这就化为黑牛去诛杀它，我手臂会系一条丝巾为记。万一它要逃窜，还望法师从后截断退路。"言罢，吴媛周身光芒一闪，化身一头威风凛凛的黑牛，四蹄生风，直扑黄牛而去。

黄牛见黑牛来袭，毫不畏惧，昂头挺角，发出"哞哞"怒吼，两支锋利牛角直刺黑牛。黑牛前肢系着丝巾，迎风飘动，气势如虹，牛角粗壮硕大，挥舞间隐隐有霹雳之声，仿若雷神降世。黄牛不敌，暴怒咆哮，身形瞬间暴涨，从蹄子到后背高达八丈，身长十二丈，仿若小山般压来，欲以蛮力碾压黑牛。

黑牛怡然不惧，周身气势再度攀升，身躯陡然变大，从蹄子到后背足有二十丈，从嘴到尾长达三十丈，牛角一丈有余，高高耸立在牛头两侧，仿若劈开的小山峰，威风凛霸。黄牛心生怯意，瞅准时机，掉头逃窜。老僧早有准备，瞅准黄牛左腿，一枚占卜铜钱如流星赶月，狠狠掷出，"噗"的一声，击中黄牛。

黄牛受伤，疼得发疯，在茶叶坪上横冲直撞，四蹄乱踏，仿若要将整座茶坪掀翻。吴媛见状，脱下红衣，高举头顶，施起"凌波微步"身法，身形鬼魅，在茶坪间上下翻飞、穿梭跳跃。红衣烈烈，仿若红云翻滚，刹那间，数十层茶坪的茶树尽染红光，光芒闪烁，晃得蛏精眼花缭乱、头晕目眩，无力再战，只能拼尽全力，逃回武夷洞府。

吴媛哪肯罢休，紧追不舍，重返厅堂。蛏精知晓藏无可藏，现了原形，蜷缩在巨大蛏壳内，探出脑袋，声嘶力竭怒喝："老妖婆，你有老和尚帮手，尚且杀不了我，如今孤身一人，还敢上门送死！"

吴媛冷笑一声，不发一言，仰头发出一声长啸，声震九霄。随即右手食指在空中快速勾勒符咒，口中念念有词。刹那间，五百神兵仿若天兵天将，凭空而降，一拥而上，将大蛏精团团围住，三下五除二，生擒活捉。神兵请示吴媛，欲即刻斩杀蛏精。

蛏精吓得簌簌发抖，龟缩在壳里，脑袋探出，拼命磕头求饶："公主饶命啊！我本是东海修炼五百年的蛏精，听闻武夷山川绝美，慕名前来游历，一时贪恋美景，滞留于此，无心作恶啊！"

吴媛蹙眉，疑惑问道："你为何称我为公主？"蛏精战战兢兢回答："公主乃天上王母娘娘女儿，天兵天将皆知，我岂会不知？求公主饶命，往后我愿随时听候差遣！"吴媛这才想起义父许逊所言，自己身负化蝶下凡镇鬼驱妖重任，心中释然，又问："你化作洞主，那原来的洞主何在？"

蛏精如实回道："洞府有水牢，老洞主被我关在里头。"吴媛目光冷峻，下令："死罪可免，活罪难饶。你即刻回东海，往后要为渔民造福，不得有误！"蛏精如蒙大赦，磕头不迭："谨遵公主吩咐！望公主日后在王母娘娘面前多美言几句，助我早日修成正果，追随公主左右，感恩戴德！"

"去吧，日后若有用你之处，自会唤你。"吴媛挥挥手，蛏精化作一道流光，遁入东海。

若干年后，吴媛在兴角山结庐修道，云游四方，恩泽百姓。听闻兴化湾口滩涂肥沃，是蛏苗繁育绝佳之地，便招来蛏精，于兴角山掘池养蛏，增殖放流。经此培育，哆头"白玉蛏"声名鹊起，肉质鲜嫩、口感清甜，成当地一绝，此乃后话。

再说吴媛，命人打开水牢，救出老洞主。岁月悠悠，多年过去，武夷洞主心怀感恩，号召子民广植武夷岩茶。此地土壤肥沃、气候温润，茶叶品质上乘，收入颇丰，渐成富庶之地。谈及好茶之名，洞主忆起当年吴媛以红袍戏蛏精之事，灵机一动，将茶叶命名为"大红袍"，寓意祥瑞。此茶香气馥郁、滋味醇厚，回甘悠长，声名远扬，成当地名茶翘楚，堪称国宝。

又过数年，一位穷秀才赴京赶考，途经武夷山九龙窠，旅途劳顿，加之染病，病倒路旁，气息奄奄。幸得天心寺老方丈路过，见他可怜，泡一碗茶喂他服下。说来神奇，秀才一碗茶下肚，病痛全消，精神抖擞。而后秀才不负所望，金榜题名，高中状元，还被招为东床驸马。状元心怀感恩，专程回武夷山天心寺谢恩。老方丈告知："你当时所患鼓胀病，便是这茶治好的。此茶与吴媛渊源颇深，每逢春日茶树发芽，当地百姓便鸣鼓祭祀吴媛，采下茶叶精心炒制、妥善收藏，可医百病。尤其九龙窠那三株茶树，芽叶在日光下会闪红光，都说那是被吴媛大红袍染红的。"

众人闻言，啧啧称奇，愈发敬重此茶，将那三株茶树命名为"大红袍"，还有人在石壁镌刻"大红袍"三字。此后，大红袍声名愈盛，成岁岁贡茶，备受皇室青睐。因其独特疗效与传奇故事，茶树被移栽至闽中多地山区，经能工巧匠精心炮制，成上等好茶，有明目净肠、活血化瘀、通利血脉诸多功效，世人誉为吴妈"平安茶"，在兴角山山脉广为种植，与武夷山大红袍双峰并峙，名扬四海。茶商往来，茶叙情谊；百姓馈赠，联通四方，茶香袅袅，福泽绵延。

第三节　渡河遇阻

吴媛一袭素衣，仿若闲云野鹤，翩然而至闽江畔，最终择定延平葫芦山山中一座道观落脚。此地清幽静谧，道观古旧却不失庄重，周遭草木繁茂、鸟鸣嘤嘤，恰似尘世桃源，是修身养性、问道求仙的绝佳去处。

正值七月十五，晨光熹微，吴媛早早起身，亲手煮了两个鸡蛋，又精心下了一锅长寿面。孤身在外，她也没忘了生辰，就在这袅袅炊烟、淡淡面香里，给自己过了个简单质朴的生日。吃完面，吴媛步出房门，迎着初升朝阳往东走去，一路上只觉神清气爽。还未行至道观主殿前廊，便听闻阵阵喧哗，好似一群人正热议着什么。她心生好奇，脚步不自觉地循声而去。

凑近一瞧，只见众人围聚在一幅壁画前，指指点点、议论纷纷。吴媛费力挤入人群，抬眼望去，壁画上绘着一位威风凛凛的红衣将军，身着华丽玉带，一手紧握着寒光熠熠的宝剑，一手牵着粗粝麻绳，剑眉星目间满是坚毅果敢，仿若刚经历一场惊心动魄的降魔之战，周身散发着震慑邪祟的浩然正气。

这时，身旁一位道士神色凝重，长吁短叹："唉，怪哉！怪哉！这壁画本有几只恶鬼被将军牵于身后，镇于此处，保山下太平多年。可今日一大早，那恶鬼竟无故失踪，画面却毫无被人刻意涂抹、破坏的痕迹，仿若鬼魅自行遁走一般。只怕……只怕这七只恶鬼已然逃下山去，为祸人间呐！"众人闻言，皆面露惊惶之色，交头接耳间满是忧虑。

吴媛听闻此事，心头亦是一紧，暗忖这事儿着实离奇。又想起年中鬼魅出关之时，疫病横行、百姓受苦，当下便决意要过溪采些草药回来，以备不时之需。正欲抽身离开，那道士却眼疾手快，一把拦住她，双手合十，言辞恳切："仙姑，您道术高明、法力无边，在咱这儿是有目共睹。眼下恶鬼出逃，百姓危在旦夕，能否劳您大驾，助将军一臂之力，将恶鬼捉拿归观、镇回壁画之上，还百姓一方安宁啊？"

吴媛面露难色，微微皱眉："道长，我连这些恶鬼来历、去向都一无所知，况且自身法力尚浅，实在怕帮不上什么大忙啊。"道士忙不迭地解释："仙姑有所不知，这七只恶鬼常年在虎头山一带为非作歹、作恶多端，前些年才被间山仙师费力缉拿，还特意请画师将其定形于本观壁画之上。如今逃脱，想必是逃回虎头山潜藏起来了。您此番前去，说不定能撞个正着，有所收获呐！"

吴媛略作思忖，自己本就要过溪采药，顺路去探探究竟倒也无妨，当下爽快应下："既如此，小女子便尽力一试。只是法力有限，若真遇上恶鬼，也只能见机行事了。"言罢，吴媛转身下山，步履匆匆朝渡口赶去，不多时便渡过闽江，抵达延平口，而后一路向着闽中名山——虎头山疾行而去。

虎头山深处，主峰仙岭顶高耸入云，海拔近千米，山势呈东北西南走向，峰峦叠嶂、巍峨险峻。山间云雾缭绕，仿若仙境；翠林如海，幽深溪谷间涧流潺潺、清澈见底，素有"七岭八峰、七拐八弯、七古八怪"之美誉，集险、奇、幽、雅于一身，是修身静修、返璞归真的不二之选。吴媛以往常来此山采药，闲暇时便寻个清幽之地沐浴仙气、静修冥想。可今日不同往昔，她满心焦急，只想速速采得草药，囤于道观备用，同时还肩负着缉拿恶鬼的重任，一刻也不敢耽搁。

她穿梭于山林间，双手麻利地采撷草药，眼睛却不时警惕地观察四周，口中念念有词，施展"静音辨向"之术，试图捕捉鬼魅踪迹。然而几次尝试下来，山林间除却风声、鸟鸣与簌簌枝叶声，再无异常动静，一无所获。吴媛心中暗叹，莫不是此番要无功而返？正满心失落、挑起草药担子准备下山之际，一排银杏树后却突然传来阵阵激烈打斗声，乒乒乓乓，不绝于耳。

吴媛心头一凛，当下放下担子，循声快步拐向声响来源之处。拨开茂密枝叶，眼前景象豁然开朗，正是踏破铁鞋无觅处——壁画上那位红衣将军正被七个恶鬼团团围困在中央！将军满脸通红，大汗淋漓，手中宝剑左挥右挡，却难破恶鬼包围圈，招式渐渐凌乱、无力，尽显狼狈。只见一恶鬼瞅准时机，猛地伸手扯下将军腰带，将军身形一晃；另一恶鬼趁势举起粗壮树丫，狠狠刺来，将军闪躲不及，危在旦夕。

说时迟，那时快，吴媛不及多想，脚尖轻点，施展开"林中微步"，身形仿若鬼魅，瞬间移至战团边缘。她环顾四周，折下一根粗壮树枝当作佩剑，眸中寒光一闪，加入战局。只见吴媛身姿轻盈，转圈游走，树枝如灵动游蛇，左劈右刺，恶鬼们猝不及防，阵脚大乱。原本勉强困住将军的恶鬼们压力倍增，强攻一阵后，瞅准机会，纷纷就地一滚，化作缕缕青烟，欲朝山下逃窜。

吴媛怎会容得恶鬼逃脱、继续为祸人间？当下加速施展"林中微步"，身形快若闪电，一手捻指作法，口中念念有词，一手持树枝剑，划出凌厉弧线，恰似一道无形屏障，将恶鬼们尽数赶回战区。红脸将军见状，抖擞精神，迅速掏出麻绳，瞅准时机，一个接一个将恶鬼牢牢捆绑起来。

待最后一只恶鬼被捆绑结实，吴媛只觉浑身脱力，适才一番激战、施法，体力消耗过大。她面色苍白，强撑着身子对将军说："将军，天色尚早，你且押着小鬼速速渡河回观。我需在此静养片刻，恢复些气力再启程。"将军心怀感激，朝吴媛拱手致谢，而后牵着众鬼大步朝河边走去。

将军押着恶鬼来到河边，抬眼望去，却见暮色渐浓，天色已晚，往日穿梭往来的渡船早已不见踪影。他心急如焚，冲着滔滔河水放声大喊："鲨舟何在？"话音刚落，须臾间，河中水花四溅，"哗哗"作响，一只巨大鲨鱼仿若从水底冒出，破浪而来。这鲨鱼足有一丈有余长，七八尺宽，周身鳞片在微光下闪烁寒光，摇头摆尾，威风凛凛。红脸将军不敢耽搁，牵着众鬼快步登上鲨背，鲨鱼如离弦之箭，驰骋冲向对岸，转瞬消失在暮色之中。

又过了些许时辰，吴媛挑着沉甸甸的草药担子，一路疾行赶来。抬眼瞧见滔滔江水，正满心焦急、对着河水兴叹之际，那送完将军的巨鲨正缓缓游回河中央，身形渐沉，似要潜入水底。吴媛心急如焚，冲着河中高声呼喊："仙鲨，也驮我一驮吧！"

巨鲨闻声，浮上水面，口吐人言："此时天色昏暗，你过河所为何事？可是为天地公事？"吴媛连忙解释："我去山中采药归来，只为医治百姓，渡河回观歇脚。算起来，半是公事半为私事吧，还望仙鲨大发慈悲，助我一臂之力。"巨鲨却不依不饶："采药医民，可曾收取钱财？"吴媛神色坦然，语气坚定："民女四海为家，悬壶济世，向来分文不取。即便偶有痊愈的富裕病患感恩馈赠些银两，除去日常衣食开销，我也尽数施于众人，从不私藏积蓄。"

巨鲨闻言，微微摇头："既与钱财有关，便是利己私事，恕我不能从命！"吴媛心头火起，又气又急：

"前番红脸将军一众刚过河，你二话不说便驮了他们，怎轮到我这儿就不行了？好歹也发一发慈悲之心吧！"巨鲨不紧不慢解释道："前番过河之人乃是虎头山护法之神，缉拿恶鬼、保民平安，自是为公事来回渡河。你此番为私事，自是不相驮。姑娘还是另寻他法吧。"

吴嫒无奈，只好道出实情："那虎头山红脸护法将军缉拿擅逃小鬼，若无我的援手，哪能得逞？这般算来，算不算公事？"巨鲨略作思忖，点头道："这自然算得，为民除害，功德无量。"吴嫒面露喜色，趁热打铁："我便是刚才在虎头山中，见将军与恶鬼打斗，出手相助才将恶鬼悉数缉拿的人。这下，你总该驮我过河了吧？"

巨鲨眼中闪过一丝疑惑，盯着吴嫒细细端详一番，才道："看你年纪轻轻，竟能助斗恶鬼？莫不是葫芦山新来的吴仙姑？"吴嫒以为转机已到，兴奋不已："小女子正是姓吴，平日里施恩于民，乃是本分。"巨鲨似是信了，迅速游至岸边，抬眼再次打量吴嫒，神色认真："仙姑果然周身仙气环绕，法力不凡。只是你这私事要我驮你过河，我却也有桩私事想劳烦仙姑，若是能互换促成，你我皆攒下私德，如何？"

吴嫒暗叹一声，罢了，事已至此，听听也无妨，便问道："仙鲨但说无妨，只要小女子力所能及，定当竭力效劳。"巨鲨缓缓道出苦衷："我族在这世间已存活4亿年之久，历经数次世界大灭绝，堪称海中'活化石'。可前些时日，一场山崩地裂突如其来，祖上不幸被震至山溪，困在此处数千年，再难回大海与同类遨游。回归大海，是吾族上下一心的夙愿呐！"

吴媛面露不忍，轻声问道："这条河东流而下便是大海，你们怎不试着游回去？"巨鲨无奈叹气："我们又何尝不想？上回我领着一批族人奋力游至闽江入海口，谁料海水汹涌，浪涛一卷，大伙瞬间晕头转向，好些小鲨体弱，抵不住海水冲击，生生被呛死在海中，我那可怜的兄弟姐妹们呐……"吴媛闻言，亦为丧命的鲨鱼痛心不已，又问："那如今你们可有什么打算？我又该如何帮衬？"

巨鲨眼中重现光彩，兴奋说道："一百年前，黎山老母途径此地，也是我驮她过岸。她似是算出我族困境，留下一句话'百年后有东瓯女，许是可解之'。今日有缘与仙姑相遇，想必便是命中注定，求仙姑成全吾族心愿！"言罢，巨鲨不住点头，鱼头溅起水花，仿若祈愿甘霖。吴媛蹙眉思忖："你们在淡水生活多年，贸然入海，怕是难以适应，须得有个缓冲过程才好。"

"仙姑所言极是！"巨鲨连连点头，"此事不急，哪怕耗费十年、二十年，乃至上百年，只要仙姑有心相助，我坚信定能如愿。"说罢，巨鲨自觉吴媛已然答应，满心欢喜地将身子趴在水中，只露出宽阔背壳，示意吴媛登背。吴媛见状，也不再推脱，挑起草药，轻轻跃上鲨背。巨鲨驮着她，稳稳当当游向对岸。

吴媛顺利回到葫芦山道观，心中却始终惦记着鲨鱼一族的嘱托。时光匆匆，后来吴媛定居兴角山，特意在仙庐附近掘了两个水塘，悉心培殖蛏、鲨两种海鲜。日复一日，年复一年，历经无数艰辛与波折，终获成功，增殖出大量种苗，而后放归东海，丰富了海洋渔业品种，沿海渔民受益无穷。直至今日，兴角山上蛏池、鲨池遗迹尚存，仿若静静诉说着这段千年传说。此乃后话。

第四节　灵兽助力

吴媛一袭素衣，背挎药箱，怀揣济世之心，踏入七闽大地的重重关山。一路风餐露宿，她凭借祖传精湛医术，沿途为饱受病痛折磨的百姓悉心诊治、祛病消灾，所到之处，百姓皆对其感恩戴德，旅程倒也顺遂。

这一日，吴媛寻访九仙踪迹，辗转来到闽中永福县的嵩口古镇。听闻此地乃九仙时常往来之所，仿若仙气萦绕、暗藏玄机，她便在临近的龙角山寻了一处清幽居所，长住下来。每日，吴媛或是手持银针、调配草药，以妙手仁心行医济世；或是穿梭于街巷间里，拜访当地名医贤士，探寻九仙流传民间的炼丹秘术，一心只为精研医术、普济众生。

　　一日凌晨，天色尚未破晓，吴媛正欲出门，赶赴镇上渡口为一位编篾货的患病老人瞧病。刚迈出房门，便见一位身着道袍、手持拐杖的老道士立在门前，仙风道骨却难掩满面风霜，原来是前来化缘的。彼时，吴媛刚请人加固茅屋，手头拮据，囊中羞涩，实无余钱周济。她面露难色，却仍温和说道："道长，我这会儿急着去镇上给一位病重老人看病，若您饿了，屋里尚有热饭，我还未及动筷，您且吃些垫垫肚子，再去别家化缘吧。"

　　老道士也不客气，微微颔首，径直进屋端起饭碗，风卷残云般将饭菜一扫而光。吃完一抹嘴，吩咐吴媛："老道就在此处为你守望门户，你去镇上时，给我带八张方方正正的豆腐干回来。"吴媛本想告知此地民风淳朴，无需守门，可话到嘴边，见老道士神色笃定，终是咽下，应了下来，依言照办。

　　待吴媛手提精心挑选的八张豆腐干归来，老道士刚睡醒，睡眼惺忪却透着几分神秘莫测。吴媛快步上前，轻声道："师傅，您趁热吃吧。"老道士接过豆腐干，抬手示意吴媛将桌面擦拭干净，而后神色庄重，将豆腐干依八卦阵式逐一摆放妥当，旁边搁上一只大碗。紧接着，只见他左手捻指，置于嘴边念念有词，仿若吟诵古老咒文；右手持拂尘，在空中潇洒挥舞、纵横交错，作法不停。最后，老道士指尖轻点，分别在八张豆腐干上飞速划符，刹那间，只听一声炸响，仿若平地惊雷，八张豆腐干仿若被注入灵力，飞身腾空，在空中来回翻滚、倒腾穿梭，如万箭齐发，速度快得令人眼花缭乱、目不暇接。

不多时，八块豆腐干皮开肉绽，却又神奇地整整齐齐重叠落入大碗之中。老道士这才招手示意吴媛近前，目光深邃，语重心长地叮嘱："小姑娘，你心地纯善，为了老道的托付，连早餐都舍得让出，难能可贵。现将这些豆腐吃下，你的法力自会有所增长。不过，老道尚有几句警言相赠——'石牛吐血，地龙翻身，沉五洲，浮莆田，救兽不可救人'，你务必铭记于心，切莫忘怀。"言罢，未等吴媛回过神来，老道士身形一闪，瞬间消失不见，仿若一阵清风拂过，踪迹全无。

吴媛深知老道士法术高强、深不可测，且料定他并无恶意，当下不再迟疑，依言将豆腐干狼吞虎咽吃下。自那日起，她便将老道士的警示之言牢牢记在心底，每日都会前往镇上古渡口码头，细细查看那对石牛的细微变化。石牛，向来作为商埠的镇邪珍宝，材质坚硬，又怎会无端吐血？日子一天天悄然流逝，吴媛满心疑惑，渐渐开始怀疑老道士之言的真实性。

直到这天清晨，吴媛如往常一般，从渡口乘船，欲前往对岸采集草药。刚踏上码头，抬眼望去，惊得她花容失色——只见那石牛口中鲜血淋漓，仿若刚经历一场惨烈厮杀！吴媛心下大骇，当即冲着众人高声呼喊："大伙快醒醒！石牛吐血了！老道士所言'石牛吐血，地龙翻身，沉五洲，浮莆田'之事恐怕要应验了，大伙务必小心！"

码头上众人听闻，反应各异。有人面露狐疑，看着这个外来小姑娘边跑边喊，只觉荒诞不经，甚至嗤笑出声；有人交头接耳，议论纷纷，满心怀疑；更有个屠夫，满脸不屑，振臂高呼："莫要听信谣言！这石牛嘴里的血是我恶作剧灌进去的！"然而，也有几个心思缜密、知晓附近有个"沽洲"山岗的人，心中暗忖，宁可信其有，不可信其无，当下半信半疑地转身，快步朝高处撤离。

吴媛心急如焚，顾不上众人反应，匆忙乘船渡过宽阔的大樟溪。刚上岸，刹那间，地动山摇，仿若末日降临，天崩地裂，溪水倒流，波涛汹涌如猛兽咆哮，顷刻间便将嵩口古镇的渡口彻底淹没，昔日繁华码头瞬间沦为泽国，呼救声、哭喊声此起彼伏，场面惨烈至极。

吴媛站在高地，望着不断攀升的水位，心急如焚却又无计可施。就在此时，湍急水流中一块木板若隐若现，木板之上，一只穿山甲蜷缩着身子，瑟瑟发抖，随波逐流，飘摇不定。吴媛见此情景，心生怜悯，哪顾得上自身安危，赶忙找来一根长木棍，小心翼翼地将木板勾至岸边。

穿山甲获救上岸，仿若通人性一般，朝着吴媛左转三圈，右转三圈，以独特方式表达感恩之情，而后迅速钻入土中，消失不见。吴媛还未及缓神，又见两个小伙子抱着一根木头，在洪水中苦苦挣扎、飘零无助。救人心切的吴媛，瞬间将老道士"救兽不可救人"的警语抛诸脑后，毫不犹豫地伸手相助，拼尽全力将两人拉上岸。

这两人，一个名叫余义，一个名叫王恩，皆是永福县长庆人氏。此番结伴前来嵩口放木排，谁料遭遇这场百年不遇的洪灾，幸得吴媛及时出手，方才逃过一劫。

洪灾过后，疫病却如阴霾般悄然蔓延，仿若恶魔肆虐，无情侵袭着劫后余生的百姓。吴媛见状，心急如焚，每日忙碌穿梭于街巷间，以草药为百姓诊治疫病。可染病之人实在太多，她纵使不眠不休、竭尽全力，仍是分身乏术，忙不过来。无奈之下，吴媛招来余义、王恩二人，言辞恳切："如今疫病横行，百姓受苦，我一人实在独木难支。烦请二位随我上山采集草药，熬汤免费供乡亲们服用，救人性命，功德无量。"二人听闻，自是满口答应。

日子一天天过去，染病之人不减反增，附近山中那几种常用草药被百姓一抢而空，几近绝迹。一日，吴媛翻阅一本古药书时，眼前一亮——书中记载，闽中之地适宜生长七叶一枝花，此药堪称治愈这场瘟疫的不二良方，药效奇佳，熬汤兑水用量更是其他方子的数十倍之多。吴嫒大喜过望，当下将想法告知余义、王恩，决意三人结伴，前往其他山地寻觅此珍贵药材。

余义听闻，兴奋不已，拍手叫好："竟有这般好药材！我小时候听老人说过，龙岗小沽山中或许便有。"三人一拍即合，当即启程。途经长埚村庄时，只见村口围聚着一群人，熙熙攘攘，好不热闹。凑近一瞧，原来是一位员外张贴告示，悬赏寻人。

原来，员外家中有位千金小姐，生得花容月貌、温婉可人。前不久，一阵妖风突起，小姐竟离奇失踪，音信全无。员外派人四处寻觅，一无所获，心急如焚之下，只得张贴告示，许下重诺："如有谁能将小姐平安救回，有家室者赏一百两黄金；无家室者，则招为女婿。"

吴嫒无心觊觎那丰厚酬谢，目光扫过告示，便催着挤入人群评头论足、满脸好奇的王恩："王兄弟，咱还有正事要办，救人要紧，莫要在此耽搁了，赶紧上路吧。"王恩恋恋不舍地又瞅了几眼告示，这才跟着吴嫒、余义继续前行。

不多时，三人踏入龙岗小沽山。只见此地山高路陡，怪石嶙峋，林木茂密得仿若原始秘境，荆棘丛生，前行之路举步维艰。王恩没走几步，便开始抱怨连连："我说吴家姑娘，你这是何苦呢？治病不收钱也就罢了，眼下没了药材，还非要跑到这穷山恶水的深山老

117

林里找，纯属活受罪！不如咱趁早回去吧。"

　　吴媛柳眉微蹙，正要出言责备，却见走在前面的余义身形一顿，满脸惊愕，迅速回头，抬手示意大家噤声。原来，身形瘦小的余义在荆棘丛中左钻右突，无意间率先发现一株七叶一枝花，隐匿在草丛深处，熠熠生辉。余义兴奋不已，趋步上前，刚要伸手采摘，却赫然瞧见花株旁竟有一个天然山洞，洞口白烟袅袅，仿若神秘仙境，却又透着几分诡异气息。余义心头一惊，忙别过头，冲着吴媛、王恩招手，示意二人赶紧前来一探究竟。

　　众人小心翼翼移步过去，又在洞口附近树丛中发现一只精致绣花鞋，心中暗忖：想必小姐便是被掳至此。众人探头朝洞内望去，一片漆黑幽深，仿若无尽黑洞，刺鼻白烟扑面而来，呛得几人咳嗽不止。大家赶忙捂住口鼻，强忍着不让声响传出，围聚商议如何下洞救人。

　　商议已定，众人迅速分工，分头找来韧性极佳的藤草，心灵手巧地编织成一个小巧箩筐，又合力拧出一条粗壮草绳，将箩筐牢牢系紧。一切妥当后，王恩拍着胸脯，对吴媛说道："仙姑法术高强，神通广大。您先带着瘦小的余兄下洞救人，我人高马大、力气也大，待你们救下小姐，只需在下面摇一摇绳子，我便拼尽全力，一一把你们拉上来。"

　　吴媛见王恩说得在理，当下也不多想，念动咒语护法，率先坐在箩筐里，缓缓降下洞穴。余义紧随其后，一同深入洞中。二人在洞内相互扶持、照应，摸索前行，步步惊心。许久，隐隐约约瞧见角落中晕倒的小姐，面色惨白，仿若沉睡的仙子。二人不敢耽搁，协力将小姐搀扶至洞口下方，小心翼翼扶她坐进箩筐，轻轻摇了摇。

洞外，王恩见小姐被拉了上来，抬眼一瞧，只见小姐貌美如花，仿若仙子下凡，瞬间心生贪念、邪念顿起。他暗自盘算：救下员外千金，既能抱得美人归，又可坐拥万顷良田、万贯家财；若是仙姑和余义在场平分功劳，员外保不准看中勤劳善良、人缘极好的余义做女婿，甚至钱财都会被吴媛拿去施舍灾民，自己岂不是竹篮打水一场空？思及此处，王恩一不做二不休，眼见小姐尚在昏迷，不但不放下箩筐，反而抱来一堆石头，疯狂朝洞口中填埋，直至洞口被填平堵实，方才罢手。而后，他背起小姐，大步朝山下员外家赶去。

洞内，吴媛和余义左等右盼，始终不见箩筐放下，正满心疑惑，却见大块石头滚滚而下，吓得二人脸色煞白，慌忙退至角落躲避。随着石头越来越多，洞口渐渐被填没，整个山洞仿若末日降临，"隆隆"作响，洞底不断下沉，仿若随时都会地裂山崩，将二人彻底吞噬。

吴媛心急如焚，仰天高呼："老道士啊老道士，您既知晓今日之事，为何不教我分辨余、王二人品性？如今连累余家兄弟深陷绝境，命悬一线，这可如何是好！"

就在吴嫒满心绝望、悔恨交加之时，一只穿山甲仿若神兵天降，迅速来到跟前。穿山甲口吐人言："仙姑莫急！我便是您在嵩口沉陷时所救的那只穿山甲，今日特来报恩。您且随我来，我挖个洞，保准让您二位平安出去。"

吴嫒和余义仿若抓住救命稻草，满心感激，跟随穿山甲沿着新挖洞穴，一路蜿蜒前行，顺利逃出山洞。抬眼望去，一条清澈山溪缓缓流淌，溪边花草繁茂。小溪蜿蜒出了峡谷，便是长塆村庄。此时，员外家张灯结彩，红绸飘舞，喜乐阵阵，似正要举办喜事。

吴嫒心中明白，定是王恩抢先一步前来报喜邀功。她与余义快步来到员外家，未及喘息，便将来龙去脉一五一十道出。王恩见势不妙，却仍强装镇定，凭借三寸不烂之舌，百般争辩，甚至掏出那只留在洞口的绣花鞋，妄图证明小姐为自己所救，一时间，员外和小姐面面相觑，不知所措。

就在众人僵持不下之时，一只穿山甲突然破土而出，口中稳稳托着一只绣花鞋，径直走向吴嫒。吴嫒接过，转手递给余义，余义快步上前，呈给员外。员外满脸凝重，仔细翻看两只绣花鞋，反复比对，而后递给小姐分辨。小姐微微颔首，对两只绣花鞋皆表示肯定。

　　吴媛见状，深吸一口气，将自己在嵩口龙角山遇老道士、得警示"救兽不救人"，以及灾后救民上山采七叶一枝花治瘟疫、山洞救人遭王恩陷害、山崩地裂得穿山甲救助等一系列跌宕起伏之事，毫无保留地和盘托出。众人听闻，皆唏嘘不已，有人小声议论："龙岗那边刚沉下去的地方，叫沽洲，莆仙方言谐音，可不正应了老道士'沉五洲，浮莆田'的预言，当真是一语成谶呐！"

　　员外本满心欢喜，欲依告示所言，为女儿与王恩举办婚事。如今得知事情全貌，知晓王恩忘恩负义、心地恶毒，顿时气得满脸通红，怒发冲冠，当即令家丁将王恩五花大绑，押送官府，严惩不贷。而后，员外转向太守，轻声询问女儿心意："女儿啊，如今知晓真相，你可愿嫁给余义这孩子？"小姐面若桃花，含羞点头，表示愿意嫁给这位救命恩人，共结连理，相伴百年。

　　员外见女儿应允，心中稍安，又转头看向吴媛，满怀感激与愧疚："仙姑大义，救我女儿性命，恩同再造。本想以百两黄金酬谢，奈何仙姑坚持不受，实在让老夫过意不去。"

　　吴媛微笑摇头，神色温婉却透着坚定："员外不必挂怀。大灾之后，必有大疫。如今沽洲沉陷，方圆百里恐将再发瘟疫。我需即刻回去收拾行李，赶赴落脚点，为百姓驱瘟除疫，时间紧迫，无暇顾及其他。若员外真心想谢，不妨趁着'沉沽洲，突沽岭'这等天意，修一条翻山越岭的小道。如此一来，方便我上山救人，二来也可为万千民众出行提供便利，造福乡里。"

员外闻言，对吴媛的普众慈悲心怀钦佩不已，当即拍板："仙姑所言极是！修桥铺路，本就是积德行善之举，老夫乐意至极。不仅要修一条上山捷径，还要发动众人捐资铺就石阶，确保风雨无阻；更要在龙岗路边建一座亭子，铭刻仙姑功德，激励后人。"

果不其然，待吴媛返回嵩口龙角山，匆匆收拾行李，再度奔赴沽岭头时，一条蜿蜒曲折的"膝盖弯"山路已然竣工，石阶平整宽阔，足有四尺，仿若巨龙盘山。受益商旅无不为吴媛倡建此路的功德所感动，纷纷慷慨捐资，助力修路大业。石路一路绵延，直至梧桐镇吴垅尾；剩余钱款，众人合议，在进入龙岗第一站路边建起一座"龙田亭"，以纪念吴媛仙姑无量功德。

后来，吴媛羽化升天，位列仙班，"龙田亭"也顺势改为"龙田宫"，供奉吴媛神祇。此地香火鼎盛，灵验无比，还曾演绎出一段佳话——正德君下江南时，借宿宫中，却被蚊子肆意侵扰，苦不堪言。吴妈显灵护君，一声令下，蚊子纷纷让出东边，让君得以安睡。此乃后话，暂且不表。

悬壶济世的健康使者

第一章

仙居兴角

第一节　驱除山魈

　　萩芦溪源头的兴角山东北麓，重峦叠嶂，群山连绵起伏，仿若一条沉睡巨龙卧于大地；溪涧纵横交错，潺潺流水穿梭其间，似灵动血脉润泽山川。这本该是钟灵毓秀的人间胜境，奈何虎狼魈魅时常出没，搅得四野不得安宁。每当夜幕降临，浓稠如墨的黑暗如潮水般迅速蔓延，吞噬山林，恐惧便如同鬼魅，悄然缠上村民心头，家家户户紧闭门窗，无人敢轻易踏出家门半步。

　　一日，村里有人神色慌张、气喘吁吁地跑回村子，一路大呼小叫："不得了！不得了！我瞧见个巨大的魈王啦！那身形，足有两人多高，浑身青毛似钢针倒竖，力大无穷啊！一张血盆大口，獠牙锋利得能撕碎猎物；赤红双眼仿若燃烧的炭火，脸上红、黑、蓝、紫诸色交杂，活脱脱像戏台上画着的奸臣脸谱，模样凶恶至极，瞅见人就追，跑得跟风似的！"此事经众人七嘴八舌地传播，愈发神乎其神，恐惧如瘟疫般在村子里迅速蔓延，人心惶惶。到后来，便是胆子大些的村民，要上山也得备上些吃食，呼朋唤友、成群结队才敢前往，生怕遭遇那可怖的魃王，落个有去无回。

村里有户卓姓人家，有个后生名叫卓十三。这卓十三堪称奇人，天生胆子奇大，仿佛不知恐惧为何物；双臂孔武有力，浑身腱子肉紧绷，传言他徒手便能连根拔起一棵大树，实打实的神力惊人。曾有一回，他赤手空拳打死一头凶猛大野猪，消息不胫而走，自此声名远扬。旁人听闻山中出了魃王，吓得两股战战、夜不能寐，他却满不在乎，依旧每日迎着晨曦、踏着朝露，雷打不动地前往萩芦溪源山中打柴，风雨无阻，好似那魃王与他毫无干系。

那天，卓十三如往常一样，挑着满满一担柴，哼着小曲慢悠悠下山。天色渐晚，余晖将他的影子拉得老长，斑驳地投在蜿蜒山路上。忽然，路旁灌木丛一阵剧烈晃动，紧接着，一个高大怪异的身影"嗖"地蹿了出来。卓十三抬眼一瞧，好家伙！眼前这怪物可不就是人们口中绘声绘色描述的魃王嘛！它身形似人却通体青毛，口大如盆，咧开嘴时，森白獠牙寒光闪烁；赤红双眸瞪得滚圆，脸上色彩斑斓，恰似戏里奸臣脸谱，透着一股子凶狠劲儿。那魃王冲着卓十三伸出毛茸茸的大爪子，掌心厚实粗糙，指甲尖锐如钩，看样子是在讨要东西。

卓十三心里"咯噔"一下，可转瞬就镇定下来，脸上毫无惧色，咧嘴一笑，顺手从扁担上解下一个干粮，抬手扔给魃王，仿若投喂老友。魃王接住干粮，鼻翼翕动几下，三两下囫囵吞下，咧着嘴满意地笑笑，转身隐入山林不见了踪影。

此后，卓十三隔三岔五便能碰上这魃王。一回生二回熟，时间久了，一人一魃相处竟出奇地和睦。有时卓十三在山中休憩，魃王冷不丁冒出来，爪子里还拎着几只刚捕获的狐狸、野兔、山鸡，往他跟前一丢，大咧咧地坐下，陪着他一同享用这山林馈赠的野味。久而久之，卓十三与魃王竟成了朋友，闲暇时，卓十三会同它分享村里趣事，魃王歪着脑袋，听得津津有味；魃王也会带着卓十三穿梭隐秘山林小径，探寻平日里难见的绝美景致。

一日，卓十三去邻居家，为刚出生的男丁贺弄璋之喜。屋内欢声笑语，暖烘烘的。邻居家媳妇眉眼含笑，温婉动人；小娃娃粉嘟嘟的脸蛋，小手攥成拳头，咿咿呀呀，煞是可爱；一家人围坐一处，和和睦睦，满是温馨。卓十三瞧在眼里，心底却泛起一阵酸涩，自己孤身一人，每日风里来雨里去，辛苦劳作，家中却连个嘘寒问暖的人都没有，更别提攒下钱娶媳妇了，实是愧对九泉之下的爹娘。这般想着，眼眶渐渐湿润，情绪愈发低落，时而落泪，时而苦笑。

　　次日，卓十三上山，带着酒席上的剩菜去找魁王。魁王见了美食，两眼放光，一蹦一跳凑过来，抓起饭菜大快朵颐，吃得满嘴油渍，还不时咂咂嘴，惬意非常。卓十三瞧着它，心中五味杂陈，忍不住倾诉起自己的心酸事。说着说着，声音哽咽，泪水夺眶而出。魁王似是听懂了，伸出毛茸茸的大手，轻轻拍了拍卓十三的肩膀，力道轻柔，满是安慰；又怕他还难过，就地翻了几个跟斗，滑稽模样逗得卓十三"扑哧"一笑。末了，魁王竟口吐人言："其实为人为兽，都得诚实厚道，老天自有安排，你莫要太伤心。"卓十三瞪大双眼，又惊又喜："你会说话啊？"魁王拍着胸脯，一本正经道："我虽是魁中一员，也就是你们说的魁精，说几句人话还是不在话下！"说罢，又变着法儿逗卓十三开心，直至他愁眉舒展，二人才各自散去。

　　第二日清晨，卓十三刚踏上山路，魁王不知从哪个角落里窜出来，一把拉住他就往双溪口方向狂奔。卓十三只觉耳边风声呼呼作响，两旁景致飞速倒退。不多时，二人来到双溪汇合的赤溪幽谷，谷中有一处山涧，当地人唤作"米粉潭"。魁王在一处山壁前停下，蹲下身子，双手抠住一块巨石边缘，肌肉紧绷，低喝一声，猛地发力，竟将那巨石轰然掀开。巨石下露出一个黑黢黢的洞穴，魁王示意卓十三进去。卓十三猫着腰，小心翼翼探进洞中，不多会儿，抱出一个罐子。罐子入手沉甸甸的，他满心狐疑，缓缓打开，刹那间，白花花的银子映入眼帘，晃得人睁不开眼。卓十三又惊又喜，呆立当场，不知所措。魈王咧着大嘴，呵呵直笑，搡了搡他肩膀，护送他下山。

此事传开，村里村外议论纷纷，众人对卓十三刮目相看，满是艳羡："瞧瞧人家卓十三，不仅胆识过人，还能跟魈王交朋友，这下可发大财喽！"一时间，卓十三成了村里的红人，平日里冷清的家门变得热闹非凡。有些好事者，整日缠着他，前脚刚拉他下酒场，推杯换盏、醉生梦死；后脚又拽他进赌场，骰子翻滚、筹码堆叠，卓十三沉溺其中，纸醉金迷，肆意挥霍着钱财，妄图用金钱填补内心孤寂。日复一日，还没等他攒钱娶上媳妇，那满满一罐银子便如流水般见了底，只剩两手空空。卓十三如梦初醒，满心懊悔，却为时已晚。

这时，有个所谓"朋友"给他出了个馊主意："卓十三，你瞧，大伙都稀罕看魈王表演，你把那魈王抓回来，驯得跟耍猴似的，上台表演节目，保准能赚大钱，还愁娶不上媳妇？"卓十三本就过惯了花钱如流水的舒坦日子，此刻被贪欲蒙蔽心智，竟觉得这主意妙极了，当下热血上头，连连点头。

次日，卓十三怀揣精心准备的美味吃食，满心算计地上了山。他在老地方等了许久，山林静谧，唯有风声与鸟鸣，魈王却迟迟未现。卓十三满心焦急，又隐隐有些愧疚，正失望地准备打道回府时，身后灌木丛一阵沙沙作响，魁王如往常那般，兴冲冲地奔出来，张开双臂就要与他拥抱，亲昵非常。卓十三强压心头不安，挤出一丝笑容，将吃食递过去。魁王毫无戒备，接过吃食大嚼起来，吃得满脸陶醉，还不忘关心卓十三近况。卓十三谎称自己近来忙着相亲，魁王一听，乐开了花，手舞足蹈为他庆祝。

如此又厮混了数日，卓十三瞅准时机，在食物里悄悄下了蒙汗药，忐忑不安却又满心期待地带上山。魁王毫无察觉，照旧大口吞咽，不一会儿，药性发作，身子晃了晃，"扑通"一声倒地昏睡过去。卓十三见状，激动得双手颤抖，忙不迭掏出树叶，吹起响亮口哨。几个狐朋狗友闻声，从四面八方蜂拥而至，七手八脚抬起魁王，塞进早已备好的大笼子，一路抬回村子，锁在院子里。

几个时辰过去，魁王悠悠转醒，只觉脑袋昏沉，周身乏力。待看清身处牢笼，顿时怒目圆睁，龇牙咧嘴，双手紧抓栏杆，疯狂摇晃，厉声呼喊卓十三救它，声音响彻院子，却只换来众人一阵哄笑。魁王愈发暴怒，一会儿用嘴狠咬栏杆，钢铁铸就的笼子竟被啃出几道深深牙印；一会儿又用头猛撞栏杆，"砰砰"声响彻云霄，额头鲜血淋漓，活脱脱一头困兽，左冲右撞，却只是徒劳，丝毫无法挣脱牢笼束缚。那些人不仅毫无怜悯之心，还嬉笑着拿木棍捅它、抽打它，魁王疼得嘶吼连连，愈发疯狂地挣扎，哀号声凄厉恐怖，令人毛骨悚然。

这时，外出买酒的卓十三回来了。魈王瞧见他，瞬间安静下来，眼眶泛红，满是哀求："卓兄弟，快放我出去，我饿了！"卓十三冷哼一声，嘴角挂着冷笑："你既然对我好，就乖乖听话，温顺些随我出去表演，等我赚到大钱，自然放你回山。"魈王气得浑身发抖，破口大骂："你这无情无义的小人，必遭天谴！"卓十三充耳不闻，冷笑几声，转身与众人喝酒去了。

魈王彻底绝望，不再言语，却也没停止挣扎，撞击笼子的动静愈发大了，哀号声此起彼伏。众人却丝毫不在意，变本加厉地折磨它，打完一顿，又丢些吃食进去；等它吃完，接着驯打。如此反复折腾了三天三夜，魈王精疲力竭，瘫倒在笼中，气息奄奄，再没了反抗力气。卓十三等人见此，得意洋洋，大碗喝酒、大口吃菜，畅想着日后靠魈王表演赚得盆满钵满的"美好蓝图"。

就在众人喝得烂醉如泥、得意忘形之时，院子外陡然响起一阵悠长凄厉的长啸。众人酒意瞬间醒了大半，面面相觑，满脸惊恐。还没等他们反应过来，数十只山魈如潮水般汹涌而入，个个身形高大、肌肉隆起，力大无穷。它们怒吼着，三两下挤破篱笆、撞坏房门，冲向笼子。为首几只山魈双手抓住栏杆，猛地发力，"咔嚓"几声，将笼子砸得粉碎，簇拥着奄奄一息的魈王，呼啸而去。

几只殿后的山魈余怒未消，瞪着血红双眼，闯入人群，伸手就要抓人撕咬。众人吓得屁滚尿流，有的慌不择路，躲在桌下瑟瑟发抖；有的手脚并用，爬上木梯，紧抓横杆，大气都不敢出；还有的抱起瓮，倒扣在地，佯装死亡。混乱中，卓十三到底没能逃过一劫，被一只山魈揪了出来。那山魈满脸狰狞，拳脚如雨点般落下，卓十三惨叫几声，顷刻间便被揉成肉酱。眼看群魈还要对其他人下毒手，突然，一阵清亮长啸划破夜空，山魈们似是忌惮什么，愤愤不平地嘶吼几声，这才悻然离去。

经此一劫，那些作孽之人吓得魂飞魄散，连滚带爬回了家，在村口筑起坚固篱笆，妄图阻挡山魈复仇。可这篱笆在山魈眼里，不过是形同虚设的玩意儿。没多久，魈王养好伤，心中恨意难消，带着成群结队的同伴卷土重来。它们气势汹汹，遇篱笆推倒，逢庄稼踩踏，见禽畜撕咬，看人就追，毫不留情。山边村民首当其冲，惨遭殃及，拖家带口、惊慌失措地不断往后缩退，可人退一尺，魈逼一丈，一时间人心惶惶，民不聊生。数百村民被逼无奈，只能聚集在不足方圆三里的狭小区域，焚香祷告，祈求神明降临，保境安民。

这日，群魈越聚越多，将村子围得水泄不通。为首魈王高居一块巨石之上，振臂一挥，率众发起最后冲锋。本就被山魈折磨得身心俱疲、士气低落的村民们，手持简陋竹棍，双腿发软，瑟瑟发抖，不少人甚至抱着坐以待毙的绝望心态，闭眼等死。

就在先锋几只山魈冲破竹棍栏杆，如入无人之境，肆意践踏晕倒在地的村民时，天空陡然变色，狂风大作，飞沙走石。众人惊恐抬头，只见一阵飓风裹挟着一位红衣仙女从天而降。仙女身姿轻盈，衣袂飘飘，仿若仙子临世。她双掌快速翻动，念念有词，施展仙法。只见原本散落一地的竹栏杆像是被一股无形之力牵引，纷纷拔地而起，如利箭般疾射向山魈腹部，一时间，山魈哀嚎连连，倒下大片。

魈王见状，瞪大双眼，满脸惊愕，一时愣在原地。待听到四面八方同伴惨叫，才回过神来，心知不敌，忙仰头长啸三声。周围山魈闻声，迅速围拢过来，将几只雄壮山魈排在前锋，成年魈组成中锋，受伤、老弱同伴殿后，再次发动集中攻击，妄图冲破村口防线。仙女柳眉微蹙，不慌不忙，素手在胸，口中咒语不停，须臾，一个药葫芦凭空飞来，悬在群魈上方。紧接着，迷烟倾泻而下，火星四溅，如烟火般纷纷洒落山魈身上。山魈们被烟火灼烧，疼得四处乱窜，战斗力瞬间瓦解。

"仙女不知何方神圣，为何阻拦我们报仇雪恨？"魈王见同伴伤势惨重，却无一人死亡，猜到是仙女手下留情，心中忌惮，忙匍匐在地，跪地叩首，道出事情来龙去脉。仙女降下祥云，轻拂拂尘，示意魈王起身，目光柔和却透着威严："我乃东瓯吴氏后裔，单名媛字。古语云一人做事一人当，汝等却残害诸多无辜百姓，该当何罪？"魈王磕头如捣蒜，言辞恳切："原来是女神大驾光临，念在我等也是情非得已，求女神饶过我们……"

东瓯女神吴媛略作思忖，终是于心不忍，缓缓下令："事由已然明晰，念汝等并非恶贯满盈，今日便放汝等一马。但需谨记，即刻退出兴化之域，往后永不侵犯百姓！"魈王如蒙大赦，再次拜谢吴媛，而后率领同伴，灰溜溜遁入山林深处，消失不见。

第二节　洗字清坑

在唐高宗年间，千年古镇游洋山水间流传着一个关于吴圣天妃的神奇故事。这位被后人尊称为"吴妈"的健康女神，不仅以其高深的道行和慈悲的心肠闻名于世，更以其与吴兴在兴角山的传奇经历，成为当地百姓口中的佳话。

有一年，吴兴奉父母之命，踏上了寻找胞妹四娘的征程。四娘自幼聪慧异常，对修道有着浓厚的兴趣，十年前离家修行，至今音讯全无。吴兴一路跋山涉水，历经千辛万苦，终于来到一座云雾缭绕的兴角山上，找到了四娘的仙庐。

兄妹相见，四目相对，千言万语化作两行热泪。四娘向兄长详细讲述了自己十年来的修行经历，以及她如何在这幽静的兴角山上，悟道参禅，渐入佳境。

吴兴见妹妹已成道貌岸然的仙姑，心中既感佩又欣慰。他知道，妹妹已经找到了自己的道路，找到了属于自己的幸福。

翌日，吴兴经过规劝而携妹还乡，行至游洋霞峰村（松柏洋）与常太河浪关前的风巷山腰时，两人停下脚步，在一处清澈的山涧旁休息。四娘从怀中取出一块手帕，轻轻地在上面书写了"修道行善"四个大字。她看着兄长，微笑着说："二哥，您如果能把手帕上的这四个字洗掉，我就跟你回家。如果洗不掉，请你转告双亲，叫老人家不必想念，我会更好地生活下去，修身养性，必有仙果。"

吴兴接过手帕，走到溪坑边，挽起袖子开始洗手帕。然而，奇怪的是，那手帕上的字迹却越洗越明显，仿佛被山涧中的神水加持了一般。吴兴心中明白，这是妹妹的道行所致，也是她坚定修道决心的体现。他无奈地放下手帕，看着四娘那平静而坚定的眼神，心中涌起一股敬意。

吴兴知道，自己无法改变妹妹的决定，也无法阻挡她追求真理的道路。他默默地站起身来，拍了拍妹妹的肩膀，果断地说："四娘，你放心吧。我会把你的话带给爹娘，让他们知道你的近况。我也会继续修行，争取早日与你并肩作战。"

四娘听后，脸上露出了欣慰的笑容。她感激地看着兄长，然后轻轻地点了点头。两人就此分别，吴兴独自踏上了归途，而四娘则继续留在兴角山上修行。

不久之后，吴兴也决定重上兴角山与妹妹一起修行。他深知，只有与妹妹并肩作战，才能更好地传播道教文化，造福苍生。于是，他告别了家人和亲友，踏上了前往兴角山的征途。

在兴角山上，吴兴住在古峰寺（又称五峰寺），闲时与四娘共同修行、共同参禅悟道。他们不仅帮助当地百姓治病救人、驱除妖邪，还积极倡导"修道行善"的理念。他们的善行感动了上天，也赢得了百姓的尊敬和爱戴。

随着四娘道行的精进和"修道行善"信念的坚持，她的名声越传越广。许多人都慕名前来寻求她的帮助和指点。四娘不仅为他们治病驱邪，还传授他们修行的法门和道理。在她的影响下，越来越多的人开始信仰道教、追求真理和善良。

在兴角山上修行的日子里，四娘还做了一件造福后世的大事——她鞭地引泉，为延寿溪上游的百姓提供了源源不断的清泉水源。这泉水清澈甘甜、源源不断，为当地百姓带来了无尽的福祉。后来人们为了纪念四娘的功绩，将这口泉命名为"四娘泉"或"仙池""蛏池"。

而吴兴和四娘在风巷山腰休息时洗手帕的溪坑，也被后人称为"洗字坑"。据说直到现在，洗字坑中仍然保留着吴兴洗字的痕迹。每当人们走过这里时，都会驻足观看、感慨万分。后人有《洗字坑》诗为证："古道肇从兴化东，参天榕树雁排空。东瓯化蝶承巫媪，馨角云游济世功。洗字泉坑重炼道，悬壶峰壑又禅风。吴妈惠泽今犹在，谒祖迢迢至此通。"

兴化古驿道进入兴化县的位置优越，不仅是连接南北的重要通道，也是传播吴妈文化的重要节点。在这里，人们可以感受到吴圣天妃的慈悲和智慧；可以领略到道教文化的博大精深；更可以体验到"修道行善"这一理念的深远意义。

如今，"健康女神"吴妈已经成为了莆田地区乃至东南亚一些地区和国家的文化符号和精神象征。她的传奇故事和崇高精神将永远激励着人们追求真理、善良和美好！

第三节　买无尾杉

有一段时间，兴角祖宫和沿海哆头大妈宫相继进行重修或扩建，需要大量的杉木置换，费用昂贵不说，山区车马不便，运输也是一大问题。于是，吴妈便化身为一个年轻漂亮的姑娘到永泰、尤溪等山区物色可用之材。

那日，她看中一位永福（今永泰）一家姓潇的员外山上的一片百年杉木，便找山主商量买卖事宜。

可那位财主并不在乎卖杉钱财的多寡，而是在意眼前颇有姿色的姑娘，心中便有些想入非非，轻薄地说："你那单薄身体怎么能扛得了杉木？我门前那根干瘪的无尾杉，重量轻，耐用！不如那根卖给你吧。"

吴妈化身的年轻姑娘当然明了财主的轻薄之意，但故作轻松对他说："老家吴妈宫需要大量杉木，一根两根无尾杉解决不了问题，需要山上更多的'无尾杉'呢。"

"好！好！我山上都是疏轮过的好杉木，只要你能找出第二棵无尾杉，不要说卖你多少钱，都算我向吴妈认捐吧。"财主有些自鸣人得意地答道。

当晚子夜时分，永福电闪雷鸣，一阵狂风吹过，刮倒潇员外山上无数良木。第二天一大早，员外就听到进山察看灾情的仆人回来汇报，昨夜那阵妖风专门吹断山中上好的杉木，小树倒是安然无恙……

员外听到这个消息后，面如土色，久久没有作声。当下强装镇静地吩咐手下设案请香。巳时时刻，昨天花一般姑娘又一阵风似的飘然而至，员外见到后，马上三伏在地，双手作揖请求仙女原谅自己的有眼无珠和不识抬举，并马上答应姑娘将山上被风刮断的杉木，悉数请姑娘取走，权当自己的捐献建宫。

女神看潇员外虽有些轻薄，但并不食言，且平时口碑还算好，就对他说："这些杉木可折算为十二贯钱，等兴角祖宫重建成功之日，你可前往与乡老道明此事，定当勒石铭记你的善德，福报子孙后代。"

如此，吴妈施法将一棵棵被风吹断尾梢的杉木吹至兴角祖宫埕头。待祖宫重建完工后，余下的杉木再通过龙潭"海眼"入口，再从三江口浮出，既省钱，又省力。

说来奇怪，哆头信众知道三江口浮起的杉木是吴妈施法所得的杉木，信众们在感激之余，只仅取所需的一些梁脊杉木，其余的杉木依然在水中漂。后来，这些杉木出现在兴化北洋紫宵岩下的杜塘水系上，而当地正好在建一座吴妈宫，这些写有"吴圣天妃"的杉木理所当然地被捞起利用。所以，该宫也起名为"昭惠灵宫"，各地亦称其为峰林宫，所在的村名，为了纪念杉木从游洋霞峰龙潭直通上来，便把村命名为"峰林"，或许缘于此吧。

龙潭也因海峡两岸三大女神吴妈买杉浮梁盛举的民间故事而闻名于世。同时，这里的水源都是高山岩隙中的涓涓细流汇聚成溪，跌入成潭，被称为"圣水"或"圣泉"，每年都有来自世界各地的吴妈信众前来装圣水回家供养。特别是与之有相当渊源的涵江区三江口镇哆头渔民，视前来装圣水回去洒在海滩或融入海水中为吉祥，祈求来年全村海殖丰收，信众泰安，财源旺盛。此风俗一直沿习至今，成为吴圣天妃非物质文化遗产的重要组织部分。

千年之后，当兴角祖宫申请省级文物保护单位时，考古专家果然在宫庙前的一根石雕瓜棱柱上发现"XXX捐钱十二贯"的字样，字迹虽有些模糊，却很好地印证了这个社会的传说。

据说，潇员外此后更加和善为人，慈爱造福桑梓，后人的确出了状元郎——潇国梁，乃兴化县第一个状元。此乃后话。

第四节　布政烧宫

在那兴角山下，有位穷秀才严某，仿若蒙尘明珠，腹藏锦绣、满腹经纶，笔下文章才情横溢，出口成章、对答如流，论学识才情，远超常人。可命运却如寒霜，对他格外苛待，贫病交加的厄运如影随形，死死纠缠。家中一贫如洗，米缸常空，药罐长鸣，为求一线生机、谋一口吃食，他百般无奈之下，只得委身兴角宫，设帐授徒、教书糊口。学子们敬他才学，百姓们慕他贤德，皆尊称他一声"严夫子"。

严夫子立身于宫房之中，手持书卷，传道授业解惑，那股子认真劲儿，全倾注在每一堂授课、每一页书文里。可反观其生活，却满是寒酸凄苦之象，破衣烂衫打着补丁，粗茶淡饭难见荤腥。家徒四壁的窘境，逼得他心生一计，暗地里寻来一块上好木料，精雕细琢，制成一只惟妙惟肖的木鸡腿，放入红糟里反复浸透。每至三餐时分，他便端出这木鸡腿，佯装夹菜，轻抿红糟，脸上却满是津津有味之色，仿若真在享用珍馐美馔。旁人不知内情，远远瞧见严夫子餐餐有鸡腿下饭，心生艳羡，只道他日子过得颇为不错。

一日，变故突生。管宫的宫公养了一只肥硕公鸡，毛色鲜亮、鸡冠火红，神气活现。那公鸡许是调皮，扑腾着翅膀，"咯咯"叫着飞到宫房的供桌上，肆意啄食斋果。偏生它落脚不慎，双爪踩在铜钟沿上，半圆铜钟受此重力，瞬间失衡，"哐当"一声翻倒过来，将公鸡倒扣在地。公鸡被困其中，奋力挣扎、扑腾鸣叫，不多时，便没了动静，气绝而亡。宫公遍寻不着公鸡踪影，心急如焚、四处寻觅，正焦头烂额时，瞧见严夫子每餐的"红糟鸡腿"，心头疑云顿生，未加细究，便武断认定公鸡是被严夫子盗杀。

宫公气势汹汹，找上门去，不分青红皂白，扯着嗓子要严夫子赔鸡。严夫子心中无愧，据理力争，涨红了脸连连摆手："这鸡绝非我所杀，宫公莫要冤枉好人！"可那木鸡腿之事，事关颜面与生计，他又怎敢轻易道破？二人各执一词，互不相让，争执得面红耳赤、唾沫横飞，谁也不肯退让半步。无奈之下，他们只好一同来到吴圣天妃的炉前，燃起袅袅清香，虔诚焚香祷告，求天妃降下神谕、明断此事。二人齐齐跪地，双手合十，口中念念有词："若这公鸡是严夫子宰杀，还望天妃以签语圣杯明示，以示公正。"言罢，连掷三次圣杯，签支掉落，偈语揭示——鸡失西方，三次占卜，皆是这般结果。严夫子见状，瞠目结舌，满心委屈却无从辩驳，气得浑身发抖，一跺脚，次日忿忿而去。

时光匆匆，严夫子怀揣着不甘与愤懑，踏上求仕之路。一路上，风餐露宿、披星戴月，历经千辛万苦，总算是赶上考期。考场之上，他收敛心神，凭借扎实学识、斐然文采，小心谨慎地答题应试。苦心人，天不负，放榜之日，他赫然高中进士，一时间，声名鹊起。朝廷念其才学，官授布政司，可谓平步青云、光宗耀祖。

然而，往昔在兴角宫受的委屈，仿若一根尖刺，深深扎在严夫子心底，随着官位渐高、权势渐盛，那恨意非但未减，反而如野草般疯长。他忆起当日被吴四娘（此处百姓对吴圣天妃的俗称）"冤屈"之事，怒火中烧，决意要火烧兴角宫，以泄心头之恨。

严布政身着官服，头戴乌纱，率领一班威风凛凛的人马，前呼后拥、浩浩荡荡地奔赴兴化府。抵达官驿，歇脚住宿之时，恍惚入梦。梦中，吴圣天妃仙袂飘飘，仪态万方，现身眼前，和声细语地向他陈述："那签语圣杯之事，实属误会一场，严大人切莫再挂怀。"严布政却眉头紧皱，冷哼一声，满脸不屑："哼！彼时我落魄潦倒，你一尊县域小仙，竟也趁人之危、落井下石，叫我颜面何存？如今我官高权重，这口气断然咽不下！今日定要烧了你这兴角宫，方消心头之恨。"天妃见他冥顽不灵，轻叹一声，目光陡然锐利如电，字字铿锵："你莫以为官高位显，便可恃势凌人、肆意妄为。你若敢烧我宫，我便灭你祖！"言罢，仙影一晃，隐没而去。

严布政从梦中惊醒，冷汗浸湿后背，却并未将天妃警告放在心上，只当是一场荒诞梦境。待他整顿人马，踏入兴化上宫，大手一挥，命手下点起火把。刹那间，火苗蹿起，兴角宫瞬间被火海吞没，火势汹涌，仿若咆哮怒兽，借着风势肆意蔓延，椽木噼里啪啦作响，屋瓦接连崩塌，滚滚浓烟直冲云霄，映红半边天。

吴圣天妃目睹宫宇被焚，心疼不已，怒火攻心，当下祭起水龙。只见一道水柱冲天而起，仿若银龙出海，汹涌扑向火海，水花四溅、水汽弥漫，竭力喷水灭火。一番激战，总算保住自家主殿。饶是如此，天妃为护佑众神灵安全出殿，也被烟火熏燎得灰头土脸，昔日清丽面容染上烟灰，狼狈不堪。据说，此后仙游一带宫庙在雕塑仙姑神像时，特意将神像面容雕成黑脸，便是源于这段典故，以示纪念天妃此番护殿之举，历经劫难、容颜蒙尘。

　　吴圣天妃悲愤难平，直上九天，于天庭向玉皇大帝奏请主持公道。玉皇大帝翻开生死簿、查看严布政底细，微微皱眉，摇头轻叹："此人性本恶劣，刚愎自用、心胸狭隘，这般行径，必招横祸，日后定是自取灭亡之路。"果不其然，后来严布政在官场得意忘形，肆意贪赃枉法，鱼肉百姓、中饱私囊。朝廷查明真相，龙颜大怒，一道圣旨将他贬为庶民，发配充军。昔日威风凛凛的布政大人，瞬间沦为阶下囚，流离颠沛、受尽苦楚，最终落得个断子绝孙的凄惨下场，遭世人唾弃、遗臭万年。

　　经此一劫，当地善男信女痛心疾首，却并未气馁。众人齐心协力，自发募资、捐物出力，决意在原址上重建兴角宫。此次重建，规模远超往昔，宫宇呈三间厢格局，中间上下殿巍峨大气，两旁护厝精巧雅致，更有三天井错落其间，采光通风俱佳，布局规整合理，尽显恢宏气势。重建期间，各地分灵宫听闻消息，纷纷伸出援手，或捐资助力，或派遣工匠，共襄盛举。历经数载艰辛，兴角宫终得浴火重生，再度屹立于兴角山下，香烟袅袅、福泽绵延，见证着这段跌宕传奇，警醒世人莫要心怀恶念、恃强凌弱。

第五节　示警军爷

在那风雨飘摇的30年代，闽中大地正经历着前所未有的动荡，民不聊生。国民党莆仙军警频繁派遣军队深入各地，进行所谓的"清剿"闽中游击队行动，以期扑灭那些星星点点的革命火焰。位于兴泰（原为"兴泰常太"可能有误，简化为"兴泰"）的莆仙第一块革命根据地，也未能幸免于这场风暴的侵袭。这一年，初冬的寒风已悄然降临，给莆仙交界的这块红色土地披上了一层萧瑟的外衣。

就在这个季节，一支由詹排长率领的国民党军队，其主要任务是清剿活跃在兴泰里松坪洋的游击队。他们选择了位于县城边缘、历史悠久且庄严神圣的兴角祖宫作为临时驻扎地。兴角祖宫，不仅是当地百姓心中的圣地，更是供奉着健康女神吴妈———一位在当地民间传说中拥有无上神力的女神的庙宇。然而，这群远道而来的士兵，却对这份神圣与敬畏视若无睹。

随着夜幕的降临，士兵们因缺乏严格的纪律约束，加之对当地环境的陌生，开始随意解决内急问题。宫殿周围，不久便布满了秽物，臭气弥漫，令人作呕。这不仅严重破坏了宫殿的整洁与庄严，更是对吴妈的极大不敬。宫中的神像虽为泥塑木雕，但那份守护一方安宁的神圣使命，仿佛让它们的心灵感受到了前所未有的愤怒与不满。

吴妈，这位慈悲与威严并存的女神，得知此事后，决定给予这些无知的士兵一个深刻的教训。她密令麾下的黄公大使，以非常手段警示这些不速之客。于是，在一个寒风凛冽、月黑风高的夜晚，黄公大使化作一道神秘的身影，悄无声息地出现在士兵们的视线中。只见他身形高大，双腿自祖宫大殿天井之上垂下，宛如巨柱，浓密的毛发在夜色中闪烁，令人不寒而栗。士兵们见状，惊恐万分，纷纷向詹排长报告这一不可思议的景象。

詹排长起初半信半疑，但出于职责所在，他还是披上衣服，紧握枪支，前往查看。当他亲眼看见这一幕时，心中也是惊骇不已。一些士兵甚至出现呕吐、腹痛等症状，士气大减。他立刻意识到，这是神灵对他们的警告。于是，他急忙命人准备祭品摆在吴妈供案前，虔诚地焚香祭拜，并许下承诺：次日一早，立即率领部队撤离此地，绝不再打扰吴妈的清修与宫殿的安宁。话音刚落，那如巨柱般的双腿便缓缓消失，仿佛从未出现过一般。

同时，詹排长也向吴妈求得一枝灵签占卜解药。经过解签后，用吴妈香炉中的香灰冲温开水让士兵服下，果然人人康复。

次日清晨，士兵们在詹排长的带领下，迅速行动起来，将宫殿周围的秽物打扫得一干二净，并在庙前摆上了茶酒，焚香点烛，烧化贡银，以此表达他们的歉意与敬畏之情。随后，部队便按照约定，悄无声息地撤离了兴角祖宫。

　　然而，这次事件并未就此结束。几个月之后，当詹排长带领的部队再次途径仙游县时，恰逢次年元宵佳节，吴圣天妃（此处或指吴妈的另一尊称）出巡的日子。詹排长没有忘记之前的教训，他特意率领全体士兵，荷枪实弹，前来参加巡游仪式，并下令士兵们以空枪射击的方式（避免实际伤害），向吴圣天妃表达最诚挚的祝福与祈愿。枪声虽响，但子弹皆被巧妙引导至安全区域，未造成任何伤害，反而增添了几分庄重与神秘。

　　这次经历，让詹排长及其部下的士兵们对吴圣天妃的信仰油然而生。他们开始相信，这位女神不仅拥有超凡的神力，更是一位慈悲为怀、护佑百姓的守护神。在之后的岁月里，无论是军官还是士兵，甚至是普通民众，经过兴角祖宫时，无不下马礼拜，以表虔诚。而詹排长本人，更是成为了吴妈信仰的忠实传播者，他在军中大力宣扬这段传奇故事，让更多的人了解到吴圣天妃的威灵与慈悲。

　　从此，兴角祖宫及吴妈的名声更加远播，成为了当地乃至周边地区百姓心中的圣地。而那些曾经因为无知与放纵而冒犯神灵的国民党士兵，也在这次深刻的教训后，学会了敬畏自然、尊重神明，成为了更加成熟与理智的战士。这段历史，不仅是一段关于信仰与警示的故事，更是一段关于成长与蜕变的传奇。

·························· 法术无边

第一节　张公护法

　　在那云雾缭绕的兴角山之巅，吴媛仿若谪仙临世，静居于此，潜心修行。她心怀悲悯、宅心仁厚，一双素手施展出的医术出神入化、药到病除，仿若春风拂过，驱散病痛阴霾，备受山下村民尊崇敬仰，百姓们皆尊称她一声"仙姑"，视作庇佑一方的祥瑞神女。

　　一日，兴角山下突生变故。一位备受敬重、德高望重的老者突发恶疾，病情危重，气息奄奄。家人心急如焚，赶忙将老者抬至吴媛居所。吴媛一番望闻问切，面色凝重，暗自思忖：此番病症棘手非常，非得用一味极为珍稀的野生灵芝入药不可，否则无力回天。而这救命的野生灵芝，唯有生长在那山高林密、人迹罕至的永兴岩一带的闽中腹地，其间山势巍峨陡峭、险峰林立，道路崎岖难行，仿若天堑横亘，前途叵测、吉凶未卜。

但吴媛救人之心坚定不移，仿若熠熠火炬，驱散前路重重迷雾。她未多做迟疑，毅然决然背起药篓、手持竹杖，孤身踏上前往永兴岩的采药征途。一路上，她风餐露宿、披荆斩棘，跨越湍急溪流，翻过陡峭山壁，鞋底磨破、衣衫褴褛，历经无数艰辛磨难，终于抵达永兴岩深处。

永兴岩仿若一处神秘仙境，怪石嶙峋、古木参天，清幽静谧却又暗藏玄机。吴媛满心焦急却又满怀期待，目光如炬，细细搜寻。功夫不负有心人，终于，在一处隐秘山壁旁，她瞧见那株梦寐以求的野生灵芝，菌体硕大、色泽温润，隐有微光闪烁，仿若天赐神药。吴媛面露喜色，快步上前，正要俯身采摘，却浑然未觉自己已然误入一处神秘禁地——此地乃一位修行超凡、造诣极高的道士潜心修炼之所。

这位道士，名叫张自观，生于宋天圣二年（公元1024年）农历七月廿三，乃是声名远扬的永兴岩派道士，道号慈观，法名圆觉。彼时，张自观正在永兴岩玄觉洞中闭关修炼，周身环绕祥瑞金光，吸纳天地灵气，淬炼自身修为。正沉浸于深度修行之际，他心有所感，敏锐察觉到有人闯入禁地，当下中断修炼，长袖一挥，身形如烟般飘出洞外，巡查究竟。

只见一位女子身姿婀娜却透着坚毅果敢，正垂首全神贯注采摘那株自己多年来悉心呵护、倾注心血的珍贵野生灵芝，浑然未觉身后有人。张公法主见状，眉头微皱，心中愤然，暗道："何方女子，竟敢孤身一人擅闯我这禁地？瞧这胆识气魄，想必必有过人之处。"这般想着，他足尖轻点，衣带飘飘，仿若仙人临世，飘然而至吴媛面前，声若洪钟，沉声问道："你是何人？为何擅闯此地？"

吴媛闻声，心头猛地一紧，抬眸望去，只见眼前这位道士一袭道袍洁净如雪，面庞清癯却透着超凡脱俗的仙气，眉如远黛、目若星辰，仙风道骨尽显，仿若不食人间烟火的世外高人。她心中虽惊，却迅速镇定下来，盈盈下拜，轻声答道："小女子乃从东瓯远道而来的吴媛，现暂居于兴角山，一心研习丹药之术，只为医人病痛、保人康健。此番听闻山下有老者危在旦夕，急需这永兴岩灵芝救命，这才冒失赶来。实不知此地竟是道长的禁地，无意冒犯，还望道长海涵。"

张自观静静听完，心中暗自赞许吴媛这份赤诚善良的救人之心。可转头看向那株灵芝，又不禁面露难色，毕竟此地乃自己修炼禁地，不容丝毫侵犯，更何况这野生灵芝耗费他多年心血培育养护，珍贵无比。他神色一冷，缓缓说道："你擅闯禁地，已然犯下大忌。念你心存善念，一心悬壶济世，若你此刻自行沿原路返回，我便也不为难你。"

吴媛满心焦急，好不容易寻得这株百年野生灵芝，仿若看到老者生还的希望曙光，哪肯轻易放弃？她鼓起勇气，轻声问道："道长，这株灵芝对救治老者性命至关重要，可否容我一并采走？"

"你想得倒美！"张自观再次细细打量吴媛，只见她周身仿若笼罩一层淡淡仙气，超凡脱俗、气质不凡，心中微微一动，缓了口气又道："罢了，既然你执意想要，我也不做那蛮横之人。只要你有本事从我眼前摘走这灵芝，我便放你离去；若你输了，便需留下来，为我护法修行。"

吴媛闻言，心中忐忑不安，双手不自觉攥紧衣角。可一想到病榻上那老者痛苦面容、奄奄一息模样，还有村民们期盼的目光，她银牙一咬，毅然决然答应下来："既如此，那便依道长所言。不过，若是道长输了，不是也该随着我到兴角山做护法？"

"好大的口气！"生性耿直豪爽的张自观浓眉一挑，眼中闪过一丝讶异，旋即哈哈大笑，"我倒要瞧瞧，你究竟有何能耐，竟想收我做护法？！"言罢，他袍袖一挥，大步迈入禁地中央，周身气势陡然一变，仿若巍峨高山拔地而起，沉稳厚重、威压尽显，摆开架势，准备与吴媛斗法决胜。

斗法伊始，张公法主率先发难，双手迅速结印，口中念念有词。刹那间，天空乌云如墨般迅速汇聚，层层堆叠、翻滚涌动，仿若黑色怒涛汹涌咆哮；紧接着，电闪雷鸣，银蛇狂舞，一道道粗壮闪电如利刃般划破苍穹，天地瞬间昏暗无光，仿若末日降临。强大法术裹挟着毁天灭地的威压，朝着吴媛汹涌袭去。

吴媛却身姿轻盈、镇定自若，仿若闲庭信步。她素手轻抬，从怀中掏出一个古朴药葫芦，朱红塞子轻轻一拨，药葫芦口微光闪烁。她玉臂轻挥，一道柔和光芒自葫芦口倾泻而出，仿若灵动绸带，所到之处，乌云消散、雷光隐匿，竟将张自观这雷霆万钧的攻势轻松化解。未等张自观反应，吴媛顺势反击，脚下施展"林中微步"，身形鬼魅般飘忽游走，转瞬即逝、难以捉摸。与此同时，她将手中药葫芦微微倾斜，内里丹液流淌而出，化作一道道温润柔和的光芒，飘飘悠悠朝着张自观飞去。光芒看似绵软无力，实则暗藏玄机，每一道光芒触碰到张自观刚猛攻势，便如绵里藏针，悄然化解其凌厉劲道。

二人你来我往，一时间斗得难解难分。张自观修为高深、底蕴深厚，法术刚猛霸道、威力惊人；吴媛却灵动飘逸、变幻莫测，法术更为精妙神奇，能将自身法力与神秘咒术完美融合，化腐朽为神奇，四两拨千斤。张自观攻势虽凌厉无匹，可面对吴媛连绵不绝、如水般柔和却坚韧的攻击，渐渐有些力不从心，心中暗生焦急。

眼见久攻不下，张自观一咬牙，决心使出压箱底的绝技——万鬼噬魂。只见他双手高举过头，十指如钩疯狂舞动，大喝一声。刹那间，天空中凭空出现无数恶鬼幻象，个个青面獠牙、张牙舞爪，周身散发着浓郁怨念与阴森寒气，裹挟着凄厉嘶吼，铺天盖地朝吴媛扑去，仿若汹涌黑色潮水，誓要将她吞噬。

　　吴媛身负中元节下凡驱鬼降魔的神圣使命，面对这阴森鬼幻之术，却毫无惧色。她双眸微闭，深吸一口气，周身气息陡然一变，一股磅礴纯正的伏魔之力自体内汹涌澎湃而出。只见她身体周围瞬间浮现一层金色光罩，光芒璀璨夺目、坚如铠甲，将那些恶鬼幻象统统挡在外面，恶鬼们撞上光罩，仿若撞上铜墙铁壁，纷纷凄厉惨叫、消散无形。吴媛趁势追击，双手迅速在胸前结印，口中吟诵古老咒文。须臾，她手中凭空出现一团浓郁绿色光芒，光芒中生机盎然、活力无限，仿若蕴含世间万物生长之力。她玉手轻挥，那团光芒瞬间化作无数道细密绿色光线，纵横交错、铺天盖地，仿若一张遮天蔽日的巨大天网，朝着剩余恶鬼幻象兜头罩下。恶鬼们在这绿色光网笼罩下，挣扎扭动、哀号连连，最终纷纷灰飞烟灭、消散于无形。

　　张自观目睹自己最强法术被如此轻易破去，瞪大双眼，满脸惊愕，心中如遭雷击。他知晓，这场斗法自己已然败北。长叹一声，他缓缓收起法术，双手垂落，满脸落寞却又透着几分洒脱。他踱步至吴媛面前，毕恭毕敬深鞠一躬，身形挺拔却尽显谦逊，诚恳说道："女神法术通玄、远胜于我。张某输得心服口服，从今往后，愿追随女神左右，永远为您护法救民，万死不辞。"

吴媛见状，心中亦是感慨万千。她凝视张自观真诚眼眸，仿若瞧见其赤诚之心熊熊燃烧，不由得心生敬意。她微微颔首，轻声说道："既你有此等决心，那便依你所言。只是如今你尚未修成正果，仍需潜心修行、积累功德。往后各自修行惠民，待功成登列仙班之后，再来归队不迟。"

　　张自观躬身称是，主动移步至灵芝旁，小心翼翼采下，双手捧着，如奉珍宝，郑重递至吴媛手上，而后双手抱拳作揖，身姿笔挺、礼数周全："从今往后，东瓯吴神女便是我之法主，张某任凭差遣！"

　　吴媛手持灵芝，轻轻拂过张自观肩头，一股柔和之力将他身躯托直。她又从药葫芦中倒出一颗晶莹剔透的仙丹，递至张自观面前，目光关切、语气温柔："此丹乃是依九仙遗方精心炼制而成，功效非凡。你需在正午时分，以温水送服，此后谨遵三斋七戒之忌，勤加修炼，可助功力大增。"

　　"谢法主隆恩，张某铭记在心。待功成之日，定为法主护法，肝脑涂地！"张自观双手恭敬接过丹药，贴身收好。而后一路恭送吴媛走出禁地，直至路口，仍不舍分别。踌躇片刻，他上前一步，轻声请教："法主，还请赐张某一个道号吧。"

　　吴媛略作思忖，目光柔和，轻声说道："民间有百姓称我慈感娘娘，你往后便称慈观道长吧。"言罢，她身形一晃，施展"林中微步"，瞬间化作一道光影，飘出山谷，消失不见，只留淡淡药香萦绕原地。

张自观望着吴媛遁去的无影仙踪，双手合十，朝着离去方向虔诚拜了几拜，心中默默许下护法宏愿。而后，他收摄心神，转身回洞，继续闭关修炼，以待来日重逢，共赴护法救民大业。

第二节　大使归附

在兴角山的神明谱系里，有一尊备受尊崇的陪祀红脸菩萨神，民间亲昵地称他为大使公，亦称黄公大使。他一袭威风凛凛的战袍加身，战袍随风猎猎作响，仿佛裹挟着往昔战场的硝烟气息；手中紧握着一柄金鞭，鞭身寒光闪烁、刚硬非常，举手投足间尽显豪迈英武之气，实打实是一位气场慑人的护法战将。而在他追随吴圣天妃、护佑一方百姓之前，还演绎过一段跌宕起伏、颇具传奇色彩的故事呢。

彼时，大使公相中了兴角山对面寨山下的内池、外池，那片水草丰茂、地势开阔之地，当作养马的绝佳场所。平日里，马儿们于池边悠然饮水、吃草嬉戏，膘肥体壮、毛色鲜亮。谁料，天公不作美，兴化一带突遭大旱，烈日高悬、酷热难耐，数月间滴雨未下，土地干裂、禾苗枯黄，仿若被抽干生机的暮年老者，奄奄一息。

值此危急关头，吴圣天妃心怀悲悯，决意引秋芦溪源头的清澈山泉，导入莒村圳，润泽那百亩良田。一时间，干裂土地重获甘霖滋润，枯黄禾苗仿若久旱逢雨的旅人，贪婪汲取水分，日渐焕发生机，百姓们望着复苏的庄稼，欢呼雀跃、奔走相告，对吴圣天妃感恩戴德。可这般一来，大使公的马匹却遭了殃，溪流改道、水池干涸，马儿们无水可饮，焦躁地刨着蹄子、嘶鸣不已。

大使公本就性如烈火、刚直豪爽，眼见心爱的马匹受此磨难，哪还按捺得住？当下凭着浑身过硬武艺，腾腾杀气萦绕周身，径直追赶上兴角山，要找吴圣天妃理论一番。二人碰面，皆是气场不凡，言语间却互不相让，你来我往几句，矛盾愈发尖锐，一时肝火大动，竟在这山间拉开架势，开启一场惊心动魄的斗法较量。

只见大使公虎目圆睁，怒喝一声，双手迅速解下腰间神鞭。那神鞭仿若感知主人怒意，在空中嗡嗡作响、震颤不已。大使公抡圆膀子，裹挟千钧之力，猛然朝吴圣天妃劈去。吴圣天妃却身姿轻盈、灵动如燕，莲步轻移，一个侧身闪过这凌厉一击。可神鞭去势太猛，恰似脱缰野马，裹挟着呼呼风声，直直劈向矗立在山间的一座石人柱。只听"咔嚓"一声巨响，仿若惊雷炸响，石人柱不堪重击，顷刻间断为三截，轰然倒地，一时间飞沙走石、山崩地裂，周遭山体簌簌震

156

颤，声势骇人。

吴圣天妃素知大使公为人正直、品性纯良，不过是一时气急攻心、护马心切，才致这般莽撞行事。她决意先平息大使公的滔天怒火，待烟尘稍散，便和声细语劝道："大使公，我引水解旱、导入圳渠，为的是拯救万千百姓的禾苗。百姓以田为生，禾苗活了，民生才有指望，来年才有饭吃、有衣穿。相较之下，马儿一时无水，虽也艰难，可与民生大计相比，轻重缓急，将军心中当真掂量不清吗？"

大使公却余怒未消，手中神鞭紧握，"哼"了一声，高声回道："督军屯兵，战马健壮，军队才有战斗力，方能保家卫国，护百姓安宁康泰。我养马亦是为民生计绸缪，怎就轻贱了？何来轻重之分！"言罢，手中神鞭再次如蛟龙出海，裹挟烈烈劲风，朝着吴圣天妃攻来。吴圣天妃不慌不忙，玉手轻抬，不知何时多了一支竹鞭，看似纤细柔弱，实则韧劲十足。只见她轻描淡写地将竹鞭一架，精准抵住神鞭攻势，顺势一压一挑，借力打力，竟将大使公连人带鞭一同掀翻。大使公在空中翻了几个跟斗，狼狈落地，神鞭甩落处，正巧砸中一块巨石。那巨石"轰"的一声从中裂开，断面平整光滑，仿若被利刃劈开，就此成就了兴角山第二峰险峻处那道闻名遐迩的"一线天"奇观，引得后世无数游人啧啧称奇。

吴圣天妃目睹此景，心中对大使公的人格与才艺愈发爱惜，暗忖这般豪杰若能收归麾下，日后定能一同为民造福。她轻叹一声，语重心长劝道："瞧你这身出神入化的武艺，本该施展于保家卫国、惠民利民的大业上，如今却为区区几匹马的饮水琐事，与我百般阻挠、斗法相向，实在是大材小用、得不偿失。上苍在上，督神监察人间诸事，若知晓你这般行事，耽误抗旱救灾、罔顾民生，往后怕永无修成正果之日，将军可要三思啊。"

大使公本就知晓吴圣天妃法力超凡，自己这两轮交锋已然落了下风，心气渐平，喘了口气，缓声道："罢了罢了，你口口声声说为百姓，那你可有本事，给我的马寻一处清水可饮之地？若真能做到，我便服你！"

吴圣天妃闻听此言，嘴角微微上扬，露出一抹自信浅笑，于云端翩然收势，气定神闲道："这有何难？大使公，你且随我来，我这便在寨山下给你鞭出一泓水池便是。"说罢，两神驾乘五彩祥云，须臾间飘至一排葱郁大树之下。吴圣天妃手持神鞭，玉臂轻挥，鞭梢在空中划过一道优美弧线，而后稳稳落下，在树下地面轻点、划动几下。刹那间，地面震颤，泥土翻涌，一股清泉汩汩涌出，水花四溅、晶莹剔透。不多时，清泉汇聚成池，水面波光粼粼，倒映着大使公因激动而愈发涨红的脸庞。

大使公心底暗暗佩服吴圣天妃的高超法力，可嘴上仍不松口，瞥了一眼不远处的大圫园，嘟囔道："寨山下大圫园那儿还有几匹马呢，也急需一池清水饮用。"

吴圣天妃笑意盈盈，轻声解释："大使公有所不知，我此番引的是寨山西边的水入圳，灌溉莒村，那大圫园的水源可不曾动用分毫。"

大使公听闻此言，脸上神情瞬间转变，由起初的倔强转为由衷敬佩，当下双手抱拳，朝吴圣天妃深深一揖，言辞恳切、满是赤诚："您若能在大圫园边再鞭地出水，解我马匹饮水之忧，我大使公便安心追随您麾下为将，自此鞍前马后、不离不弃，陪伴您左右，为民除害安良！"

吴圣天妃见他心意至诚、言辞笃定，心中满是欣慰，颔首应允。二人再度移云，飘至大圫园上空。吴圣天妃凝神聚气，手中神鞭裹挟烈烈劲风，猛地朝地面挥下。鞭落处，大地仿若被唤醒的巨兽，微微震颤，须臾间，一泓清泉破土而出，潺潺流淌、蜿蜒汇聚。不到一个时辰，澄澈泉水积成一方小巧精致的水池，在日光映照下熠熠生辉。吴圣天妃转头看向大使公，目光柔和，轻声问道："内池已然鞭成可用，外池也积泉成池，这下，可满足你的心愿了吧？"

大使公见状，眼中放光，满心欢喜，当下双手恭敬合抱鞭子，置于胸前，虔诚作揖，腰身弯成九十度，语气坚定、掷地有声："愿追随女神麾下，修身养性、磨砺技艺，为民赴汤蹈火、救死扶伤，惠泽四方百姓！恳请女神收留！"

吴圣天妃面露微笑，目光慈爱，语重心长叮嘱道："既愿随我护法为将，往后可要忠诚耿直、一心为公，逢恶必除、遇善必扬，心怀天下苍生，担起济民重任。"

大使公昂首挺胸，目光炯炯直视吴圣天妃，高声请求："末将定当不辱使命！还望女神赐我仙名，以昭我追随之心！"

吴圣天妃略作思忖，目光愈发柔和，轻声说道："既如此，那就赐你为忠济之名，封你作麾下大护法大使，望你不负此名，护佑苍生。"

大使公得此仙名，激动不已，再次跪地谢恩，自此一心追随吴圣天妃，成为其麾下一员得力战将，携手护佑一方太平，演绎诸多为民佳话，传颂后世、经久不衰。

第三节　塔镇太守

一位名叫贾知府的官宦，世人亦称其为贾太守。此人颇具传奇色彩，原是个半仙举子，一身本事令人咂舌，既深谙风水八卦之深奥玄学，能洞悉天地乾坤的微妙气场、山川走势的风水灵韵；又熟稔世故人情，周旋于官场、市井，言行举止滴水不漏，端的是个玲珑剔透的人物。

彼时，有位邑中耆宿，早年在朝中为官，位高权重、声名显赫，致仕后归乡荣养。这耆宿虽退居幕后，往昔威望却丝毫不减，在地方上依旧备受尊崇。贾太守秉持官场礼数，每日清晨都雷打不动地前往其府中请安问候，不敢有丝毫懈怠，以求维系这份官场情谊，保仕途顺遂。

一日凌晨，天边曙光尚未破晓，贾太守便早早起身，穿戴整齐、仪容肃穆，匆匆赶往耆宿府邸。入得堂前，他双膝跪地，低垂眉眼，静待长官现身。须臾，只听得一阵木板踩踏声响，贾太守心下知晓长官来了，却迟迟未闻示意免礼之声。时间仿若凝滞，每一秒都煎熬难耐，他大气都不敢出，额头冷汗簌簌滚落。许久之后，贾太守终究按捺不住心头疑惑，偷偷抬眼窥视，这一瞧可不得了，只见眼前竟是一只穿着木履的狗，大剌剌地立在跟前，仿若在肆意嘲弄他。贾太守顿觉气血上涌，脸上红一阵白一阵，羞愤至极，可忌惮长官余威，愣是强压怒火，战战兢兢起身，立于一旁，心中暗自发誓，定要等长官前来，完成请安之礼，方能咽下这口恶气，体面离去。

待返回衙门途中，贾太守满心愤懑，犹如一团熊熊燃烧的怒火在胸腔翻涌。兴化，这片钟灵毓秀之地，素有"文献民邦""海滨邹鲁"之美誉，文风昌盛、人才辈出，往昔科举盛景仿若就在眼前："五十入场中四九"，考场之上，本地士子独占鳌头，大半脱颖而出；朝堂之中，更是"六部占五部"，莆仙才俊遍布要职；更有"一门两宰相""一门五学士"的显赫世家，簪缨不绝、荣耀满门，如此种种，不胜枚举。反观自己，虽贵为一府之首，坐拥高位，却政令频频受阻，行事处处掣肘，动辄要看本府京官眼色，仿若芒刺在背，憋屈至极。一念及此，他恶向胆边生，竟横下心来，妄图破掉兴化龙脉，一来出出心头恶气，二来也好稳固自身权位，自此稳坐府尊之位，高枕无忧。

这日，贾太守乔装改扮，身着一袭寻常布衣，只带了寥寥几个亲信，轻车简从登上壶公山顶。他伫立山巅，极目远眺，本欲窥探兴化龙脉走势，谁料刚一抬眼，便见浓厚罩顶云雨汹涌而来，仿若一层密不透风的帷幕，将四下景致遮得严严实实，一无所获。贾太守心急如焚，无奈之下，只得步入山中寺庙，于佛前虔诚焚香祷告，求吴圣天妃慈悲指点，明示兴化龙脉走向。为表诚意，他言辞恳切，誓言此番只为地方谋福祉、促发展，绝不做破坏风水之事，言辞铮铮，仿若赤诚君子。

吴圣天妃高居云端，慧眼遥观，见贾太守此刻心意虔诚、礼数周全，心下微微一动，便决意帮他一把。只见她素手轻抬，纤指一拨，刹那间，山北面云雾仿若接到指令的卫兵，有序退散。须臾，一幅震撼奇景豁然呈现眼前：凤山、云居山、兴角山、险石峰、笔架山、旗头岭等诸峰连绵起伏，仿若一条沉睡巨龙蜿蜒蛰伏；山间云雾缭绕，恰似旌旗下群狮漫天遍野、奔腾呼啸，簇拥着朝九龙谷、延寿溪汹涌疾奔而来。贾太守目睹此景，瞬间顿悟，这般磅礴山势、灵动气象，可不正昭示着兴化大地人兴仕旺、昌盛繁荣之象嘛！可转瞬，他心底涌起一股阴暗私欲，竟胆战心惊地思忖：要是任由这狮群源源不断涌入城中，日后莆仙士子通向仕途之路愈发广阔，官场新秀辈出，哪还有自己的立足之地？届时，府权旁落，政令不畅，自己苦心经营的官场根基恐将摇摇欲坠。

一想到此，贾太守全然不顾适才对吴圣天妃的庄重承诺，心魔作祟，面露狰狞。他猛地从腰间抽出佩剑，那佩剑寒光闪烁、龙吟阵阵，似也感知到主人的恶意。贾太守大吼一声，运力掷剑，只见一道金光裹挟凌厉剑气，如流星赶月般直刺向正奔进险石峰中的那只领头母狮。母狮何其敏锐，眼角余光瞥见金光来袭，忙不迭掉头遁逃，身姿矫健、速度惊人。奈何剑锋太快，如鬼魅般紧追不舍，眨眼间便刺中狮头。母狮哀号一声，周身光芒一闪，竟就地化为一尊石狮。时至今日，游洋霞峰村与常太险石峰上，依旧保留着那剑穿狮头的古迹，剑口处隐隐散发着古朴气息，传言常年尚有碧血缓缓流淌，仿若在哭诉往昔遭遇，见证这段惊心动魄的过往。

吴圣天妃哪曾料到贾太守竟敢背信弃义，公然破坏兴化龙脉，当下怒意填膺，决意严惩这不义之徒。可贾太守已然修成半仙之躯，周身灵力环绕、颇具神通，寻常手段难以降伏，她只能与之斗法周旋，伺机而动。

　　又一日，吴圣天妃摇身一变，化作一位朴实村妇模样，手提一只小巧玲珑的绣花鞋，径直来到古谯楼前贾太守常光顾的古董当铺。这绣花鞋看似寻常，实则暗藏玄机，甫一进店，便香气四溢，馥郁芬芳瞬间弥漫整个店铺，引得路人纷纷驻足围观；更神奇的是，它能大能小，随心变幻，仿若拥有生命；最令人称奇的是，只需往鞋里放入物件，须臾间便能生出满满当当同类物件，端的是神奇无比，观者无不瞠目结舌、满堂喝彩。

　　翌日，消息不胫而走，贾太守听闻此事，好奇心顿起，火急火燎赶来一探究竟。入得店中，恰逢店主将一粒花生塞进鞋里，众人屏息凝神，紧盯不放。眨眼间，鞋里源源不断生出花生，不一会儿便堆积成一大篮，颗颗饱满、色泽鲜亮。贾太守见状，心头狂喜，暗忖这定是与传说中"聚宝盆"媲美的"聚宝鞋"无疑。当下，他也顾不上风度仪态，喊来管家，大手一挥，掏出随身银两，仗着权势，巧取豪夺，硬生生将绣花鞋占为己有。

　　得了宝贝，贾太守满心盘算：自己在兴化为官，处处受气，又忌惮吴圣天妃惩处报复，日子过得提心吊胆。如今有了这等神物，何不致仕回乡，做个逍遥自在的"安乐公"？往后吃喝玩乐，神仙般快活日子还不是手到擒来？主意既定，他当即施展法术，将绣花鞋化作一艘小巧精致的小木船。趁着夜色掩护，他携亲信从熙宁桥下渡沿沟悄然出海，为避开黄岐埔方向驿路上林立的女神庙眼线，临行前，贾太守神色凝重，叮嘱随行人员："此行关乎身家性命，途中无论何人呼唤，切勿理会，若有答话，船必倾覆，切记切记！"众人皆凛然受命，大气都不敢出。

小木船在水面破浪前行，行至三江口、临近出海口交汇处时，异变陡生。空中忽然传来一阵女人声音，婉转凄厉、哀怨惆怅："贾太守，还我鞋来；贾太守，还我鞋来——"声音仿若魔咒，丝丝缕缕钻进众人耳中，惹得人心烦意乱、头皮发麻。船上众人谨记贾太守告诫，紧咬牙关，谁也不敢出声应答。

也是贾太守恶贯满盈、合该遭此报应。随行人员中有一哑巴家丁，因口不能言，平日受尽冷落，此番出行竟被贾太守忽略不计。此刻见无人应话，这家丁不明就里，破天荒仰头对天应道："贾太守在船上，这里没你的鞋——"。

话音刚落，晴空陡然变色，狂风呼啸肆虐，仿若一只无形巨手疯狂撕扯。一阵大风席卷而来，"咔嚓"一声脆响，桅杆应声而断。小木船瞬间失衡，剧烈摇晃几下，"扑通"一声倾覆沉没，船上众人惊慌失措，纷纷落水呼救，贾太守更是在水中挣扎扑腾，绝望呼喊，却无人施救。

吴圣天妃在空中冷眼旁观，见贾太守终遭报应，心中怒意稍平。她素手一挥，举鞭施法，一座巍峨石塔凭空而降，稳稳镇在翻船处。石塔古朴厚重、灵力环绕，仿若一座封印，将贾太守残魂困于水底，使其永无翻身转世之日，自此，这段惊心动魄的恩怨情仇，随着石塔矗立，落下帷幕，警醒世人莫要心生贪念、背信弃义。

第四节　龙潭海眼

龙潭位于兴龙宫东侧一百丈处，潭水清碧，倒映的峭壁，峰仞百丈，青峰挺拔，茂林修竹，景色幽静。是秋芦溪上游支流在此一个转折点，清幽幽的山泉向南流此后打了个弯，又折向东跌落一个近十丈见圆的深潭，静水流深，被称之为圣泉。

关于龙潭的由来，至今还流传着一段与吴圣天妃女神有关的动人神话故事，至今，游客多到此装圣水备用，一年四季，迎祥纳瑞，好运连连。

传说在很久很久以前，下宫洋周围风调雨顺，五

166

谷丰登，老百姓渔猎耕织，安居乐业。有一天，忽然天昏地暗，电闪雷鸣，从东海游来一条孽龙从溪涧中钻出，便形成一个偌大的深潭。从此，老百姓称之为龙潭，潭边的青山也被叫做青龙山。

而这条孽龙经常呼风唤雨，发大水祸害周围的老百姓。

有一年孽龙又发大水，不但淹没了潭上数百亩的庄稼，连田园周围的村庄都幸免于难，老百姓四处逃命，民不聊生。

一个叫林小妹的女孩也被洪水冲走，其父林翁拼命追赶，好不容易游到女儿身边。正要救起女儿，忽然一只受伤的燕子掉在林翁面前，林翁先救了燕子，再看女儿却不见了踪影。林翁及老伴失去独生女儿，痛不欲生。这时被救的燕子突然开口说话了，她安慰了老两口一番，并认林翁夫妇为父母。因燕子生长在龙潭，大家都亲切地称她为龙潭燕。为除孽龙报答林翁夫妇救命之恩。龙潭燕决意飞往南海仙山求师学艺，三年之后龙潭燕功成归来，率领众燕子打败了孽龙，从此龙潭山下的老百姓又过上了太平日子。

据说被降服的孽龙用铁链锁在潭底。早年曾有铁链系于潭边树干上，另一端深垂潭底。曾有好事者去拽链，霎时黑云密布，狂风大作，潭水翻腾。相传池东南原有一棵桦树，高9丈，直径2尺，树干笔直，枝叶繁茂。1754年（清乾隆十九年）乾隆皇帝东巡至此封这棵榉树为"神树"，每年春秋与龙潭并祭。解放后，有关部门曾对龙潭做过疏浚清理，在潭底出土过铁链和金代陶器等物品。

第三章 致善四方

第一节 捐十二贯

在那烟火缭绕、市井喧嚣的兴化古城，不足两里长的上宫街仿若一方微缩江湖，铺号林立、人流如织，分宫铺、顶街与下街三区纵横交错，汇聚了三教九流各式人物。这儿既有挑担吆喝的贩夫走卒，凭借微薄营生苦苦支撑；也有盘坐店中、目光狡黠的商贾巨富，运筹帷幄间财富滚滚；更有长衫飘飘、手摇折扇的文人墨客，吟诗弄月、附庸风雅。岁月悠悠，历经宋时风华沉淀，它脱颖而出，跻身仙游县四大名街之列，声名远扬，承载着数不尽的传奇轶事。

彼时，街头巷尾最风行之事，当属排八卦、看时辰、算命相。古旧卦摊前，算卦先生一袭青衫、须发半白，手拈竹签、口念卦辞，神色庄重；求卦之人或忐忑、或期许，眼神中满是对命运的敬畏与渴盼。时至今日，此风不减，操持此业、以此谋生者，依旧不在少数，成为上官街一道独特而神秘的风景线。

北宋年间，一位新任兴化县令踌躇满志，初涉官场，怀揣满腔抱负与志忑，一心祈愿仕途顺遂、青云直上。上任伊始，便择月初黄道吉日，身着崭新官服，头戴乌纱，腰佩玉带，骑着高头大马，率领一众衙役，威风凛凛奔赴吴妈祖庙参谒。踏入庙门，香烟袅袅、梵音阵阵，县令虔诚焚香、跪地叩拜，念念有词，将心中仕途愿景尽诉神明。

参拜完毕，意犹未尽的县令兴致颇高，决意徒步巡察上官街，挨家过铺，体察民情商况，顺带结交些地方商贾富豪，夯实根基。他步履沉稳、仪态威严，随行衙役虎视眈眈，百姓纷纷避让、侧目围观。

行至顶街，一座庄严肃穆的"昌公祠"映入眼帘，此乃游洋林始祖祠庙，飞檐斗拱、雕梁画栋，透着古朴厚重的历史气息。县令却陡然神色一凛，脚步不自觉加快，只因忌惮游洋林后裔林茂恩那段举兵反宋的过往，仿若触碰禁忌，只想速速离去。

恰在此时，祠内传出算卦先生高亢吆喝："门前走过的、路过的，好命的、孬命的，诸位都听好了！今儿初一，卦象最灵！我有灾，你有祸，心里犯嘀咕的，不妨进来算上一卦，是灾是祸，统统躲过！"声音极具穿透力，在街巷回荡。

县令刚拜完吴妈，又与一众名流寒暄客套，满心祥瑞祈愿，此刻骤闻"祸""灾"二字，仿若迎头泼了盆冷水，心底忌讳万分；再瞧这祠堂里的人，全然不似其他店铺主人那般出门迎送、礼数周全，顿觉颜面扫地，心头火起。他猛然回头，怒目圆睁，喝令衙役："光天化日之下，竟有人在这驿道古街上妖言惑众！来人呐，把刚才吆喝算卦的，给我带回县衙！"衙役们轰然应诺，气势汹汹冲入祠中。

这县令久闻上宫街林祠"林半仙"大名，往来商旅谈及，无不啧啧称奇，传言此人卦术通神、料事如飞，在闽中地区声名远播，富得流油，堪称传奇人物。此刻见抓了林半仙，县令心中暗喜，只觉天赐良机，回县衙后，端坐公堂之上，衙役押着林半仙来到堂下。县令一拍惊堂木，正欲下令审问，仪式威严、气氛凝重。

"再拜吴妈也无用，不过十二天的寿辰而已！"林半仙双膝跪地，却面不改色，声若蚊蝇，低声嘀咕。

这细微声音却如利箭，直直刺入县令耳中，他心头猛地一颤，脸色瞬间煞白，执令签的手僵在半空，旋即缓缓收回。他强装镇定，走近林半仙，压低声音喝道："你刚才嘀咕什么？再说一遍！"

林半仙头也不抬，语调平淡："不要太神气，你只能活十二天了。"

县令闻言，顿觉天旋地转，双腿发软，冷汗如雨下，满心惊恐。他哪还敢摆官威，忙不迭亲自给林半仙解绑，赔着笑请进后堂，又命人火速沏上一壶好茶，双手奉上，言辞恳切："大仙恕罪，是下官鲁莽了！还望大仙明示，这究竟是怎么回事？"

林半仙也不客气，端茶抿了一口，缓缓说道："我上月十五给自己算了一卦，便知今日初一有灾降临。无奈之下，求吴妈通灵，前往地府一探究竟，谁料这灾竟源自县老爷您这儿。我瞧见，县老爷大名在本月十二日那天，被地府打上了红勾。"

县令吓得魂飞魄散，"扑通"一声跪地，连连磕头："是我冒犯大仙，罪该万死！"说完，忙唤管家奉上一贯铜钱，作赔礼道歉之用，又眼巴巴望着林半仙："求大仙慈悲，帮下官排忧解难，下官感恩戴德！"

"是福就安心消受，是祸就得想法躲过。您大不了辞官回家种田，这灾许能避开。"林半仙抬头，目光平静直视县令。

"辞官？"县令瞪大双眼，满脸不甘，"大仙，下官捐钱买这官位不易啊，劳烦再算算，可有其他法子？"言罢，又命人捧出些银两递上。

林半仙瞥了眼银两，微微点头，口中念念有词，掐指一算，片刻后道："办法嘛，倒还真有一个……"

"大仙快说，下官定当照办！"县令心急如焚，凑近追问。

"如今吴妈祖宫地处偏远山旮旯，香客稀少、门可罗雀，年久失修，失了祖庙体面。须在那儿请师公设道场，连做九天法事；县老爷您全程陪在我身旁，沐浴神恩、广积善德，或许还有转机。"林半仙不紧不慢，娓娓道出化解之策。

县令不敢耽搁，赶忙筹备。几日过去，妈祖宫道场焕然一新，金碧辉煌、庄严肃穆，幡旗招展、钟磬齐鸣。有县太爷亲自坐镇陪场，消息不胫而走，仿若巨石入水，激起千层浪，方圆百里商贾、求福百姓纷至沓来，捐钱捐物、络绎不绝，金银财宝堆积如山。

道场终了，县令这些日子寸步不离林半仙左右，却依旧心有余悸，拉着林半仙衣角，忐忑问道："大仙，我这般虔诚陪您坐镇道场，吴妈可曾通灵，给我延寿了吗？"

"通了。"林半仙目光深邃，瞥了县令一眼，"不过，还有一事，需你亲自去办。"

"何事？大仙尽管吩咐！"县令绷紧神经，大气都不敢出。

"明日便是你阳寿大限。你叫人备些贡银香烛，随我去昌公祠，向游洋林始祖昌公赔罪，求他宽恕你那日拘捕我的无礼之举；再请昌公向吴妈求道通灵符。"林半仙神色凝重，一字一句叮嘱。

县令哪敢违抗，乖乖照办。林祠之中，他在林半仙指教下，朝着昌公牌位跪地叩拜，额头触地、如鸡啄谷，虔诚至极。

而后，林半仙又道："我现下随你回县衙，晚上设宴对饮。待到明日子时时分，会有一青衣高帽之人怒气冲冲前来，是要押你回地府复命的。届时，你务必恭礼有加，请他入座对饮，见机行事。"

"全听大仙安排！"县令唯唯诺诺应下。

"还有，你得准备十二贯纸钱。待我劝他喝酒时，你悄悄塞进他衣袖，他若没反对，此事便成了。"林半仙目光锐利，似能看穿生死。

县令一一牢记。子时将至，县衙后堂灯火通明，酒食罗列。果不其然，一高大青衣人怒气未消，大步踏入。县令早恭候多时，满脸堆笑，恭恭敬敬迎上前去："贵客临门，请上座！"那青衣人见林半仙也在，会意一笑，也不客气，大马金刀坐下，抄起筷子夹菜喝酒。

几杯酒下肚，气氛渐缓，众人把酒言欢。县令瞅准时机，悄悄绕到青衣人身后，将十二贯纸钱迅速塞进他宽大衣袖。青衣人仿若未觉，依旧与林半仙推杯换盏。县令见状，稍稍安心，放开胆子大饮起来。几个时辰过去，酒意上涌，他两眼一闭，伏桌沉沉睡去。

林半仙与青衣人相视一笑，默契起身，飘然走出衙门大堂。衙役们见是县令安排宴席，哪敢阻拦，任其离去。待县令次日酒醒，恍惚忆起昨夜之事，冷汗涔涔，却见自己安然无恙，自此对神明、对林半仙敬畏更甚，收敛心性、勤政为民，上宫街百姓亦津津乐道这段轶事许久。

第二节　治官疖疮

那是吴妈云居兴角山的某年盛夏，烈日高悬，酷热难耐，仿佛要将世间万物都烤干、榨尽。游洋镇的长官结束了一场冗长又疲惫的出巡，满心疲惫地回到府衙。谁料，返程后没多久，他便觉臀部不适，起初只当是久坐劳顿，并未过多在意。可渐渐地，那不适感愈发强烈，竟是长出了火疖子，也就是如今俗称的疥疮。寻常人长疥疮，多在面部、背部或是腋下显眼处，可偏生这长官的火疖子，却长在了最为私密、羞于示人的屁股上。

长官平日里饮食极为丰盛，山珍海味摆满桌，膏粱厚味不断，体内积攒了诸多热毒，却苦于无处宣泄；加之每日端坐公堂，审理案件、批阅公文，一坐便是大半天，屁股被捂得密不透风，热气与湿气在衣物的包裹下肆意积聚。起初，火疖子还不算严重，只是微微隆起，带着些许瘙痒与胀痛。长官心存侥幸，只以为是坐得太久所致，还特意命人赶制了更为柔软、透气的软垫，希冀借此缓解不适。

怎奈，那火疖子并未如他所愿就此消停，反而似得了滋养的恶苗，愈发猖獗起来。不坐时，患处痒得揪心，仿若千万只小虫在皮下啃噬，叫人忍不住伸手去挠，却又怕抓破了皮，引发更严重的后果；坐下时，更是疼得钻心，仿若臀下坐了根烧红的烙铁，冷汗直冒。到了病情严重之时，但凡他落座之处，总会留下一小滩血迹，醒目又骇人。镇上的大夫请了个遍，名贵药材抓了不少，药方开了一张又一张，可这怪病却如铜墙铁壁，丝毫不见好转迹象。

有人听闻云居在兴角山的东瓯仙姑吴媛医术超凡，妙手回春，堪称当世神医，当下向长官极力推荐。吴媛早年游历江浙赣多地，一路悬壶济世、治病救人，积累了丰富阅历与独到医术。数年前入闽，定居兴角山后，声名更是如日中天。前来求医问诊者络绎不绝，上至耄耋老者的沉疴顽疾，下至垂髫小儿的突发急症，诸多疑难杂症在她手中都能药到病除，百姓们对其感恩戴德，皆尊称一声"吴神医"，更有人赞她为"健康女神"。镇长官自然也听闻过她的大名，知晓其医术高超卓绝，可一想到自己这尴尬部位的"羞病"，满心纠结，犹豫再三，病痛折磨终究压过了羞涩，还是火速派人前往兴角山请医。

只是，镇上到兴角山相隔三十华里，道路崎岖蜿蜒，荆棘丛生，或是陡峭山坡，或是泥泞小道，单程就得耗费大半天，来回奔波一趟，天色已然大黑。吴媛当晚才随着差人抵达镇长官府。长官早已等得心急如焚，顾不得先前的难为情，一见到吴媛，便竹筒倒豆子般，将自己屁股上的怪病、全身忽寒忽热的症状，以及相伴而来的腹泻情况一股脑道出，言辞间满是焦虑与期盼，眼巴巴望着吴媛，恳请她出手相助。

吴媛静静听完长官的叙述，心中已然有了初步判断。但医者严谨，她仍示意长官伸出手腕，修长手指轻搭其上，闭目凝神，细细号脉。号脉过程中，她时而皱眉，似是遇到棘手难题；时而舒展，仿若又寻到解题线索。片刻后，吴媛移开手指，轻声问道："长官，恕我冒昧，您近期可去过污秽之地？"

长官略一思忖，回道："前段时间，听闻民众告发有头牛暴毙荒野，疑似人为残杀，我便亲赴沽岭查看。到了那儿，发现牛是被野兽咬破喉咙、失血而亡，并非人祸。只是那牛尸已然腐烂，臭不可闻，周围蚊蝇乱飞、臭虫滋生，环境污秽不堪，这应该算去过污秽之地吧。"

"那处是否蚊蝇成群、臭虫肆虐？"吴媛并未直接回应，而是紧接着追问，"依我看，长官这火疖子，大概率是被蚊虫叮咬后，伤口感染所致。"

"吴神医果然名不虚传！"长官满脸惊愕，由衷赞叹，又接着描述当时场景，"我在那儿查看时，内急寻了处僻静角落方便，许是那时被蚊虫叮了，却没当回事，哪成想竟惹出这般大麻烦。"

吴媛微微点头，又问："您此刻感觉，体内热气与寒气相较，哪个更盛？"

"热气明显多于寒气，我极为怕热，稍微动动便大汗淋漓，汗水一流到伤口处，那疼痛简直要命！"长官看着吴媛沉稳淡定的模样，心绪也跟着安定不少，缓缓答道。

"莫慌，您这是蚊虫叮咬致伤口染毒，又染上疟疾，致使身体寒热失调。"吴媛不疾不徐，一边继续问，一边解释病情，"您回来后，可曾多次沐浴？"

"那是自然，被蚊虫叮了，浑身不自在，只觉肮脏不堪，一回府便赶紧洗身子。后来伤口疼得厉害，一天恨不得洗上好几回。"长官此刻对吴媛的医术佩服得五体投地，毫无隐瞒之意，拍着胸脯保证，"只要神医能治好我的病，花多少钱我都乐意！"

"这钱的事儿，您无需提及。"吴媛摆了摆手，神色温和而坚定，"我只求治好您病后，您能多为老百姓做些功德之事，我便心满意足了。"说罢，她稍作停顿，又道："您这虚热病，是过度沐浴引发风寒内湿，我用针灸疏通穴位，再开几剂药方，将疟疾一并诊治，倒也不难。只是……"

"神医救命啊！"长官激动得站起身来，话还未说完，臀部猛地一阵剧痛，"哎哟——"一声惨叫，又重重跌坐回去，眼眶泛红，强忍泪水。

"先别着急。"吴媛连忙出言安抚，"我先为您针灸，祛祛湿气。"言罢，她从药箱中取出一排银针，手法娴熟地在长官手上、脚上以及肩膀的穴位各刺入数针，针落无声，精准无误。随后，她又提笔写下几味药方，递交给长官，细细叮嘱："这些药，镇上药铺便能配齐，您先煎一剂散散体内浊气。还有一味药引子，需派人随我回兴角山，采二十一根三叶松，如此方能药到病除。"

"立马照办！立马照办！"长官连连点头，紧接着又忐忑问道："那我屁股上这火疖子，何时能治啊？"

"您如今多病缠身，用药不可过猛，毕竟是药三分毒。"吴媛耐心解释，"先治好这些病症，我回山采些药，彼时再治火疖子便容易多了。"

长官虽满心不舍，却也留不住吴媛，只得派了两位身强力壮的差使和一名细心的青年女子，护送她回兴角山，并叮嘱务必带回三叶松药引子。服药三日后，奇迹出现，长官身上的寒热病、疟疾以及腹泻症状竟逐一消退，他对吴媛的医术愈发敬仰，满心期待她早日归来，根治自己屁股上的火疖子。

可又过了些时日，仍不见吴媛身影，心急如焚的长官哪还坐得住，当下又派了几人，带上厚礼，火急火燎赶往兴角山求请。彼时，兴角山吴媛的居所前，前来求医问药的百姓早已排起长龙，吴媛忙得脚不沾地，却依旧耐心接诊每一位患者。

其实，吴媛心中对治疗火疖子早有方案，只是男女有别、授受不亲，长官这火疖子又长在极为尴尬之处，且病情严重，已然化脓出血，按常理，需动刀划开脓包、排脓清创、上药包扎，可她连火疖子具体位置都未看清，自是无法贸然下手。回山这几日，她日夜苦思，始终被这难题困住。

待差使再次踏入仙庐，吴媛便知来意。她先有条不紊地送走一众求医百姓，又热情地为差使们沏上一壶香醇的五峰茶，随后转身走向里厢房，打算取些止痛药，好让差使带回去，缓解长官疼痛。

刚在内厢房女工柜前坐下，吴媛忽觉背后刺痛，回头一看，原是一朵绣在衣服上的梅花，针还未收纳，自己后移时不慎撞上。这一刺，却如灵光乍现，瞬间点亮了她的思绪：既不用动刀划开火疖子，又能使其破开流脓的法子有了！届时，让长官妻子帮忙清理上药，既能避嫌，又可治病。

可如何精准定位火疖子位置呢？吴媛目光扫到长官先前坐过、留有血迹的坐垫，心下豁然开朗：血迹之处，定是火疖子所在！当下，她满心欢喜，药箱一提，也顾不上拿止痛膏了，随着差使便直奔镇上。

到了镇上，吴媛先是取出一块崭新的白坐垫，交予差使，让长官端坐其上，仔细画出双腿坐姿轮廓，借此精准锁定火疖子位置；而后又命人雕制一个木制坐垫，依照长官坐势与腿部轮廓固定形态；最后，她在另一块坐垫的对应位置壁内，密密埋入数根银针，严丝合缝盖在木雕垫上，让差使速速拿去给长官。

长官不知就里，一屁股重重坐了上去，刹那间，数根银针直直刺破脓包，脓血四溅，痛得他破口大骂。

可没过多久，先前那恼人的瘙痒与胀痛竟奇迹般减轻了许多。吴媛见状，将事先备好的药膏递予长官妻子，嘱托她仔细涂抹。几日下来，火疖子收口结痂，再无痒痛感，长官喜不自禁，病愈后再见吴媛，执意要送上诸多财宝致谢，却被吴媛微笑着婉拒了，只叮嘱他莫忘为民造福的承诺。自此，这段佳话在镇上流传开来，百姓对吴媛更是尊崇有加。

—— 护国庇民的乾坤圣母 ——

第一章 ·························· 济世为民

第一节 助兄除蛟

传说唐初莆田兴化平原还在海水渍泡中，莆阳大地一片盐碱地，四处蒲草丛生。发源于清源县（时与莆田县同属泉州郡辖区，后于宋治另设游洋为兴化军治，即莆田市前身。今名仙游县）云雨山、兴角山的延寿溪，汇九鲤湖、莒溪、红溪、院里溪、渔沧溪诸水，经东圳、下郑，出杜塘入海，一泻千里，蔚为壮观。

有一年，遍寻被逼婚出走南下胞妹的吴兴，终于得知妹妹吴媛在闽中兴角山的消息，便追寻上山，欲带妹下山回乡。可"洗字坑"一试身法，知妹的道法莫测和她"修道行善"的决心非自己所以及，遂留在兴角山随妹学法修道。学成之后，顺溪而下，至华岩山下洋西一带定居，并设馆授徒，传授武艺，弟子众多。至今，兴角山上还有古峰寺（因吴公与古峰本地方言是谐音，故今又有吴公寺、吴公亭、吴公山之称，与孚应庙下的吴公潭、吴公山等，亦然）。

受到胞妹吴四娘"修道行善"的影响的吴兴，心怀慈善，报效闾里。唐中宗神龙年间（公元705年—707年），吴媛助兄吴兴承父志捐资，率乡民修筑杜塘长堤，捍潮为田。堤自溪白，经洞湖、后卓、漏头、泰叶庄，至沙塘坂，趋泄口，长12公里，以阻挡海潮侵袭，并引延寿溪水灌溉耕田。又建延寿陂以堰溪为利，修河道62道，北至漏头汇秋芦溪水，南至郊下汇木兰溪水，水沟纵横交错，既排洪，又有效地灌溉农田，形成延寿溪中下游流域主渠支流四面交汇的水利体系，受益范围达172村庄，良田18万亩，成就了杜塘之东、木兰之北的莆田北洋平原的"鱼米之乡"。至今，百姓感念其兄妹的丰功伟绩，尊称吴兴为"吴公"或"吴长官"；称吴媛为"吴妈""大妈""仙姑妈"古妈等。

传说唐中宗景龙三年八月初，兴化湾波涛汹涌，海潮澎湃，滔天巨浪冲击着吴兴兄妹新建不久的陂堤，延寿陂面临垮塌毁坏的危险。一场百年不遇的山洪自延寿溪上游的兴角山、云雨山一带一泻而下，又遇兴化湾大潮卷来，至延寿陂交汇成灾。杜塘一带陂堤崩塌多处，屡筑屡毁，大堤危在旦夕。众人巡防时，看到水中有蛟龙趁机兴风作浪，掀水卷堤，破坏百姓修堤筑坝，情况十分危急。

心急如焚的吴兴向北面兴角山点香祈盼胞妹前来助除孽龙的意愿后，身披铠甲，手持宝刀，力排群众劝告和拦阻，毅然决然地跃入潭（今吴公潭）中与蛟龙展开殊死搏斗。一时潭中水花溅起滔天巨浪，堤岸抖动山崩，战鼓擂响人助威。但见吴兴与蛟龙一上一下沉浮不定，双方激战数十个回合，仍胜负难测。但毕竟吴兴是人肉之躯，肉搏之身不时被龙爪抓得遍体鳞伤，体力渐有不支……

正在危急时分，闻香便识凶险的吴四娘从兴角山上赶至吴峰山上，设醮焚香施法，说时慢，那时快。只见她施伸从黎山老母学来的银针术，飞针射中蛟龙双眼；再展昆仑大师传授的鞭长至极法击中龙头，使孽龙昏了头顿时失去威力在水中翻滚摆身，意欲逃脱。吴兴趁机眼疾手快地拼尽全力，奋起直追，用尽全力举刀劈头盖脸地劈下龙头……然而，心力交瘁的吴兴也因年迈体衰被余威犹在的龙身卷入漩涡中，脱身不得，不复上岸……时年为唐景龙三年（公元709年）农历八月初五日。

时至今日，人们为了纪念吴兴当年在胞妹神威灵助下斩除蛟龙、发展北洋水乡、利及百姓的事迹，把学法的寺院称为吴公寺、吴公亭（后称古峰寺，与下文吴峰山同）厚葬吴兴的乌齐山称为古峰（与兴角山吴公、古峰为同一谐音）；与蛟龙搏斗的水潭称为吴公

186

潭。而斩除蛟龙的血迹流经下游的畅山、溪头一带河道称为赤溪，连河上的桥梁也称为"赤溪桥"；吴兴除蛟的刀流落处，亦称吴刀（今吴江村）；蛟龙首级被人们发现的地方也被称为"流头"或"漏头"（今梧塘）等，历经千年，仍沿用下来，表达人们对英勇献身的吴兴（后被勒封为义勇普济侯）的纪念和尊敬。

吴公刀斩蛟龙首，兴郡名扬壮士功。吴兴在胞妹的神助下为民除害，壮烈捐躯，功盖千秋，泽被万民。后人为了进一步纪念其兄妹的功德，于唐德宗年间（公元780—783年），在吴公潭东岸的福平山（即今称古峰或吴公山）南麓立庙建祠奉祀之，称吴公祠，庙分上下两殿，分别供奉着吴兴和吴媛兄妹的神像，让惠及的百姓世代纪念其丰功伟绩，万代虔诚信众瞻仰其神灵显赫，有求必应，香火十分旺盛。

迨至宋徽宗大观三年（公元1109年），道教兴起，正值吴兴除蛟牺牲400周年之际，因前来求签问卦的无不应验，时兴化郡守詹维达奏赐皇庭赐庙名"孚应庙"，并赠匾额一个，挂于庙前，辉煌至极；至宋高宗绍兴十九年（公元1149年），为纪念受兴化大地百姓敬仰的女神吴妈（吴媛的尊称）诞辰500周年，时兴化郡守陆奂奏封吴兴为"义勇侯"（吴兴为义勇侯、吴媛为顺应夫人）；宋淳佑二年（公元1242年），又封在兴化大地上家喻户晓的吴四娘（吴媛）为妙应灵济夫人，累封法主仙妃。至理宗淳佑五年（公元1245年），朝廷下旨褒扬吴氏一门治水开兴化北洋平原之先河有功，加封吴兴为"义勇普济侯"，吴媛晋封为"吴圣天妃"。

吴兴兄妹为民勇斗妖孽、泽施百姓的事迹为历代褒扬，人们为其立碑树传者，比比皆是。宋淳化间郑褒的《吴兴传》，南宋刘克庄撰写碑记；其后的《新唐书》《莆阳比事》《八闽通志》《福建通志》《兴化府志》《莆田县志》等书中，均有记载吴兴、吴媛兄妹的功绩，受世人永世颂扬。

具有1000多年历史的孚应庙，在宋端平和明永乐、嘉靖、万历，以及清嘉庆等年间，都进行了有效的大修，逐渐形在规模。"文革"期间庙宇被毁。二十世纪九十年代（1991年）初，莆田市荔城区西洙吴氏裔孙和上林乡贤同议重建一事得到众信徒的响应，并进行鼎力相助，共襄盛举，费时三年，始得完工告竣，大庆天下。庙内保存唐代原物——瓜楞形石柱（与吴圣天妃仙迹所在地——仙游兴角祖宫的石柱形状一致）20根，而大部分的建筑风格仍保留清代的兴化寺庙建筑木构风格，雄姿依旧，古色古香，神像威灵，吸引着海内外信众前来观光朝圣。

第二节　卖蛏驸马

在兴化府的一隅，生活着一位名叫苏宝桂的青年，

188

他生得眉清目秀，眼眸中透着灵动聪慧之光，心地更是忠厚善良，仿若春日暖阳，暖人心扉。奈何命运多舛，父亲早早离世，兄长苏宝兰为谋生计，背井离乡奔赴闽都（现今福州之地），自此音信全无，家中独留一位双目失明的老母亲，生活重担便全然压在了苏宝桂稚嫩却坚毅的肩头。

每日，天还未破晓，苏宝桂便轻手轻脚起身，侍奉母亲洗漱、用膳，事无巨细、耐心周到。待母亲安置妥当，他才挑起那副略显破旧却承载全家希望的担子，里头装满从哆头收购来的生蛏，穿梭于大街小巷，吆喝叫卖。微薄收入，艰难维系母子二人温饱，日子虽清苦，却也咬牙坚持，毫无怨言。

彼时，兴化民间流传一句俗语："蛏糊土，蚶浸水。"街头巷尾的蛏贩们为多赚些银钱，各施手段。苏宝桂瞧在眼里，心思一转，也学起旁人"加工"蛏子：将晒干捣细的海泥精心糊在蛏上，再均匀洒上清水。经此处理，蛏子沾满泥土，重量大增，售卖所得自然水涨船高。每日收摊后，他仔细留出成本，盘算着再添些货物；剩余钱款，尽数拿去购置米粮蔬菜，确保家中无虞，炊烟袅袅。

苏宝桂家中，供奉着一尊兴化百姓奉为神明的吴圣天妃神像。母亲虔诚向道、吃斋茹素，每日必在神像前焚香礼拜，念念有词，祈愿女神垂怜，早日为儿子寻得一位贤惠媳妇，盼苏家后继有人，烟火不断，家族昌盛。

一日，苏宝桂运气极佳，蛏子早早售罄。他满心欢喜，直奔集市，精心挑选了几束线面，步履轻快往家赶。刚踏入家门，便扬声高喊："娘，儿子买了长寿面回来，今晚咱好好庆贺您生辰！"

母亲坐在昏暗屋内，闻声面露喜色，眼角细纹都透着欣慰："阿桂啊，难为你这份孝心，娘心里暖乎乎的。可你瞧瞧，都二十五啦，还是孤身一人。老话讲，不孝有三，无后为大。娘半截身子入土喽，就盼着生前能看你成家立业。"

苏宝桂闻言，面露难色，微微低头，嗫嚅道："娘，咱家穷得叮当响，吃了上顿没下顿，住的还是茅草房。哪家姑娘肯嫁我哟？"

母亲抬手，摸索着握住儿子的手，轻声安抚："儿啊，有缘千里来相会。娘信了一辈子吴圣天妃，她定会保佑苏家有段好姻缘。"

苏宝桂心中五味杂陈，勉强挤出一丝笑容："娘，咱先不说这个，我去张罗饭菜，给您好好过生日。"母亲深知儿子脾性，懂事厚道，见他不愿多谈，虽心急抱孙，也只得咽下话语，不再相逼。

谁能料到，这吴圣天妃果真灵验非凡，不但为苏家送来儿媳，还将苏宝桂送上驸马高位，成就一段传奇佳话。

日子如往常般缓缓流淌，苏宝桂依旧日复一日挑蛏叫卖，虽说日子清苦，倒也苦中作乐，阖家安宁。可天有不测风云，那段时日，街头巷尾突然传出吃蛏闹肚子的传言，百姓们惶恐不安，纷纷对蛏子避之不及。苏宝桂的生意一落千丈，家中米缸渐空，生活愈发窘迫。一日，他将仅有的一碗饭端到母亲面前，强颜欢笑："娘，您吃，我不饿。"待母亲用完餐，自己灌下一杯白开水，便和衣倒在床上，满心疲惫，沉沉睡去。

恍惚间，一位身着素白罗裙、仙气飘飘的仙女袅袅婷婷步入屋内，莲步轻移至床前，轻声低语："你把从哆头贩来的蛏仔细洗净，挑到闽都城里叫卖，称作'白玉蛏'，价钱定高些，自会有人高价求购。"苏宝桂猛地惊醒，梦中情景历历在目，那仙女面容仿若在哪见过，却一时想不起来。思及家中困境，又念及兄长下落不明，他决心依言一试，权当死马当活马医，也盼能在闽都寻得兄长踪迹。殊不知，此乃吴圣天妃怜惜他，特来托梦指引。

无巧不成书。同一日，闽王于宫中午睡，恍惚入梦。梦里，他率一众臣子前往东海，举行盛大祈愿仪式，祈求闽越大地风调雨顺、国运昌盛。仪式中，一尊庄严女神现于云端，声如洪钟，告知闽王需招一位卖"白玉蛏"的青年为驸马，还说此人有五爪金龙盘柱的贵人之相，定能辅佐偏安一隅的闽王，保世代江山永固、国运恒昌。

闽王正沉醉美梦中，忽被一阵高亢叫卖声吵醒："白玉蛏嘞——新鲜的白玉蛏——"那声音穿透力极强，直直闯入寝宫。闽王刚欲发作，又一声清脆"白玉蛏"传入耳中。他心头一震，暗忖事有蹊跷，当下传令内侍："去，把宫外叫卖'白玉蛏'的人带进来见驾！"

　　苏宝桂莫名其妙被侍卫押进宫，满心惶恐，不知所措。闽王高居龙椅，目光威严，沉声问道："你为何将兴化海边普通蛏子称作'白玉蛏'？"苏宝桂定了定神，见闽王并无怒意，反倒兴致颇高，便壮着胆子，将吴圣天妃托梦之事娓娓道来：如何让洗净蛏子赴闽都售卖，如何期许生意顺遂、寻得兄长。言辞间，对吴圣天妃威灵推崇备至，说到动情处，手舞足蹈，绘声绘色。正说得兴起，一旁卫士抬腿轻踢，毫无防备的苏宝桂下意识伸出右手扶柱，那糊满蛏泥的手掌在宫殿红柱上留下一排醒目泥印，恰似五爪金龙之态，正应了闽王梦中"五爪金龙"吉象。闽王定睛细看，眼前青年英姿飒爽、气宇轩昂，与梦中驸马模样竟分毫不差，心中暗喜，当下龙颜大悦，当庭宣布："来人呐，招苏宝桂为驸马，即日与公主完婚！"

　　一时间，因吴圣天妃托梦成就卖蛏青年为当朝驸马之事，轰动朝野，街头巷尾传为美谈，百姓啧啧称奇。

　　时光飞逝，如白驹过隙，转眼公主大婚已过半年。

可驸马苏宝桂却整日愁眉紧锁，郁郁寡欢。宫中锦衣玉食、荣华富贵，于他而言却如牢笼枷锁，满心满眼只剩家乡与家中老母。公主温柔体贴，殷勤劝慰，苏宝桂却依旧长吁短叹，低头思乡。他暗自思忖：若告知公主家中实情，求她一同回乡探望母亲，公主金枝玉叶，定难应允。不如编个谎话，哄她出宫，岂不甚好？

一日，苏宝桂故作惆怅，踱步至窗前，轻轻推开窗户，对公主轻叹一声："我在这宫中，虽衣食无忧，却远不及民间粗茶淡饭、自由自在。公主你瞧，这宫墙高耸，百步之外便啥也看不见，外面天地宽广、风景如画，咱们却无缘得见。"

公主莲步轻移，偎依过来，轻声问道："那你想怎样？"

苏宝桂眼中闪过一丝狡黠，缓缓道："我想带公主出宫，回我家乡游玩，一同领略人间美景。"

公主眼眸一亮，微露笑意："你家乡景致如何？"

苏宝桂见鱼儿上钩，越发绘声绘色："我家乡背山面海，山清水秀，景色迷人极了！东边是万里鱼池，波光粼粼，鱼儿肥美；西边有百亩花园，花开时节，漫野金黄；前边是金（锦）墩，后边是铁灶，我家便在其间。村里还有三里铜埕，四里东亭，风景旖旎。村民们住的是琉璃厝、水晶宫，吃的是金樽（紧春）白米饭（实则大麦糊）、广东蟀（当地海鲜），配着南京的菜、双头爬（蟹仔），惬意非常！"

公主听得心驰神往，当即央求苏宝桂带她出宫一探究竟。浑然不知这"万里鱼池"不过是三江口外浩渺大海；"百亩花园"实则农田油菜花田；锦墩、铁灶，只是穷乡僻壤的寻常村落；"金樽白米饭"是石臼春出的大麦片，"双头爬"便是蟹仔。苏宝桂见公主已然着迷，趁热打铁，与她一同禀明父王、母后，获批后，便携公主出宫，踏上回乡之路。

一日，公主乘坐凤轿，随一众兵丁，自福唐县（古名，今福清市）江兜岭缓缓进入莆田地界。苏宝桂骑马伴行，见家乡渐近，扬声告知公主："公主，家乡就在眼前了！"公主满心兴奋，忙吩咐停轿，起身眺望。只见眼前一座小山形似巨鳌探海，气势非凡，人称鳌山，又名鲸山，恰好挡住视线。公主秀眉轻蹙，转头问道："你的家在何处？"苏宝桂抬手遥指鳌山西侧两个小村庄："前面那个便是锦墩，后面是铁灶；公主您瞧，那片一望无际、黄澄澄的油菜花田，便是我口中的'百亩花园'；远处那河海相连之处，就是'万里鱼池'……"

公主顺着方向望去，满心憧憬瞬间破碎，入目皆是低矮破旧房屋，哪有半点琉璃厝、水晶宫的影子？她心头一震，瞬间明白驸马言语深意。可事已至此，生米煮成熟饭，虽说驸马家境贫寒，却生得一表人才，头脑机灵，况且这段姻缘乃吴圣天妃亲自托梦牵线，

194

定是上天注定。思及此，公主心下坦然许多，便决意随驸马一路前行，赏阅家乡风光。

话说这公主知书达礼，入了苏家，侍奉双目失明的婆婆尽心尽力，仿若亲生闺女一般，端茶倒水、嘘寒问暖，毫无皇家娇纵之气。她的孝行美名，很快在邻里间传扬开来。

一日，公主忆起宫廷御医所言，婆婆的眼疾可用三叶松配金线莲草药煎水服用，有望痊愈。可此药珍稀，长在深山老林，采摘极为不易。苏宝桂数次沿着延寿溪进山寻觅，均无功而返。他心疼公主金贵，怎肯让她涉险进山？

公主却另有主意。一日趁苏宝桂外出，她乔装打扮成寻常民妇模样，背上行囊，装满干粮，溯秋芦溪而上，孤身踏上寻药之旅。一路上，荆棘划破衣衫，陡坡累得她气喘吁吁，可公主咬牙坚持，历经千辛万苦，终于抵达兴角山下秋芦溪上游的赤溪，采得金线莲花。但还差一味三叶松，听闻唯有吴圣天妃修炼的圣地——兴角山才有。公主稍作休憩，便又打起精神，继续翻越山岭，朝着延寿溪和秋芦溪双溪源头——兴化县（古属兴化府，地域广袤，涵盖现今多处山区）兴角山艰难攀爬。行至山中，公主恍惚觉着似曾来过，许是梦中情境。

此时的兴角山，仙气弥漫，云雾浓稠如墨，细雨如星，五步之外便人畜难辨。公主行至半山腰一处可容数人的山洞，卸下行囊，胡乱吃了些干粮，疲惫不堪，靠着洞壁沉沉睡去。恍惚间，似有仙音袅袅传来："云深崖飞渡，气散自有路。松药寻冻顶，授予孝心人……"公主猛然惊醒，余音仍在耳畔回响，满心欢喜，只觉婆婆眼疾有救。她迫不及待探身出洞，朝着中峰奋力攀登。

山间云雾愈发厚重，雨滴打脸生疼，脚下泥泞湿滑，公主绣花鞋底艰难探寻着树枝、石棱，步步惊心，以防滑倒。饶是如此，她心中信念如炬，小心翼翼穿梭于石丛、林间。终于，攀上顶峰，只见几棵枝繁叶茂的三叶松于山风中沙沙作响。公主满心激动，全然不顾梦中"云深崖飞渡，气散自有路"的警示，飞步上前，伸手欲采摘崖顶上的三叶松，眼前仿若浮现婆婆重见光明、阖家欢乐的温馨画面……

第三节　千年神狮

在那缥缈高远的仙界，神仙们的坐骑恰似其独特徽记，各有千秋、别具一格，或威风凛凛的麒麟，祥瑞环绕、福泽满溢；或灵动飘逸的仙鹤，仙姿绰约、超凡脱俗；又或是矫健迅猛的天马，驰骋云霄、威风八面。这些坐骑，绝非仅仅充当出行脚力这般简单，其间蕴含的神秘色彩、独特寓意，仿若浩瀚星河中熠熠生辉的星辰，承载着世人对动物、对自然无尽的敬畏与虔诚膜拜。吴圣天妃的坐骑，便是那兽中之王——狮子。在古老岁月长河里，狮子仿若战神化身，被视作勇猛无畏、力量无穷、独立坚毅的象征，恰似破晓曙光，驱散怯懦阴霾，彰显着吴妈怀揣的强大力量与无畏勇气，是当之无愧的神力具象，亦是天界威严的显赫表征。

彼时正值盛夏，空中微风徐徐、凉爽宜人，洁白如雪的祥云层层铺展，仿若绵软华毯，肆意舒展于苍穹；脚下大地仿若锦绣画卷，田园纵横交错、阡陌交通，嫩绿麦苗于微风中轻柔摇曳，沙沙作响，似在低吟浅唱，尽显勃勃生机，好一番如梦似幻的人间仙境。三只神狮身负巡视之责，于云端悠然踱步，俯瞰这大好河山，壮丽景致令它们目不暇接、心醉神迷。

行至半途，神狮们渐感疲惫，为首那只坐狮威风凛凛，双眸如炬，率先提议："兄弟们，飞了这许久，咱们也乏了，不妨按下云端，去那兴化城外木兰溪畔，瞧瞧那片翠色欲滴的田园风光，近距离感受凡间烟火。"其余二狮齐声应和，兴高采烈。

吴妈的坐狮常年追随主人足迹，穿梭于兴化各地，山川地貌、市井街巷，皆熟稔于心，堪称"活地图"。它抖擞精神，引着两位同伴，裹挟烈烈雄风，按下云端，精准降落在城西的筱塘。三只神狮甫一落地，先是踱步至水塘边，俯身畅饮，清泉入口，甘甜凛冽，瞬间驱散周身燥热与疲惫。抬眸间，却见不远处那片绿油油的筱麦苗，在日光映照下闪烁诱人光泽，仿若翠玉铺地。神狮们一时贪嘴，本性难抑，竟肆意啃食起来，嫩绿麦苗于齿间嘎吱作响，汁液四溅。

筱麦，那可是百姓们披星戴月、辛勤耕耘的心血结晶，一家老小的生计指望。神狮这番偷吃行径，仿若明火，瞬间点燃百姓怒火，愤慨之情如汹涌潮水，澎湃而起。村里一众捕猎能手自发集结，手持简陋捕猎器具，目光坚毅、神情肃穆，决意驱捕这些"偷粮贼"，守护自家劳动成果。

可吴妈坐狮与祖宫守门狮，身负仙力、灵性非凡，岂是凡间普通狮子可比？猎手们呐喊着围追堵截，这边刚布下包围圈，神狮们却身姿矫健、轻盈一跃，如金色闪电般冲天而起，瞬间跳到包围圈外，继续大快朵颐，啃食那美味麦苗；猎手们见状，又从上下两路夹攻，神狮们再度腾空，扑向更高田畦，仿若与众人玩起"捉迷藏"，身形鬼魅、踪迹难觅。虽说它们心存善念，未伤百姓分毫，可这番折腾，累得众人气喘吁吁、汗流浃背，大片筱麦苗也惨遭践踏，东倒西歪、狼藉一片。

百姓们焦头烂额、无计可施，无奈之下，纷纷涌向知府衙门，求见那素有"半仙"之名的贾太守。贾太守听闻此事，眉头紧皱，决心捉拿神狮，以平民愤。他即刻传令，召集城内精壮弓箭手，个个身强体壮、箭术精湛，齐聚校场。贾太守身披战甲、手持佩剑，威风凛凛登台，目光如电，高声下令："众将士听令！务必严阵以待，待本官作法发令，全力射杀神狮，不容有失！"

诸事安排停当，贾太守步履匆匆，奔赴城北东岩山。此山巍峨高耸，山顶观星台仿若通天云梯，神秘莫测。贾太守登台，神色庄重肃穆，燃起袅袅清香，双手合十、念念有词，祈天作法。刹那间，原本澄澈碧空风云突变，洁白云朵仿若被墨汁浸染，迅速变黑、层层堆积，仿若巍峨墨山悬于天际；电闪雷鸣接踵而至，银蛇狂舞、惊雷炸响，震耳欲聋；一道接天劈地的粗壮雷电划过，仿若利刃斩裂苍穹，东岩山上观星台瞬间被天火引燃，熊熊大火冲天而起，滚滚青烟腾空，弥漫四野，数十里外皆清晰可见，仿若烽火狼烟，传递着猎杀信号。

弓箭手们望见烽火烟雾，精神抖擞，迅速张弓搭箭，瞄准正在偷吃麦苗的神狮。"嗖"的一声，一支利箭裹挟凌厉劲风，如流星赶月般疾射而出，精准射中一只神狮。神狮惨吼一声，仿若洪钟震响，回荡山间，庞大身躯轰然倒地，痛苦抽搐几下，周身光芒一闪，身体逐渐僵硬，竟就地化为一尊石狮，栩栩如生，却再无生机。

见同伴受伤倒地，为首的吴妈坐骑大惊失色，心知不妙，当下顾不上许多，嘶吼一声，飞身掩护另一只守门狮往北遁逃。哪成想，守门狮目睹同伴受伤、化为原形，满心悲戚，眼眶泛红，一步三回头，目光死死黏在那石狮上，全然不顾箭雨如飞、危机四伏。吴妈坐骑心急如焚，三番五次扯着嗓子呼喊，声嘶力竭，却仿若泥牛入海，唤不醒守门狮的悲伤情绪。

恰在此时，又一支利箭裹挟凛冽杀意，如鬼魅般疾射而来。吴妈坐骑心急如焚，不及多想，飞身趋前，以肉身挡下这致命一箭。"噗"的一声闷响，箭簇深深没入躯体，鲜血四溅。它本以为挡下此箭，不过受些小伤，待回兴角山采些三叶松，捣汁包扎、调养数日便可痊愈。哪曾想，此箭暗藏玄机，竟是贾太守作法射出的毒箭，毒液攻心，瞬间周身麻痛，仿若万蚁啃噬，修炼多年的法术竟也施展不开，绵软无力。

吴妈坐骑强撑着摇摇欲坠的身躯，咬牙下令："快走！莫管我，回兴角山！"守门狮噙泪颔首，往北狂奔逃窜。它则拖着残躯，独自殿后，与漫天箭雨拼死周旋。几个回合下来，体力渐渐不支，眼前发黑、身形踉跄。眼见同伙消失在远方，它用尽最后一丝力气，后腿奋力一蹬，裹挟着烈烈雄风，往东北方向的兴角山艰难遁去。

好不容易抵达兴角山巅，它强忍剧痛，于刻火石旁采下几枝三叶松，怀揣着最后一丝希望，步履蹒跚下山，欲回兴角祖宫包扎疗伤。奈何贾太守毒箭威力太过强横，仅凭它多年修炼的功力，根本无力回天。

行至半途，它终是支撑不住，双腿一软，就地现出原形。时至今日，兴角山半山腰上，依旧挺立着一座状如下山狮子的岩石，仿若沉睡巨兽，从山下远远望去，惟妙惟肖、栩栩如生。有诗为证："既如狮子状如狗，还像雄鸡鸣破天"。兴角山往昔也曾在相关县志、府志中，以"石犬山"之名记入典籍，缘由便在于此。

再说那贾太守，本以为在观星台上作法施威，定能一举剿灭三只神狮，扬名立万。不想还是让两只逃脱，心中暗忖：这几头神狮如此神异，来历定然非凡，功力超群，想必是哪路神仙的坐骑。念及此处，他心生忌惮，只好就此作罢。

筱塘百姓见另外两只狮子逃之夭夭，忧心忡忡，生怕它们卷土重来。众人商议一番，齐心协力，将那已然化为石形的狮子抬回村中，安置在显眼处，仿若忠诚卫士，以儆效尤，威慑来犯。

话分两头。且说吴妈从天庭下凡，移驾兴角祖宫，却见宫门前仅余一只石狮把门，孤寂落寞；抬眼眺望对面半山，自家坐骑竟也化为巨石，僵卧原地。她满心狐疑，忙从石狮处问清事由。得知详情后，吴妈柳眉倒竖、凤目含怒，当即出宫，直奔兴化郡城，找贾太守理论问责。

贾太守听闻吴圣天妃上门兴师问罪，吓得脸色煞白、冷汗如雨，赶忙差遣门人飞速通报筱塘百姓。百姓们诚惶诚恐，于村头火速设下吴妈香坛，燃起高香，跪地祭拜，祈求神明息怒。

　　吴妈抵达后，贾太守战战兢兢上前，不断鞠躬赔罪，言辞恳切，将事情前因后果一五一十禀明，不敢有丝毫隐瞒；而后又引领吴妈至筱塘村口，实地查看受损麦田。吴妈目睹眼前景象，又瞧见百姓诚心祭拜的模样，心中怒火渐熄，暗忖自家神狮贪吃在先，确有过错。轻叹一声，终是原谅了贾太守伏狮一事。但她目光锐利，直视贾太守，郑重告诫："今日之事，就此揭过。可你需牢记，往后莫要依仗法道，为非作歹。若再犯事，定不轻饶！"也正因这番告诫，多年后，贾太守胆大妄为，妄图破除兴化龙脉，吴妈念及旧账，雷霆震怒，施法将其镇压在东甲塔下，令其永世不得超生，以儆效尤。

第四节　三龙贵地

　　在那缥缈高远、仙气氤氲的天上瑶池，吴媛本是一位超凡脱俗的仙女，身披霞光、风姿绰约。一日，她心生凡念，毅然化为一只灵动蝴蝶，穿越浩瀚星河，下凡投胎至那如诗如画的苏杭天堂。呱呱坠地之际，便已展露倾国倾城之貌，眉如远黛、眸若秋水，肌肤胜雪、吹气如兰，仿若春日盛绽的娇艳牡丹，国色天香，惊艳世人。此后，幸得黎山老母垂青，收入门下悉心调教。历经数载潜心修行，吴媛尽得仙法精髓，法术无边、神通广大。云游四海之时，她被兴角山的钟灵毓秀所吸引，遂于山间结庐而居，开启了悬壶济世、救难扶危的慈悲旅程。

居于兴角山期间，吴媛心怀悲悯，念及东海渔民生计艰难，鱼虾捕捞常受天时海况掣肘，收成寥寥。于是，她凭借仙法与智慧，在山上开凿蛏池、鲎池，引入灵泉滋养，精心培育良种。经她之手培育出的蛏苗、鲎苗，投放东海后，繁衍迅速、肉质肥美，渔民出海，每每满载而归。莆郡渔业由此兴盛发达，声名远扬于八闽之地，百姓受惠，对吴媛感恩戴德，尊崇备至。

兴角山下，隐匿着一处神秘幽深的潭水，静谧清幽、波光粼粼，仿若大地之眼。此处，三条蛟龙潜心修炼多年，渐通灵性、修成精怪。老大黄龙，周身金鳞闪耀，霸气外露；老二白龙，鳞片如雪、身姿矫健；老三青龙，周身青芒环绕，灵动飘逸。一日，三龙邪念横生，暗中施展摄魂大法，将兴化县令魂魄剥离肉身，幽禁于暗室角落，使其昏睡不醒、人事不知。而后，黄龙摇身一变，化作县令模样，堂而皇之端坐县衙大堂，发号施令、颐指气使；白龙、青龙则在兴化境域内肆意游荡，寻衅滋事、作威作福，搅得百姓苦不堪言、鸡犬不宁，日子却过得逍遥自在、得意忘形。

三龙久闻吴媛大名，知晓她乃天宫蝴蝶仙子下凡，身负王母娘娘仙气恩泽，又得黎山老母仙术真传，如今还在兴角山上培育良种蛏苗。黄龙心生觊觎，对两位兄弟挑眉提议："那蝴蝶仙子手段非凡，培育的蛏苗定非凡品，说不定蕴含磅礴仙气。咱们何不趁她下山云游之机，上山尝尝鲜，沾些仙气，功力想必能大增！"白龙、青龙闻言，眼中放光，连连点头，三龙一拍即合，当即谋划起上山事宜。

这日，瞅准吴媛下山云游、仙庐无人守护的空当，三龙裹挟着烈烈雄风，如三道黑色闪电般蹿至山上蛏池。一入池边，它们便原形毕露，张牙舞爪、贪婪吞食，将一池清波搅得浑浊不堪、泥沙翻涌。蛏饱汤足后，三龙仍未尽兴，竟又在池中肆意翻滚、沐浴嬉闹，全然不顾及后果。彼时，三龙道行尚浅，灵力不纯，此番折腾致使蛏池水质重度污染，污水四溢，如一条黑色恶龙，顺着山势汹涌泻入延寿溪。溪水所经村庄，瞬间被阴霾笼罩，瘟疫肆虐蔓延，百姓们纷纷病倒，发热畏寒、呕吐腹泻，街头巷尾哀号声此起彼伏，民不聊生、饿殍遍野。

吴媛云游归来，望见满目疮痍的蛏池，痛心疾首、蛾眉紧蹙。可当下形势危急，她无暇去找孽龙算账，当机立断，疾步至山间，摘下枝叶繁茂、灵气逼人的三叶松。只见她素手轻挥，将松枝投入蛏池，口中念念有词，施展净化仙法。刹那间，松枝光芒大绽，仿若金色暖阳融入污水，浊浪渐息，池水缓缓澄澈；而后，她又以指尖轻点松枝，收集滴滴松汁，倾入流泉之中，化解水中剧毒。但吴媛深知，此番水毒只是暂时缓解，残余毒素引发的瘟疫仍如悬顶利剑，威胁百姓性命。唯有寻得望江山的灵芝入药，熬汤供村民服下，方能彻底祛除疫病、扭转乾坤。

思及此处，吴媛心急如焚，脚踩五彩祥云，须臾间抵达望江山半山腰。抬眼望去，只见悬崖峭壁之上，一株灵芝熠熠生辉、硕大无比、祥光四射，仿若璀璨星辰悬于天际。吴媛面露喜色，快步靠近。突然，密树丛中一阵簌簌作响，一条麻花大蟒蛇如黑色闪电般蹿出，水桶粗细的身躯盘旋而立，血盆大口张开，吐着信子，向她示威咆哮，腥风扑面而来。

吴媛却神色不惊，美目微眯，刹那间从腰际抽出宝剑，寒光一闪，如银练般朝大蟒蛇挥去。那蟒蛇似通灵性，敏锐感知危险，急忙调转蛇头，蜿蜒曲折身子，欲遁入丛林逃窜。吴媛瞅准时机，收起宝剑，玉手轻扬，掷出手中药葫芦。药葫芦仿若流星赶月，瞬间变大，精准套住蟒蛇头部。这药葫芦恰似随心如意的法宝，任凭大蟒蛇如何翻滚甩尾、挣扎咆哮，始终如影随形，紧紧箍住蛇头；时而膨大如缸，压制蟒蛇反抗；时而缩小如拳，令其动弹不得。待蟒蛇挣扎得精疲力竭，吴媛莲步轻移，挥剑轻点蛇身，神奇一幕出现，弯曲粗壮的大蟒蛇身瞬间化作一把采药锄，散发古朴光芒。

吴媛嘴角上扬，露出一抹自信微笑，手持采药锄，攀崖而上。临近灵芝前方，却又见难题横亘眼前：一个硕大蚂蚁窝挂在灵芝旁的树上，密密麻麻的蚂蚁如黑色潮水，顺着树干上上下下、忙碌穿梭，仿若守护灵芝的卫兵，旁人根本无法近前。吴媛却不慌不忙，眼眸轻闭，口中念念有词，而后手持宝剑往前一指。只听"咔嚓"一声脆响，蚂蚁窝所在树梢应声而断，轻盈飘落。吴媛玉手一招，蚂蚁窝稳稳落入掌心，光芒一闪，竟化作一只精致藤篮，编织精巧、纹路细腻，俨然是天赐的采药篮。此后，吴媛肩荷锄头、左手持药书、右手挎藤篮的采药风姿深入人心，有心人特将这一幕雕琢成石雕像，立于兴角山天妃殿左侧迎客松下，供世人瞻仰膜拜，成为兴角山一处经典景致，传颂久远。

　　且说吴媛顺利采下灵芝，马不停蹄赶回仙庐，悉心配制药方。药汤熬制完毕，香气弥漫全屋，患病村民服下后，药效立显，高热退去、病痛消除，面色渐红、元气恢复。在吴媛的不懈努力下，山下瘟疫迅速得到控制，百姓重拾笑颜、生活渐归安宁。可一波刚平，一波又起，另一件棘手之事如阴霾悄然降临。

　　化身兴化县令的黄龙，本性贪婪、荒淫好色。得知蛏池经吴媛之手，水清如初，山下瘟疫也被成功治愈，又见吴媛采得灵芝归来，心中邪念顿生。他深谙灵芝仙草功效神奇，食之可百病不侵、延年益寿，当下起了霸占之心。于是，黄龙令白龙、青龙前往传唤吴媛至衙门，又蛮横没收她的采药锄与采药篮，欲给她个下马威。

吴媛踏入县衙大堂，黄龙抬眼望去，瞬间被她的美貌惊艳，神魂颠倒、目光呆滞。好一会儿才回过神来，装腔作势地干咳两声，开口道："普天之下，莫非王土。你在本官治下之地盗采仙药灵芝，本应严惩不贷。念你一介红颜弱女，平日口碑尚好，本官慈悲为怀，只要你交出灵芝草，与我共享荣华富贵，往后自可衣食无忧、风光无限，本官定当网开一面，既往不咎，你意下如何？"

吴媛柳眉轻蹙，面有愠色，心中暗忖：这孽龙好生无耻！却强装镇静，朱唇轻启："承蒙老爷抬举，若要我依从，需依我三件事。"

黄龙一听有商量余地，喜出望外，急切追问："哪三件？美人但说无妨！"

吴媛神色清冷，不卑不亢道："第一件事，请你即刻放了被无辜关起来的民女。"黄龙心中虽觉那些民女姿色平庸，与吴媛相较犹如云泥之别，但急于得到灵芝，便不耐烦地挥手吩咐衙役照办，又迫不及待追问："第二件呢，美人快说，我定依你所言。"

吴媛顿了顿，目光锐利直视黄龙："第二件事，当下瘟疫刚过，百姓缩衣节食、困苦不堪。请县官老爷开仓放粮，救济苍生，让百姓得以活命！"黄龙略一思忖，吴媛所言确是实情，自己平日里与兄弟只顾修炼、四处寻欢作乐，疏忽百姓疾苦，当下不假思索答应下来，还不忘谄媚奉承："美人不但容貌绝美，心地更是善良，真叫人越看越着迷。赶紧说第三件吧，办妥此事，咱们便可双宿双飞，过上神仙眷侣般的日子。"

吴媛嫌恶地瞥了一眼黄龙妖气弥漫的模样，又环视周围虎视眈眈、满脸横肉的衙役与邪火上身的双龙，不急不忙道："第三件事，你们三龙平日为非作歹、残害百姓，恶贯满盈。我要你们就地伏法，还天下太平！"

黄龙一听，勃然大怒，拍案而起，嘶吼道："青龙、白龙，还愣着作甚！快带人给我拿下这妖女！"青龙、白龙领命，一哄而上，将吴媛团团围住。吴媛却面无惧色，手中宝剑轻舞，划出一道银色光幕。刹那间，堂上收缴一旁的采药篮光芒一闪，变回蚂蚁窝，骨碌碌滚动起来。只见黑压压的蚂蚁如潮水般涌出，瞬间将衙役们围得水泄不通，蚁群疯狂撕咬，衙役们惨叫连连，大堂上乱作一团。

三龙见状，吓得目瞪口呆，自知法术不敌吴媛。刚欲抽身逃窜，却被吴媛身形一闪，堵在门口。吴媛柳眉倒竖，宝剑指向地上采药锄，轻喝一声："变！"采药锄光芒大绽，瞬间化作麻花大蟒蛇，昂首吐信、盘旋飞卷，眨眼间将白龙紧紧缠住，动弹不得。

黄龙、青龙见势不妙，分别举枪、挥刀，咬牙攻来。吴媛手持宝剑，另手打开药葫芦盖，口中念念有词，而后将药葫芦口对准黄龙，轻声喝道："收——收——"。只见一股强大吸力自葫芦口涌出，黄龙身躯不受控制，自尾至头缓缓被收入瓶中。可他双手仍死死箍住长枪，横在瓶口，满脸惊恐，不断向吴媛求饶："仙子饶命！我知错了，即刻放出原县令，往后我兄弟三人定改邪归正，任由女神差遣，福泽百姓！"

　　吴媛念其修行不易，又有悔过之意，心生怜悯，便令他们发下毒誓。而后，让黄龙爬出葫芦，领着白龙一道伏法于望江山下，责令他们开山辟路、引流灌溉、守护山林，造福一方百姓。经此一役，兴化之地重归安宁，百姓对吴媛更是尊崇有加，传颂其英勇事迹，经久不衰。

·················· 迹 显 乾 坤

第一节　三迁庙址

话说当年严布政不听吴妈托梦警告而执意要烧毁兴角宫，当地信众摄于官威，敢怒不敢言，便将吴妈神像偷偷地迎到兴角山旧庙——宋朝皇帝勅封昭惠庙（今称昭惠祖庙）中安位。

吴妈眼看严布政灭宫之意已决，便施法令调来雷公水母前来灭火，但为时已晚，只见大火熊熊燃烧中，九座九天井的兴角宫已烧毁大半。雷公水母也不怠慢，顷刻间，兴角山方圆百里电闪雷鸣，不久，风雨交加，倾盆而下的大雨将正在燃烧的大火浇灭，严布政眼看乌云密布的天空，雷鸣电闪，风雨阵阵，此乃法力无边的吴妈所施，只好悻悻然离去。

然而，大雨持续中，致周围山洪暴发，兴角山上的昭惠庙也难于幸免，大水冲毁了庙墙，连吴妈神像也被大水冲下山，顺着山溪流进延寿河中漂泊至兴化湾三江口东北侧海滩上。

这一天，善良敦厚的哆头渔民李阿七像往常一样前往海滩上抓跳跳鱼。不同往日的是，时至下午，斜阳日渐西沉，但他鱼篓中的跳跳鱼还是屈指可数。李阿七心焦气躁中要前往海边洗脚回去时，海浪淘来的一根木头在他的脚边盘旋，如影随形。

李阿七没好气地将那根木头捞起一看，竟然发现是一尊女菩萨的金身，底座赫然写着"吴圣天妃"四个字，耀眼无比。而且，神像慈祥的脸还对着他微笑呢。

一向虔诚善良的李阿七无奈地对女神像说："女神如果有灵，就保佑我抓满一篓跳跳鱼，我就带您回村里让人永世主奉，保境安民。"

说完，李阿七便小心地把女神金身安放在海滩上，又回到海滩上专心致致地抓跳跳鱼。此时，跳跳鱼仿佛被人驱使似的，纷纷从蚁穴中跳到李阿七身边。不一会儿功夫，他鱼篓里出现了满满当当的跳跳鱼。当然，他也不食言地盖好鱼篓后，抱着女神金身就往村里走。

阿七走到一条清水沟时，他便解下鱼篓，将神像安放在水沟边一棵榕树下，自己便在水中清洗一番，然后背着满满的鱼篓急急忙忙地赶去售卖。可待没走几步，脚下一滑，他连人带鱼篓滑倒在地，鱼篓也滚进水沟中，跳跳鱼趁机四散逃掉。失意地从地上爬起来的李阿七，找到空鱼篓摇摇头从冷女神像前走过……那棵榕树后来长成参天大树，因是吴圣天妃女神被迎进村第一站，故而被哆头人称为"吴妈树"或"大妈树"。

一夜懊悔不已的李阿七，暗骂自己平时虔诚祭神，但关键时却忘了将好事做到底，才致满满一篓的跳跳鱼得而复失，这是那尊"吴圣天妃"女神给自己惩罚的结果。

第二天一早，李阿七依然出来抓跳跳鱼。当他走近昨晚摔倒的地方，虔诚地对依然端坐在石头上的女神像说："昨日是我一时记了带女神回村供奉，实有失礼之处……今天，女神只要再赐我抓满一鱼篓跳跳鱼，我就会早回来背您进村让渔民们奉祀！"

不难想像的是，李阿七很快又抓满一鱼篓跳跳鱼，他高高兴兴地回到女神金身前，并虔诚地净手后，小心地合抱着神像，亦步亦趋地往村里慢慢移步。

大概是背一大篓跳跳鱼，胸前还有神像的缘故，李阿七努力地挨近渔码头，便小心地安放下神像，安放在一块干净的大石头上，然后解开背上的鱼篓，将跳跳鱼卖了好价钱后，连钱也不数，就走近神像前要恭请回村。

可是，李阿七用尽九牛二虎之力，再也搬不动神像，即使乡亲们前来助力，也挪动不了半步。众人皆以为奇地问他是怎么回事时，李阿七便把自己与那尊"吴圣天妃"神像结缘的经过一五一十地告诉大家，引来众人唏嘘不已，并纷纷前来合掌祈福。也有人说这是菩萨自己选择的风水宝地，可就地安位奉祀女神。

于是，众人帮助李阿七在码头边砌起一座石头小庙，将"吴圣天妃"神像供奉在里面，经过众人的焚香祷告后，大家才欢欢喜喜地回家。

自从吴妈神像供奉在村头，村中男女老少皆平安顺意，海产丰收，吴妈福泽从此在兴化湾一带威灵远播。许多年之后，由于码头吴妈石头庙难容众人祭祀，经过占卜得到吴圣天妃懿旨，乡老们在离码头吴妈旧庙的十五丈处，另建一座规模稍大的吴妈宫，信奉吴圣天妃女神的信众越来越多，而且海滩养殖连年获得丰收，其所产的生蚝状如白玉，体肥味美，名冠宇内，被誉为"白玉蛏"的美名。

时光如梭，百余年后的一场山洪，渔民们在三江口发现一棵粗大的脊头杉。他们喜获至宝一般，准备捞起来抬到镇上卖个好价钱，却发现杉木上刻有"吴圣天妃"字样。渔民们都是吴妈的虔诚信众，有感于吴妈显灵赐给哆头"脊头杉"，便齐心协办地把它抬回村里。

然而，细心的董事们看着"吴圣天妃"字后，心里也有许多疑问，但前往兴角山下的祖宫究竟何因。

他们到祖宫把情况说明后。兴角祖宫的董事们也感到奇怪：正要修缮祖宫的十来棵祭过天地的大杉木，唯独少了一根最大的脊头杉。

正当众人皆称奇的时候，哆头昭惠庙的董事们提议，让祖宫派几个董事一起回去证实此事。

当祖宫董事代表来到哆头村中看到那棵本来准备在祖宫用的脊头杉，正好放在哆头吴妈宫前。

哆头吴妈宫董事都认为脊头杉在祖宫祭过天地，是信仰吴圣天妃的神圣大事，表示要让一些身强力壮的年轻人，择日将这支脊头杉抬回兴角山，以不耽误祖宫重建工期。

而兴角祖宫的董事们立即表示，山里有的是杉木，再选一根能做脊头杉的杉木不难，而且脊头杉不翼而飞到三江口，这是吴妈的懿意，决定将这根写有"吴圣天妃"字样的脊头杉赠予哆头，以备日后盖宫之用。

再说，哆头吴妈信众见宫墙残破，屋面漏水，急需重修或重建吴妈宫。但这根硕大的脊头杉，比现有宫庙的脊头杉长度扩大近一倍，只能扩建宫庙，方能用得上这根脊头杉。

于是，董事们为了进一步证明这个决策的正确，决定在吴妈宫中占卜一签，为上上签。经过解签后，众人皆呼吴妈圣灵。

后来，哆头董事经过勘舆和卜圣杯，决定将庙址往后迁五十丈另建一座规模宏大的新宫，称之"东宫"。在得知兴山村在祖宫之前奉祀吴圣天妃的庙址在兴角山上，宋淳熙二年（1175），宋孝宗赵眘亲自勅封吴妈为"昭惠夫人"，并赐庙号为"昭惠"。于是，重建后的大妈宫也沿用"昭惠庙"为名，以至于，吴妈分灵到新加坡时，仍以"昭惠"为庙名。

相传，规模宏大的昭惠庙扩建工程进展顺利，不足的杉木又是吴妈施法力通过龙潭"海眼"入口，又源源不断地从三江口浮起，直到昭惠庙扩建完工。余下的杉木又飘浮到其他分灵宫，用于重建或新建吴妈分灵宫，美名远扬。

至今，龙潭一直被兴角山和三江口两地的信众奉为圣泉，每年都有哆头人前来取圣泉水回来洒在海滩泥土上，让哆头大地沐浴在吴妈的神恩助力下，使海蛏状如白玉，味美汁甜，被誉为"白玉蛏"，价高又畅销，惠及渔民，民康物阜。

第二节　排字建庙

游洋镇石山村汾头自然村内，有座由蜜蜂排成"吴圣天妃"四个字而肇建的宫宇，由两县交界的十三姓村民共奉吴妈的宫庙，保境安民，福泽四海。

该宫命名为"朝天宫"，坐北朝南，相传很久以前，村境内发生一场瘟疫，持续数月之久，民不聊生，经巫师和神汉的提议，在汾头自然村建一座宫庙镇村安民，才可驱除瘟神，物阜民康。

建宫迎神，保境安民，群众踊跃支持，并在汾头村一些村民献地捐钱的带动下，经过附近村落群众的襄力共举，很快就请来地师进行勘舆定穴取向，基石杉木粘土竹片等建筑材料也都有了着落。

在迎哪尊菩萨为主神和宫命名方面，不仅在巫师与神汉代表中争论不休，而且各村民众的意见也不尽相同。

一切都往既定的目标有序挺进中，眼看墙体已完成，过几天就要上梁。村中乡老们经过商议决定当月十五月圆之日，到新宫地请巫师代表问卜谋定。

十五日一大早，各村代表陆续前来新宫地准备祈天仪式活动，有人突然发现架在宫地上一支准备上梁用的脊头杉上，"嗡嗡——"作响地聚集着密密麻麻的蜜蜂，引起人们的注意。

有人靠近一看，原来这些密集在脊头杉中的蜜蜂，正有序地排着"吴圣天妃"四个大字，规规矩矩，方方正正。立即有人欢呼起来："吴妈显灵啦，我们也到兴角祖宫迎吴妈来镇宫除邪驱瘟吧！"

俗称吴妈的吴圣天妃，原名吴媛，自江浙赣入闽，故而被称之为东瓯女神，从尤溪进入仙游，定居兴角山，悬壶济世，救死扶伤，惠泽百姓，又被誉为健康女神，在方圆数百里名闻遐迩，一些民众家中自奉为祀，赐福延年，四季平安，在本地被亲切地尊称为

"吴妈""大妈""古妈""仙姑妈""慈感妈"等，此时有人一语打破宁静，众人皆呼是吴妈懿示显灵，早有人就地朝脊头杉蜜蜂排有"吴圣天妃"字样跪拜作揖，祈福降瑞，国泰民安。

就在众人朝拜"吴圣天妃"之际，乡老马上安排祭品进行排桌祭祀，并请巫师祷告吴妈懿示宫名。

经过巫师一番祭天后，说来奇怪，那些排字的蜜蜂马上飞向大门上方墙面上，经过片刻的蠕动爬行，不久，便排成"朝天宫"三字，俨然像一方匾额一样，悬于宫门上方，威灵显赫，庄严有神。

蜜蜂排字迎神并定宫名的事，一传十，十传百，轰动四邻，感动信士，莆仙交界相邻的村庄纷纷要求加入共建吴妈宫行列，共襄神力，共祀吴妈，共祈好运。

于是，朝天宫在短短时间内，便肇建完工告竣，流光溢彩，古色古香，成为兴角祖宫最早分灵的二十六个"宫母"（具有一级分灵宫）之一，后来，石山村下楼赤水"显圣庙"也是从朝天宫分灵而出，另立神庙，共奉吴妈，共祈发展。

随着吴妈在朝天宫的施泽播惠，护境庇民，不断有村落的善男信女前来朝圣。截止目前，该宫辖有仙游县游洋镇汾头、山仑、螺坑、长垅、瑞峰、水井斜和涵江区庄边镇松柏林、天山等莆仙两县区的相邻自然村，共聚居着雷、方、尤、伍、郭、林、邱、柯、蓝等姓氏族人，其宫殿前排庑廊一对楹联内容为：汾山新螺长松天水瑞，雷方尤伍郭林邱柯蓝。颇具特色，从中彰显着吴妈信俗文化内容丰富，源远流长，影响广泛。

第三节　青龙剑迹

兴龙宫东侧三百米有一处深潭，古时水跌入潭中，涌进暗渠，不知所踪。潭中有三条龙常年在处修炼，一条是一条黄，一条白龙，一条是青龙。它们修炼成精，化身摄魂将兴化县令幽禁于暗室，让老大黄龙堂而皇之当县令，白龙、青龙平时作威作福。

这一天，三龙便趁吴媛下山云游之机，蹿至山上蛏池中，尝鲜着吴媛新育种的蛏苗，不仅将一池清波搅拌着浑浊不堪，而且蛏饱汤足后还在蛏池中洗澡沐浴一番，致使蛏池中的水污染不湛，溢出泻入延寿溪的污水流经的村庄，瘟疫蔓延，民不聊生。

吴媛云游归来，双龙早已踪迹全无。她气势汹汹地在兴化衙门里堵住三龙。青龙、白龙带领衙役们一下子把吴媛水泄不通地围在中间，可吴媛不慌不忙地挥剑一舞，一旁的采药篮立即变回一个蚂蚁窝滚滚而动，但见蚂蚁窝滚过之地，黑压压一片的蚂蚁不断地向周边扩散，反而把衙役们团团围住而不断地猛咬，大堂上顿时乱作一团……

三龙看到这般情景顿时吓得目瞪口呆，知道法术非吴媛的敌手，他们正要逃走时，却被吴媛堵住门口，只见她又将宝剑往地上的采药锄一指，那把采药锄也变成一条麻花大蟒蛇，在大堂中盘旋飞卷，不一会儿就将白龙卷住，动弹不得。

黄龙和青龙见势不妙，分别举枪或迎刀来战。吴媛不慌不忙地把宝剑和药葫芦并用地迎战双龙。敌我双方从大堂战到堂外大埕，从地面战到屋顶，从水边杀到天上，天昏地暗。

渐渐地，双龙道行有些不济。滑头青龙看着老大黄龙力敌吴媛时，故意卖了一个破绽欲抽身遁下地面的深潭逃走，被吴媛看破先机地掷剑飞来刺中龙背，顿时化形如山立于兴角山周围，险峻无比，民称险石，又有青龙峰之说，其后背被刺的剑迹犹在，至今无论酷暑严寒，不管是干旱季节，险石峰的剑迹血渍般的流泉常年没有断流过，成为险石青龙峰一处奇观。故而，在龙潭附近有福兴社对联："龙山开福地，潭水出文人"。

剑迹下便是兴化千年古驿道，这里山高峰陡，云蒸霞蔚，绿树葱茏，每当早晚雾气浓重时，常太金川新农村楼群影影绰绰，远处云海遮住半山，如飘带一般，将青山人为地切成一半，半峰如天宫仙境，峰脚似海青纱，加上脚下的东圳湖光山色，美不胜收。

第四节　林山伏虎

在南少林所在地的林山，人们一直在为村中两处宗教胜地林泉院和昭惠宫的历史分不清。其实不然，这两个宗教胜地在同时建成并受到善男信女的崇拜，其中还有一个美丽动人的故事。

传说在林泉院——南少林前身还没有建成时，林山村即奉祀着一尊女神像，即助吴兴治水惠及北洋、悬壶济世救黎民、海殖育苗的吴媛吴圣天妃。村西有一户人家，以狩猎为生，兄弟俩伴母亲相依为命。兄长叫阿林，小弟叫阿泉，两人英俊倜傥，能说会道，武艺精湛，威名远播。而村东住着一个吴姓人家，家中有两个闺女，姐姐名称吴昭，妹妹叫吴惠。这对姑娘心灵手巧，聪颖秀丽，精巧能干，芳名村外。而这两家渊源深厚，交往频繁，四个人从小青梅竹马，四小无猜，深情厚谊。

有一年夏天，天遇大旱，五谷歉收，林山村农夫生活困苦，饥民纷纷往山上挖草充饥。可不时有虎熊出没，威胁村民生命，常有村民遗骨于山下溪涧边，特别是九莲山上一只千年虎精，一闻到人的血腥，便突奔人前，咬体撕身，吸血噬肉，人心惶惶不可终日。

虎妖精的恶行激起村人的愤慨，大家纷纷商讨对策，并组织一支打虎卫民的狩猎队，由阿林领头打阵，阿泉为阵前先锋，为民除害。一日，打虎队又齐阵集村中，由林泉兄弟俩在猎狗的带领下身先士卒地要往深山里探。吴昭吴惠两姐妹们在自家的阁楼上焚香默默地请奉祀的吴四娘女神庇护阿林兄弟带领的打虎队。当打虎队跳跃上一处山顶眺望山腰中的一个洞中，隐形发现那只千年老虎精正洞口晒着太阳呢。当下，阿林兄弟怒火中烧，带着打虎队慢慢移步到洞口上方，一令示下，百余支利箭齐发，受伤的虎精翻身跃起，直往山上追。阿林举起刺刀，迎头刺去；阿泉却端起钢刀，对准虎腹砍伐……

经过千年修炼的虎精那里把众人放在眼里，虎精忍受伤痛，施法就地滚雪球似地翻几次身后，伤口立见愈合，便长啸一声，顿时雷电地动，疾风劲吹，飞沙走石，把阿林等众人刮落山下，跌破血流，最后落于山涧中。虎精犹不放过打虎队的踪迹，正闻着人体腥味地追来……

正在危急关头，正在云游外地悬壶济世的吴四娘女神腾云驾雾而来，施罡风御退来势汹汹的虎精的猛扑，妖精与女神顿时在空中斗阵，难解难分。吴四娘女神心系打虎队的伤势，无心恋战，左手施法用神鞭狠狠地甩去，正中虎背，右手拈着一支神针对准虎眼掷去，没入虎眼，使伤痛不已的虎精仓皇逃遁。

吴四娘女神回首赶到涧边，降下一朵祥云至涧底，轻托众人上岸至远离虎精出没的山间开阔坪盘处（该地名沿用至今，为离林山村仅数公里的白沙镇坪盘村）。女神化身一个道姑，专心地施法用药葫芦的灵水清洗众人伤口，然后再用三叶松敷衍伤处。说来神奇，不一会儿，众人的伤口就没觉得疼痛，但还需要进一步疗养，又告诉众人上兴角山采三叶松配附近的菖蒲、金线莲、山茶花入药，可治虎毒创伤，说完，仙姑飘然而去，众人感叹不已，皆呼神灵。

话说阿林、阿泉在家疗养期间，吴昭、吴惠天天上山采药，并配以村人从兴角山上采来的三叶松熬药给阿林兄弟喝，不到半月，身上伤口全部愈合。

这一日，一个自称为中原嵩山少林寺的僧灿禅师云游至村中，听说村民被虎精荼毒的事后，义愤填膺地决定在村中多留一段时间，一边教训青壮年男子习练武艺，以卸虎精。一边寻找虎精下落。阿林、阿泉兄弟自然刻苦钻研，耐心听讲，勤奋锻炼，悟性又高，与他人相比，技高一筹，颇得僧灿师傅的偏爱。

由于虎精受到吴四娘神针刺中，受伤逃遁躲藏起来，乡民们在僧灿禅师的带领下，上山多次寻找不着。这一天，僧灿禅师归期已至，只好教导阿林阿泉两兄弟一些法袂，并对他们说："你俩慧根法缘浓厚，已得少林衣钵，太宗旨意发扬少林威名。除虎后可择机在村中建一寺院，以扬少林威名，则记则记。"说完，僧灿禅师下山去了。留下阿林兄弟愁肠百结地送下山至枫林（又称峰林）渡口，挥泪而别。

阿林兄弟送师返回时，心里挂念着山上除虎的事，经过渡口边这座具有九座九天井的昭惠灵宫，由于平时受吴昭姐妹的影响，便也虔诚地进去求从兴角山上分灵而来的吴四娘女神，既感恩上次虎口余生之德，并再次求女神助其一臂之力除虎害。

多日之后的一天，乡亲们又闻林山东北方有虎迹。村人再次商议除虎一事，阿林、阿泉兄弟自然又成为中坚力量。村中青壮年男子个个手执樱枪、人人把持禅杖，并自带由药神吴四娘的虎创配方，在村老的主持下在林山吴家山腰处设坛祈求吴四娘女神的庇护后，由村浩浩荡荡向村后山出发。

经过千辛万苦的遁虎踪找寻，终于在九莲峰下一处林密石阵前，那只千年虎精在分享着一只被咬死的家猪，另外几只小虎趴在身边，眼睁睁地看着它在有滋有味地啃着猪肉……

乡亲们恨不得一处来，立即箭雨齐发，石弹投掷。被猝不及防的箭石击中的几只小虎当场毙命。回过神来的虎精霎时冲上来，与打虎队展开一场生死肉搏……不一会儿，村民们凭着从僧灿禅师学来的武艺，虎精渐渐失去了虎威，阿林念着法袂，对准虎膘身就是一刀，虎精忍痛冲出重围，向山林长啸一声。不久，远山排雷般地出现一道黑影，一头狮头熊身的妖孽飞驰到村人面前，只见这只妖孽不怕刀砍箭伤，只几个回合，阿林他们便处于下方，有许多村民都被妖孽的爪牙伤害得累累血流，连阿泉的身背也被抓伤倒地，眼看就要被妖孽咬牙切齿中死去……

正在生死攸关时刻，只见空中一道金光电闪，昔日救村民的仙姑右手持神鞭，左手托药葫芦，其身边还跟着一只天狗。但见仙姑神鞭过处，妖孽闪避不及伤阿泉，反身向仙姑扑来，虎精看到仙姑亦眼红，双双联爪向仙姑进攻。仙姑不慌不忙地甩鞭若定，风云雷动。一会儿，仙姑口中念念有词，又吩咐村民后退数米之遥后，便从药葫芦中倒出药水来，那药水有一股刺激味道，那两只狼狈为奸的妖精立即跪倒地仙姑脚下求饶。

吴四娘看它们修炼不易，顺手探空取来两圈金项圈往它们头上丢去，虎精和狮头孽被牢牢地套住，成了吴四娘座下弟子，每日蹲守在兴角祖宫殿前方守门，至今宫宇左前方的青面兽是该宫镇宫之宝，其虎精因不过规矩出外偷吃忘了回宫门，至今还留在兴角山腰成形，成了该景区一处景点，这是后话。

再说，妖孽被吴四娘降伏后，林山从此以后少见虎狼野兽，村里一片太平盛世景象。阿林、阿泉由于数次御兽有功，又念及师傅临走时的交待，一心皈依佛门，村民们便让出一块地，建了一座寺院，因一时没想好寺名，便取阿林阿泉其中一个字为名，曰林泉院，又因阿林、阿泉承少林衣钵，又称为南少林寺。

成为众多少林迷朝圣的一个好地方，至今每天游客络绎不绝。

话说，自小与阿林兄弟青梅竹马的吴昭姐妹，眼看心上人出家皈依佛门，便无心留恋红尘俗事。又感恩吴四娘女神威灵妙通，普济百姓，就在吴家山上建了一座宫宇，并从兴角山祖宫请吴圣天妃女神分灵到庙中，受乡人朝拜。传说，初建庙时，有一群蜜蜂飞至吴家山腰处排字显圣地，地师罗盘放下，的确是一个风水宝地，庙基就定该地方。庙宇建成后，吴昭姐妹也入道成了道姑，改变了乡民们奉祀女神而没有固定庙宇的局面。村人们感念吴家献地建庙的功德，亦效仿林泉院方法，取吴昭、吴惠后两字为宫名，曰昭惠宫。因吴圣天妃在林山昭灵惠众，泽施黎民，后宫名加了灵字，称昭惠灵宫，一直沿用至今，成了乡人朝拜吴圣天妃的重要场所。

第五节　飞炉选址

很早以前，在莆田广业里西音村，有一位远近闻名黄姓财主。他积累了万贯家产，坐拥百亩良田，但他的出名，并非这些富饶而来，而是他的吝啬著称于乡里，被乡人称之为"吝啬黄"。就是这样一位吝啬的人，却献地捐钱建吴妈宫，使该宫成为莆田市级文物保护单位，流芳百世。这其中有一个神奇的故事。

话说这个坐拥万贯家财的土财主，平时生活吝啬，自从家里请的一个老管家去世后，再也不愿再找个帮工，一是不信任别人，二是可节省一笔佣金。如今，他连出外收租，都是步行外出挨家挨户收好租金后，趁天没暗下来前就必须赶回家，以确保人身和财产安全。

这一日，他的妻子拿着一块布料要去做新衣裳，被吝啬的财主制止，夫妻因此吵架。妻子被气得连饭也没做就回娘家去了，财主只能到村头买点吃的，也顺便到上山收些租。

返回时天过晌午，他走到半途，感到又累又饿，就坐在一棵大樟树下看着今年的账单。忽然遇到之前的某老仆人，老仆人告诉他："山顶上宫演戏，东家何不去开开眼界？又可顺便再收些美林山地的租回来？"

财主特别喜欢看戏，睡梦中忘了这个老仆人已经去世多年，便欣然随其往上宫方向走去。

上宫村头立着吴妈祖庙，财主经常前往朝拜，路况十分熟悉。没走多久，便到了祖宫大埕，但一点也没有演戏的场面。他问戏台在何处。

老仆人说："在兴角山上。"

财主停步道："哪有到山顶看戏的道理？"

老仆人说："虽然戏场在山顶，但只需一刻钟路程，而且剧本很精彩。"

　　财主迟疑着挪动脚步，登上一条羊肠小道，他和老仆人翻过了一座高峻的大山，青石砌成的台阶不断向上盘旋，一眼望不到山巅。道路两旁都是合抱粗的大樟树，树盖遮天蔽日，看不到阳光。

　　老仆人拉着他的胳膊，飞速上行，不一会儿就来到一个山坳口。豁然出现一座庙，殿中央坐着一位着唐装的官员，官帽盖头，脸色发黑，威严有神。

　　此时，老仆人不知去向，财主惶惑想要退回下山。这时，一位秀色可餐的妙龄姑娘从后殿闪出，她托着一盆珠宝含笑向他对他招手。财主见钱眼开，移步靠近，被女子拉着并肩坐下。一股香气入鼻，财主心猿意马地想入非非，不由伸手抓向女子托盘中的金银珠宝。

　　"'守财奴'真是名不虚传！黑白无常何在？"那官员一声令下，跃出两位黑白无常，提着铁链一下子将他绑了起来。

　　"冤枉啊，我一生谨慎小心，从不与人结怨。阎王何故这般对我？"财主拼命挣扎中，大声喊叫起来，"只是我向来节俭，难道这也是错吗？"

　　"挣钱不花，辜负财神。为人吝啬，有损阳寿。像你这种人，世间多一人不多，少一人不少，白来世间一遭！"阎王激动地厉声骂道。

　　"勤俭是炎黄子孙的传统美德，难道不对吗？"财主继续争辩道。

"乡里修桥铺路，没有你的份；接济穷人，没你的影；族人修谱，没你的名。你在人世间何谈进步可言？历朝历代有多少比你更有钱的人，有的青史留名，世人铭记。有的籍籍无闻，连后人在家谱中都找不到，只好到处乱认出名的官员或名人作祖先。"阎王生气地说出一番大道理，让黄财主无言以对。

"只要阎王不提前损我的阳寿，今后遇到铺桥修路，定当出力出钱……"财主有些汗颜地说。

"你有钱连老婆添新衣裳都那么吝啬，图你这种有钱人为世间做公事，是难于上青天；不如早日进地府。"阎王说罢，转身命令黑白无常道，"让'守财奴'变成'守财鬼'吧！"

话音刚落，黑白无常便端来一盆烧得发出金灿灿的黄金，硬是把财主抬来坐在上面，烘得他屁股"滋滋——"作响，又拿来一大串足足有两百斤重的金条挂在财主身上，压得他死去活来，奄奄一息……

财主虽然吝啬，但平时十分信仰吴妈女神。就在他万念俱灰之际，心中仍默念着吴妈显灵来救自己。

果然，一道金光闪耀之后，一个声音便传来："地府尊王，别来无恙！"

"吴天妃仙踪驾临，该不会是给这个小气无功德心的财主说情吧？"阎王迎出庙外，只见吴妈一袭仙班锦服，五彩斑斓，手持笏板，飘然而至，他便朗声问道。

"正有此意！请问地府尊王，此人阳寿是否已尽?"

"他阳寿尚有三十六年，但乡里功德不但没有参与，连应承出西音建桥的份子钱都没有拿出，使桥梁不能如期告竣，而在一场山洪暴发时，冲走三个过路人，余寿减尽。"阎王如实告知吴妈。

"言而无信，是不该。但念其一生能自食其力，尚无大错。今后叫他将功补过，造福于民，岂不更好?"吴妈苦口婆心地劝说。

"对，对，对……只要阎王放过我回阳间，以后一定散财做功德。"黄财主听了吴妈亲临现场为自己说情，忙不迭地向阎王献表衷心。

"你看，黄财主已有所表态。地府尊王就给他一个机会吧。"吴妈进一步说。

"但他为富不仁的所作所为，阳寿已尽啊……"阎王难为情地说。

"俗话说，阎王叫你三更死，谁敢留人到五更。凡人生死还不是由你作主?"吴妈继续劝说。

"好吧！一切听凭吩咐。如果玉帝以后怪罪小王对这个凡人网开一面，但请公主在王母娘娘面前替小王美言美言。"阎王顺水推舟地送了个人情。

"这个是自然的。而且我看这个人本性不坏，留着他在世上还要为我弘扬正道呢。"吴妈语气顿时缓和了许多，并转身对财主说，"还不快谢尊王还命之恩。"

黄财主赶忙谢过阎王后，黑白无常马上给减了金担和火烘。财主顿时屁股一阵锥心之痛，人也跌倒在地，头一阵疼痛。他用力从地上爬起，用手一摸额头，才知道是南柯一梦，而此时远处传来一阵喧哗的声音，伴随着电闪雷鸣，一场大雨就要来临。

财主屁股坐在条状不规则的石头上，至今还觉得疼痛，也顾不上这些，赶紧寻着声音走去。

人声鼎沸处，原来是村头一棵大松树上，突然飞来一个香炉，上面还冒出一股白烟，弥漫在四周。

众人觉得十分稀奇，早有敏捷的好事者爬上大松树，用小竹筒把香炉罩住，然后滑下树告诉大家，香炉一面刻着"兴角祖宫"，另一面写有"吴圣天妃"。

众人听到此讯后，又看着树上的香炉里不断地冒出白烟时隐时现。有人说："这是吴妈显灵了，要在这里建造新宫，香炉才会冒白烟。"

此时，黄财主正好挤进人群，听到此番言语后，联想到刚才的梦境，他连忙跪地磕头说："吴妈在上，弟子愿捐献五亩良田和全部建筑材料，以建造吴妈在西音的分灵宫，并主持春秋二祭，祈求吴妈保境安民，护佑西音四季平安。"

村民们听了，都高兴得拍手叫好。

此后，财主果然把五亩良田的地契和两大堆建宫用的木材、石灰等材料运到宫前。村民们为财主的真诚所感动，大家纷纷有钱出钱，有力出力，不到半年时间，一座崭新的吴妈分灵宫就建成了。因吴妈曾被朝廷褒封为昭惠夫人，并赐额兴角山吴妈仙庐为"昭惠祖庙"，故而将西音村内的吴妈分灵宫也取名为"昭惠宫"。

由于乡亲们齐心协力，共襄盛举，并舍得花巨资请来远近闻名的木匠石匠，精工细雕，将昭灵宫打造成规模宏大、用料考究、工艺精美的名宫，闻名宇内。经过千年后，祖宫依然古色古香，被列入市级文物保护单位。

而财主受到生与死的洗礼后，看透人生，一心惟功德事至上，连宫中功德主的名字都没有留下，成为"无名财主"，一时传为佳话。据说，黄财主功德无量，受到吴妈庇佑，后代子孙昌盛，科甲联芳，人才辈出。

第六节　蚊子免参

在古老的闽中大地上，流传着无数英雄豪杰与神仙圣女的传说。其中，关于健康女神吴妈的故事尤为动人，她的事迹不仅在民间广为传颂，更在兴化古驿道仙永两县交界的五星村龙田宫中留下了深刻的印记。

五星龙田宫，位于兴化古驿道的重要节点——仙游县游洋镇五星村。这里是兴化古驿道通往永泰的必经之地，也是吴妈文化传播的重要场所。这座宫庙坐落在山水之间，四周绿树成荫，鸟语花香，仿佛是大自然特意为这位圣女准备的宁静之地。

传说，在很久很久以前，兴化地区常常遭受自然灾害的侵袭，百姓生活困苦。为了祈求平安，人们纷纷向神明祈求庇佑。就在这时，一位被称之为东瓯女神自尤溪、永福进入仙游，她以其高尚的品德和深厚的法力，帮助人们驱除灾害、悬壶济世、扶植农桑，并带来丰收。人们为了感激她的恩德，便在各纷纷修建了宫庙，以供奉她的神像，祈求她的保佑。

在五星龙田宫中，流传着一个关于正德皇帝和吴圣天妃的神奇故事。相传，明武宗正德皇帝是一位性格独特、喜爱游山玩水的皇帝。他常常微服私访，游历江南。

一天，他顺着驿道自永泰县潼关进入仙游地界，正值盛夏时节，天气炎热，他感到口渴难耐。然而，四周荒无人烟，他只能在一处光滑的石头上坐下休息。

正当他感到绝望时，他抬头看到了路边的一块石岩。他心中一动，不禁脱口而出："泉卿泉卿，何不前来见孤？"话音刚落，只见那块状如牛鼻的石头上竟然涌出了两道清泉。正德皇帝大喜过望，连忙掬水取饮。那泉水清甜甘美，让他疲劳全消，精神一振。他感激不已，于是口谕封那块石头为"平安泉"，并希望它能保护过往行人平安。

喝完水后，正德皇帝继续前行。此时天色已晚，他看到了前方有一座宫庙——五星龙田宫。他决定在此借宿一宵，明日再行。他推门进入宫中，只见宫中供奉着健康女神吴妈的神像。他向女神一拱手，说明来意。然后，他找到了一块写着"国泰民安"的匾额，权作床铺。然而，他刚刚躺下不久，便有成群的蚊子前来骚扰。正德皇帝打趣地说："女神护朕康健，令小蚊免参，到西廊伺侯去！"

话音刚落，正在驻灵宫中的吴妈，为了保驾正德君的安宁睡梦，马上取出药葫芦，将葫芦中的水洒向东廊，把那些蚊子驱向西廊。

正德皇帝正在大呼女神威灵之际，却又发现西廊下有一位乞食婆正在鼾然入睡。他并不介意，继续躺下休息。然而，那些被赶到西廊的蚊子却开始骚扰乞食婆。她被蚊子咬得睡不着觉，索性坐起来打蚊子。

正德皇帝见状，心中不忍，便邀请她过来一起睡。然而，乞食婆人穷志不穷，以为正德皇帝想占她便宜，便狠狠地训斥了他一顿。正德皇帝知道对方误解了自己的好意，便默不作声地继续睡觉。

第二天清晨，正德皇帝醒来后想要把匾额挂回原处。然而，他却发现那块匾额已经变得沉重无比，无法移动。他只好将其靠在墙上，然后看到匾额背后空白一片，便顺手捎来一块木炭在上面竖写着"龙田宫"三个大字。写完后，他满意地离开了宫庙继续前行。

乞食婆见正德皇帝离去后满腹狐疑地把此事传扬出去。人们纷纷来到五星龙田宫参观那块写着"龙田宫"三个大字的匾额并传颂着正德皇帝和健康女神吴妈的神奇故事。从此五星龙田宫名声大噪，成为闽中山区进入兴化的一个重要吴妈分灵宫，声名显赫，吸引了无数游客前来参观朝拜。同时这里也成为了传播吴妈文化的重要节点让更多的人了解和传承吴妈的精神。

第七节　尚书建桥

在宋代的兴化县广业里之地，隐居着一位名叫方应发的名士。他曾任礼部尚书，一生充满了传奇色彩。特别是在致仕之后，他选择在赤石村（今尚书桥村旧称）隐居，并倡建了一座石梁桥，留下了一段佳话，村名也因此得名尚书桥村。

方应发出生于宋嘉定十六年（1223），字君节，祖籍是风景秀丽的兴化游洋。自幼失怙的他，聪颖过人，读书用功，梦想有朝一日能够金榜题名，光耀门楣，回报桑梓。淳祐十年（1250）是大试之年，在一个春风和煦的日子，方应发早早地做好了前往京城会试的准备。

在出发前，方应发背着沉甸甸的书卷，回祖籍游洋拜访了故乡的亲戚叙旧道别。听闻村头朝天宫主奉神吴妈特别显灵，曾佑福百姓度过无数难关，他心生敬仰，决定前往宫中朝拜这位被誉为健康女神的吴妈。

朝天宫是吴妈通过"蜜蜂排字"选址的重要分灵宫之一，宫殿周围古木参天，云雾缭绕。方应发心中充满了虔诚和敬畏地来到神像前，被那庄严肃穆的气氛所震撼。他跪在神像前，虔诚地祈祷着，希望吴妈能够保佑他此次会试途中平安顺利，康健无灾，一举成名。

祈祷完毕后，方应发继续踏上了前往省城的道路。然而，天有不测风云，当他行至赤石溪边时，突然遭遇了一场大雨。赤石溪水流湍急，波涛汹涌，无法淌过溪。方应发焦急地寻找着可以避雨的地方，终于在赤石溪西岸的天子万年山下的香泉书院暂时栖身。考虑到离会试的时间尚早，他便在香泉书院静心苦读，等待天晴水退了再走，以应对即将到来的会试。

香泉书院后面便是天子万年山，登高望远，景色宜人，加上山间的碧波荡漾的仙泉湖，碧波荡漾，山水相依，风光秀丽。使他在读书之余，便嬉戏于山水之间，聊以打发会试之阻的惆怅，渐渐忘却了会试之期。

一天夜深人静时，他看书累了，便趴在书桌上睡着了。不久，他被一位年轻漂亮的女子叫醒，自称是赤石宫吴妈命她来找方应发，并慌张地念了四句诗："天明溪岸消，水至地皮焦。盛景非长聚，功成返筑天。"

方应发在曚眬中不知所措。那女子举着一把芭蕉扇重重地扇了他的脑袋，留下一句话："书呆子还不快快按吴妈懿旨救民于灾祸中，方能日出青天见云霞……"

被美丽的女子扇醒后的方应发，神智很快恢复了清醒。他回味着诗意，追着那女子到了赤石宫。他见中央一尊女神竟与朝天宫中的吴妈一样，慈眉善目，雍容华贵，原来也是兴角山分灵的吴妈女神。

此时的方应发怎么也找不到适才的女子，却发现那女子站在吴妈神像左边护法。他这才完全明白了诗意，便下跪作揖在吴妈神像前，默默地祈祷着雨过天晴，让自己顺利过河去会试。他发誓道，如果此次能够金榜题名，他一定要按女神旨意回到赤石溪上建一座桥，方便行旅，以报答吴妈的保佑之恩。

之后，方应发奔出宫殿，到赤石溪下游挨家挨户地呼吁着转移到高处。起初，大家不相信方应发一个外乡人的话。方应发面对的是一片混乱和疑惑。他深知大水即将决口，村民们的生命危在旦夕。然而，大家对外乡人的警告心存疑虑，犹豫不决。方应发没有放弃，他挨家挨户地敲门，声音沙哑而坚定，泪水在眼眶里打转。他讲述着在赤石宫内祈福时的神迹，描绘着大水决口的可怕场景，恳求村民们为了生命的安全迅速转移。

夜深了，村民们的心却渐渐被他的真诚所打动。

他们看到方应发焦急的神情，感受到他深沉的关怀。终于，在天明前，村民们纷纷收拾行囊，转移到群山高处。

当最后一户人家离开低洼处，已是黎明时分，赤石溪流进村口的大拐弯处，果然发生了大决口。村民们回头望去，只见洪水如猛兽般席卷而来，吞噬了他们的家园。他们庆幸自己听从了方应发的劝告，也感激吴妈托梦救人的善德。从此，方应发的名字在村庄里传为佳话，人们更加虔诚地信仰着吴妈。

日上三竿时分，天子万年山上空，云开雾散，久违的阳光透过祥云，洒在赤石村的青山绿水间，瑞气盈村。人们看着洪水渐渐消退之后，纷纷回到家园进行灾后自救，却再也没有看到整夜奔走呼号转移群众的方应发。

原来，方应发在救了赤石村百姓后，怀着激动的心情，早已踏上了前往省城的道路。经过一路的奔波和辛劳，他终于顺利地完成了会试。不久，捷报传来，方应发果然中得进士，并被任命为官。

方应发为官后，谨记少年孤苦际遇，时常想起会试遇阻得吴妈福佑的情景。因此，无论他在哪里为官主政，都清廉施政，福祉民生，屡得朝廷重用。他历任临江府教授、太子博士、国子监簿、秘书郎等职务。他因敢于直言，不畏权势，多次上书批评朝政的弊端，包括批评当时的权臣董宋臣和丁大全等人。在政治生涯中，方应发表现出色，尤其在处理地方治安和维护社会稳定方面。他曾在潮州和漳州任职期间，成功平定了当地的盗贼之乱，受到百姓的尊敬和爱戴。此外，他在江东提举任上，还曾疏劾戍将老缪，推荐有威望的人为统制，督兵捕贼，展现了他的胆识和才能。

宋德祐年（1276），已历三朝的元老方应发被提升为刑部侍郎，累升为礼部尚书，并以瑞明殿学士充福建招捕使。直至宋朝灭亡后，他心中始终谨记着当年在赤石宫对吴妈的誓言。

于是，方应发特地回到了赤石宫朝圣了吴妈，并选择在民风淳朴的赤石村隐居在香泉书院中，一边以教书育人，一边着手准备建桥的事宜。他亲自设计桥梁图纸，挑选石料，招募工匠，开始了艰难的建桥工程。

在建桥的过程中，方应发遇到了许多困难和挑战。他不仅要面对资金短缺的问题，还要应对恶劣的天气和险峻的地形。然而，他并没有退缩，而是坚定的信念和决心支撑着他前行。他亲自参与施工，监督工程进展，确保每一道工序都符合质量要求。

经过数年的努力，一座规模宏大的石梁桥终于建成。这座桥横跨赤石溪两岸，高10米，长约25米，宽约2.5米，设有3个菱形石砌桥墩，共有4个桥孔，每孔距离约6米。桥面由12块大石条铺成，这些大石条之间用大小不一的石块镶嵌，使桥身坚固耐用，桥面宽敞平坦。桥栏上雕刻着精美的图案和文字，展现了方应发的才华和智慧。桥头还设有两对古朴的石狮，增添了古桥的历史韵味。

这座桥的建成不仅方便了行旅的通行，也成为了当地的一道亮丽风景线。人们纷纷前来参观和欣赏这座桥，赞叹着方应发的功绩和才华。他们感叹于方应发的毅力和决心，也对他充满了敬意和感激之情。为了纪念他的功绩，人们不仅将这座桥命名为"尚书桥"，沿用至今，而且也把赤石溪也称之为尚书桥溪，连村名也改为尚书桥村，显示了村民对古桥保护的重视和对名人的尊重。

桥建成后，方应发并没有停止他的善举。他在桥东岸植上榕树数株，供人乘凉，并挖了一口泉眼，供行人歇息解渴。同时，他时常在桥上散步，欣赏着美丽的景色，思考着人生的意义。他深知自己之所以能够取得今天的成就，离不开吴妈的保佑和百姓的支持。因此，他时刻保持着谦逊和感恩的心态，努力为百姓谋福利、为社会做贡献。他的事迹也被后人传颂，成为了一段佳话。

岁月如梭，转眼间一千多年过去了。方应发的事迹和功绩永远地留在了人们的心中。每当人们经过尚书桥时，都会想起这位曾经为百姓造福的礼部尚书和他得到吴妈托梦造桥的神奇故事。这使尚书桥的村民热爱家乡的同时，越发钦敬和信仰健康女神吴妈。

第八节　浮像渡劫

丁酉水灾世罕见，庶民逃难渡船欠。

山洪漫卷丧身家，引渡脱险神像现。

本诗题意为吴圣天妃在原常太里下斜救难民成功脱离洪灾的故事。现在的下斜松峰宫已迁建于城厢区龙桥街道北磨社区的天马山腰，取道北磨红绿灯往谊来别墅山庄左拐约三百米处，紧邻的还有斗山书院和隆兴社三个殿宇，共用一个大埕，宫宇右侧是新建的大戏台。俯瞰市区美景，尽收眼底。

据载，该宫原处于常太里下斜村内，因二十世纪五十年代末，政府在建设东圳水库时，一场突如其来的山洪使东圳坝头围堰泄洪不及，而处于库区内的下斜村民还来不及迁移外地，随着山洪水位越抬越高，有的村民马上撤到山地高处避洪，有些村民则渡上一艘小木船以期平安撤到坝外的北磨安置的新居所。

然而，随着上游水量的不断下泄，初建的拦河坝围堰泄洪不畅，库内淹没区洪水如猛兽一般吞噬农田、村庄、山林……有些乡亲舍不得家里的家物，尽可能多地往一艘小木船上装，而忘了请村头吴妈宫里的诸神像随行。当超重的小木船载着数十个逃难的村民在洪水中漂流时，不断有翻滚的巨浪无休止地漫卷过来，超重的船舷离水面不到两寸，并不断被水浪拍打得左右翻摇着，随时都有可能船翻人沉而葬身水底……

紧急关头，平时是吴圣天妃虔诚弟子的李步水跪在船头，朝着兴角山吴圣天妃升天的方向，双手合一，口念着："吴妈保佑，吴妈保佑，一定要护送我们全船弟子平安脱险……"

就在李步水默念着求吴圣天妃庇护中，供奉于村头天妃宫内的那尊樟木雕塑成的吴圣天妃神像浮在了小木船前方。村民们就像看到了一棵救命草一样，一时顾不上巨浪的凶险，都往神像前靠。尽管村民们用尽九牛二虎的力气，小木船始终离神像有一丈之遥，并不时地随着漩涡在洪水上卷来漂去，好像吴妈像在故意跟临难的村民们"捉迷藏"似的，急着惊慌失措的小木船上的善男们拚命追着神像、信女不断地祈祷吴妈救难逃险。此时的李步水还是口里念着吴妈的薅语。刚才还在船上慌里慌张的人们，此时大家的希望此时已全部寄托在吴妈身上，秩序倒是出奇的井然。

一段时间过后，神像终于漂到水流较为缓和的离岸不远处，使船上逃难村民脱离了危险。此时，李步水马上跳进水中捧起吴妈神像，大呼吴妈显灵带着村民们避过凶险的漩涡而使全船人平安逃过一劫，并发誓要带着吴妈的金身随着全村人安居地方："如果移居他处村民们有房住，也决不让吴妈被雨淋。"

脱险后的李步水及村民们果然不食言。因当时社会环境原因，他们把这尊带领乡亲们避过一劫的神像暂时安放在莆田二十四景之一的石室岩寺庙的暗处，以期有朝一日民间信仰恢复时，另择地立庙奉祀吴妈，村民们因受惠于吴妈的恩泽，也将这个秘密保守二十多年。

其中还另一个小插曲故事仍能说明吴圣天妃的神威显赫。

那是"文革"中的一年，村里为了"破四旧"，上面下令每个村干部必须到寺庙里毁灭一尊神像，方显个人"破四旧"的决心和意志。当一名干部举着铁棍重重地敲击着藏放在吴圣天妃神像的神龛时，自己的胸部被铁反弹受伤倒地，一时不省人事，几位干部被眼前的情景惊呆了，再也不敢造次，便不了了之地扶起那位受伤的干部下去复命去了。

尽管"破四旧"阴霾还未散去，但以李步水为首的受过吴妈福祉的下斜村民们没有忘却吴圣天妃的救民之恩。处处着想为女神立庙安身之事，同时，他也因虔诚而被村民们一致推举为生产队长，使他心中的时刻牢记着当初的誓言。经过商议，于二十世纪七十年代末，在通往天马山麓的路边建一座庙宇，对外美其名曰："避雨亭"，实际上是村民们心照不宣的"吴妈庙"。每当正月元宵或农历七月十五，虔诚的村民们都不约而同地来到这里祭祀吴妈，所以这里成了村民们心中的一块圣地！

改革开放春风吹拂着神州大地后，随着民间信仰文化的复兴，像李步水一样虔诚的村民们朝觐吴妈再也不要偷偷摸摸了。常受吴圣天妃庇佑的村民们自发捐款献力在吴妈庙旧址上，按下斜松峰宫的格式，重新建立起来，使虔诚的善男信女们朝觐祭祀吴圣天妃正式有个落脚的地方。

该宫一直沿用至上世纪末，由于上山新修一条盘山公路，加上部分村民下迁到城里居住，经村民商讨在离城区相对近的公路边另择地重建了新的吴妈宫。同时建设的还有斗山书院和隆兴社依次排开。宫殿为一进的歇山式砖混土木结构，前面为三个殿宇共用的水泥埕，吴妈宫右侧为戏台，逢庙会，这里人山人海，鞭炮齐鸣，成了欢乐的海洋，是居于闹市中研究民俗活动的重要场所。

第九节　渔沧桥成

如今，一些从常太库区移居到各地的人家，会在自家客厅的电视背景墙中嵌入一面山水画。画面中是淹没区下的村庄老照片，只见双溪汇流，一桥飞架两岸，树木掩映下的田园村庄，云蒸霞蔚，炊烟袅袅……这是一幅承载着乡愁记忆的照片，也是一段传承中华传统美德的建桥故事。

这个故事，还与吴妈扬善惩恶有关。

渔沧溪位于常太枫叶塘下的河谷中，由延寿溪上游的东青溪和菖溪汇聚合流于此，水面宽阔，河床平缓。兴化古驿道贯穿而过，通往山里的兴化、永泰、尤溪等县，因此这里自宋代以后形成街市，远近闻名。

溪上原本架着一座桥，桥长36丈，为石料建构，如彩虹飞跨，壮观无比。但这座桥在明万历十七年（1589）的一次山洪中被冲毁了桥面。为了方便通行，人们便在仅存的桥墩上铺架了一道窄窄的桥板，仅容一个人踩着木板心惊胆战地过桥。

需求催生了市场，当地有个头脑灵活的人叫郑廷魁，他意识到在桥下摆渡是个赚钱的好营生，便打造了一条船在河面上靠撑渡赚钱，日子倒也过得滋润快活。

然而，郑廷魁终究是个见钱眼开的吝啬人。遇到村中吴妈宫出游交"应摊份子钱"，他从不肯出一分钱，更别提参与乡里铺桥修路的公益事了。在他摆渡赚到一些钱后，心里便想着索取利益最大化。就拿摆渡这件事来说，为了让自己每天多摆渡几个来回，他竟在某个风高月黑的晚上，偷偷地拆毁了桥墩上的木板，还把自家的一头牛牵来拴在桥头吃草，目的是不让那些舍不得花钱的穷人过桥，而任由他漫天要价摆渡到对岸。

这一天傍晚，山里有个家境贫寒的书生，挑着一担篾货急匆匆地要赶往城里售卖，以期给家里的老母亲抓药。当他望桥兴叹地与郑廷魁好说歹说，可对方就是一副"有钱摆渡，没钱甭说"的样子。急得书生蹲在桥头哀号不止，引起路人的唏嘘不已。

这时，有个叫陈阿旺的老人，素来是吴妈虔诚的信仰者，慈悲为怀，公益之心炽盛。他见此情景，恻隐之心顿起，便婉言规劝郑廷魁看在乡亲面上，免费帮书生摆渡一回。

同样遭到郑廷魁拒绝后，陈阿旺不顾自己年事已高，便随手在桥头折了三根芒萁当香插在地上，拉着书生朝吴妈宫拜了三拜，一起祈福吴妈保护两人涉溪平安。之后，老人从篱笆上拆下一根木棍作为手杖，并叫书生一手扶着担子挑稳，一手紧紧抓住自己的肩膀。两人相互搀扶着一起趟水过溪。

当他们踏入湍急的溪水中，书生脚下一滑，差点被水冲倒。幸好老人经验丰富，一手紧握着手杖拼力地抵近石缝，两脚立于稳固的溪石上，并用力拽住书生的肩膀，然后侧身抵足向前探步，险中取巧，最后把书生平安地送上对岸，使他得以顺利去城里。

当天夜里，陈阿旺做了一个梦：他前往宫里焚香祈福时，吴妈突然出现在他眼前，告诉他要捐资带头修桥，必会福荫子孙后代。醒来后，吴妈的话深深地烙印在陈阿旺的心里。在当年七月十五的吴妈诞辰日，四面八方的信众云集渔沧宫朝圣，陈阿旺向邻里乡亲倡议重修渔沧桥，立即得到了众人的响应。

可郑廷魁看到倡议书后，当着陈阿旺的面反唇相讥："村里的富翁都不敢夸此海口！你一个穷老头要是能把桥修成，我郑某人愿意当桥头鬼！"

陈阿旺并未因他的反对而改变主意，而是捐出全部家资进行修桥，极大地鼓舞了四乡八邻捐款献物。

然而，造桥毕竟是一项浩大的工程，工程进行到一半时，因经费不足而被迫停工，这更激起了郑廷魁的嘲笑。他甚至有些幸灾乐祸地说："陈阿旺那个穷老头以为自己有多大的本事，能一呼百应建渔沧桥。这回可好了，桥修不成了，今后大家还是要坐我的船过岸！"

转眼间三年过去了。再说，那名书生虽然家道贫寒，却写得一手锦绣文章，后来被聘为兴化县当师爷。有一次，林龙江到山里弘扬三教教义时，书生得知他是位大慈善家，便劝他资助陈阿旺修桥之事。

林龙江深受陈阿旺变卖家产修桥的义举感动，便命门徒黄启宪捐百金继续监督建造，使修桥工程得以复工。

不到半年时间，渔沧桥在众人的努力下终于修通了。

新桥竣工前一天晚上，又妒又恨的郑廷魁趁着风高夜黑之际，一个人拿着铁棍悄悄地爬上桥墩想要捣毁桥墩破坏桥梁。谁知不小心，他一脚踩空而掉下桥，被湍急的溪水冲走，连尸体都没能找到。众人都说他是被吴妈的惩罚，也应了之前自己要当守桥鬼的谶语！

看到渔沧桥巍然屹立于溪面上，便捷行旅，造福乡民，众人称颂不已。

新桥通行日，在一番谦让之下，大善人陈阿旺、书生、林龙江和黄启宪被邀请抬着吴妈轿首行通过桥面开路保平安。后来，众人皆有成就，特别是大善人陈阿旺，好人有好报，不但得到吴妈的庇佑，身体健康，无疾而终，而且子孙昌盛，人才辈出。而渔沧桥也于1959年修建东圳水库后，他的子孙迁徙到各地，皆发扬家风，秉承祖德，也在安居之处另建吴妈宫，祈保平安，事业腾达。

第十节　神赐天马

在古老的兴化大地上，健康女神吴妈因兴水利、治瘟疫而成就了南北洋成"鱼米之乡"，她的功德被百姓所颂扬着，也成为海峡三大女神之一。至今，在莆仙各地流传着吴妈的传奇故事。其中有个故事发生在风景秀丽的兴泰里石门峡谷，那里山高林密，溪水潺潺，云雾缭绕，仿佛人间仙境。

石门溪源于兴角山山脉东北侧的后坑里，沿溪流域生长着无数奇花异草，都成了健康女神——吴妈治病入药的仙草丹药。为了方便翻山越岭，吴妈从东海龙王那里要来一匹神骏的小龙马，她时常骑着它在山间如履平地地采草药。

这匹小龙马与吴妈相依为命，它通人性，知恩图报。一天，吴妈与小龙马来到石门峡谷中采青草药时，突然遭遇了一场突如其来的泥石流。吴妈和小龙马被困在了峡谷的悬崖边。面对绝境，小龙马毫不犹豫地驮起吴妈，试图在泥石流中寻找一线生机。

然而，泥石流肆虐，山路崎岖，小龙马在负重前行的过程中，不慎踩空，与吴妈一同坠入了万丈深渊。在生死关头，小龙马拼尽最后一丝力气，奋力地用两只前蹄猛跃到一块石头上，将背上的吴妈甩上山岸上，而自己却沉入了深不见底的溪谷中潭底。

吴妈眼睁睁地看着小龙马沉入潭底，心如刀绞。她深知小龙马是为了救自己而牺牲了它的生命。悲痛欲绝中，吴妈想到办法让小龙马重获新生——即令小龙马找"替身"投胎。

雨过天晴，吴妈备好祭品来到石门峡谷，经过一番祭祀后，她告诉灵魂被禁锢在峡谷中的小龙马，让他找一个命里"劫数难逃"的人作替死鬼，它才能得以脱身转世，或投胎变成人，将来做一番更大的事业。

然而，寻找"替身"的过程并不顺利。石门溪中生灵众多，但真正符合"替身"条件的却寥寥无几。不久，小龙马就有了这样的机会。由于天气热，一群孩子在石马峡谷中的龙潭玩水，其他孩子都不敢往深水区去，只有一个孩子胆大，别人都叫他胡大胆。

于是这群孩子都起哄着让胡大胆去潭中游一圈，并说如果他去了潭中，他们都认他为老大。胡大胆想也没想就扑进了潭中。

胡大胆在水中游了一圈后，腿脚就开始抽筋，扑腾几下，又呛了好几口溪水，身体也开始下沉。

此时岸边的孩子感到了不对劲，想去施救，可水性都不行，于是就跑回村去找大人了。

但龙潭离村子好几里路，大人前来施救，显然是来不及了。

正在危急之际，小龙马看见了正在水中挣扎的小孩，动了恻隐之心，便没有去压制那小孩呛水，反而将他送上了岸。

那群小孩喊来胡大胆的父母，他们看见儿子安然无恙上了岸，喜极而泣。胡大胆对父母道："我本来在水中快被呛死时，突然感觉有人托起我，将我送上了岸，说是吴妈娘娘派他来救我的。"

胡大胆的父母一听，拉着胡大胆就跪下了，面对着石门溪上游的兴角山方向磕了三个头，拜了拜。

吴妈受拜后，来到石门峡谷招魂小龙马，不解地问："你不急着找替死鬼投胎吗？为何还要救一个'命硬'的人？"

"我看小孩也不大，要是他家父母看着他溺亡该有多伤心。我已经死了，投胎也不急于这一时半刻。还是救人要紧，这也是您一向教导我这样做的。"

吴妈不再说话了，她知道小龙马很善良，应该早日助其投胎人世，造化苍生。

这天黄昏，气温骤降，人们收拾完家务，早早准备休息。一女子抱着一个咳嗽不止的婴儿行色匆匆地来到龟岭，眼看天色已晚，便想找了一户人家投宿。但人们都以怕孩子病危而拒绝。

"这位兴化大哥求求你了，我们是从广业里夹漈山来的，我的孩子得病有半个月了，要去找吴妈诊病求药。眼看马上天黑了，我母子再去兴角山还有十来里山路，路上又没村没店的，实在太危险了。只要您家腾个地方让我母子俩有个安身之地，住宿的钱我一分不会少，求求你了。"

这户主人听到对方一席话，便心软地答应下来。很快就在柴房挪出一块空地来，铺上稻草席，拿着一把干篾条点上明火，千叮咛万嘱咐客人一定要小心防火。

那母亲千恩万谢之后，关上柴门。由于整日赶路，使她过度劳累，安顿好孩子后，竟也忘了熄灭篾条火，就沉沉地睡去……

半夜突发的火灾打破了寂静。母子俩惊恐万分，被浓烟困在柴房一角。正当绝望之际，小龙马在火光中现身。它眼中闪过一丝恻隐，吐水浇火，并不顾自身安危地冲入火海，将母子俩护在怀中，冲出火海。母子俩得救，小龙马将两根青草放入母亲的背袋里，自己则隐入夜色中。

待众人赶来救火时，那位火海中脱险的母亲伫立在被烧掉大半的旧屋前，余惊未了地向主人说出自己脱险的经过，并掏出一袋银钱要作为赔偿。同时，从口袋里带出两根青草，分别是三叶松和蒲公英。

主人拒绝了那位母亲的银钱，却从地上捡起两根新鲜的青草，感慨地说："这不是吴妈的三叶松吗？还有蒲公英就是'吴妈方'里治百日咳的好药嘛？！我就知道你们能从火海中逃生，必得仙人求助，后福多多，孩子日后必然前程无量。"

大家一听，纷纷说道："都说海上妈祖护佑船只平安，山里有吴妈保佑大家健康，吴妈真的太神灵了！"于是，大家四散回去设坛焚香，叩谢吴妈保神恩。

吴妈被进香请到龟岭，她又召来小龙马，不解地问："我说小龙马呀，你吐水救众人是好事，但怎么拿我的三叶松和一味草药给你的'替身'治病呢？"

"我看那房子户户紧挨，如不及时吐水浇火，会祸及全村。"小龙马有气无力的样子，又低声说，"至于送草药给那对母子，是龟岭附近就地摘来，并非您丹房中所取。"

"嗯……你的心太善良了，不仅救人，还替全村人考虑的那么周到。"吴妈停顿了一下，又郑重地警告说，"记住，凡事不过三。接下来还有一个机会，如果你再有妇人之仁而不果断找到'替身'，你将永世无法转世！切记，切记！"

"谢吴妈隆恩。小龙谨记在心。"

这年春旱至夏百余日，石门溪干涸，水田龟裂，禾苗枯萎，民众夜以继日守望着山泉浇地，岛头梯田上游还有一线山泉，时常为引向何方而矛盾不断。有一日，同时拥有泉眼吃水的三个姓氏村落将矛盾扩大化，而引发了械斗。

正在三姓村连妇孺老幼都加入战团中时，小龙马看到村民打斗难解难分，不时有大规模流血死亡的事发生，一时心又软了，早把吴妈的忠告抛到九霄云外，便毫不犹豫地降下云端，一把将自己苦苦找到的替身——一名孕妇拉远后，数次发威起力，最后大吼一声，一股力大无穷的黑气流，立即将参加械斗的人震倒，使大家头脑立即冷静下来，又在伸手不见五指的黑暗中，众人以为械斗惊动了神仙，便在乡老的劝和下，丢械罢斗，握手言和。

无巧不成书。正当小龙马拼尽最后一点气力吐黑烟格斗时，云游归来兴角山的吴妈看到这团黑烟升腾而起，便知道是小龙马出事了。她便腾云驾雾赶来，马上掏出一粒丹放在小龙马口中，再从药葫芦中倒出一杯水给他吞服而下。

一会儿，小龙马缓缓醒来，欲张嘴致谢，却被吴妈制止了。

　　吴妈爱怜地说："你经过这事，再也无法投胎转世为人，这是天意！我这就上天向玉皇大帝奏明你的德行，一定要推举曾在海里为龙的你，到山里为天马，镇定这方平安，造福百姓。"

　　小龙马感激地点了点头。

　　吴妈又说："你既无法转世，就再运功一次为百姓降水，我也呼来雷公电母一起来助力吧！"

　　果然，吴妈带着小龙马升云驾至鸭绿山麓，与匆匆赶来的雷公电母一起作法，随着一阵电闪雷鸣之后，兴化大地下了一场透雨，像甘霖一样流进每一畦田地中，流进了人们的心坎上。

　　后来，玉帝得知小龙马的事迹后，颇受感动，便传小龙马上了天庭，接了封赏。玉帝也准了吴天妃所奏，封小龙马为"慈感神威天马"，永镇莆仙界山之上，守护一方百姓。

　　从此以后，石门峡谷中多出了一座巍峨壮丽的山峰——那就是人们口中的天马山！山下的村庄，因此得名天马村。而吴妈留下的青草药方代代福祉百姓，被誉为"健康女神"。当地因吴妈中医药材种植而名扬四海，衍生了"吴妈药膳"饮食文化，影响了当地成为"长寿之乡"！

第十一节　祥应白杜

吴媛兴水利农泽溪白

在美丽的莆田北洋大地上，流传着一段关于吴媛的神奇故事。她不仅是一位利水兴农的智者，更是悬壶济世、慈感祥应的仙者。这段故事，如同一条蜿蜒的河流，穿越了时间的洪流，滋养了莆田北洋一方水土，也温暖了无数人的心房。

故事发生在风景秀丽的九华山下、延寿溪畔的溪白境一带。这里山川秀美，在古代却也时常受到洪灾水患之苦。相传，唐代以来，延寿溪绕过九华山陈岩一带，洪水频发，民不聊生。为了解除百姓的疾苦，定居于华岩延馆教学的吴兴挺身而出，立志修筑延寿陂以治水患。他日夜辛劳，耗尽心血，一次次筑起的堤坝，却被蛟龙一次次地摧毁。最后一次，吴兴在与蛟龙的恶斗中，将蛟龙被斩于龙桥下，自己却与蛟龙一起被滚滚波涛吞噬，其失踪的地方称之为吴公潭，而血流成河的下游也称之为赤溪；吴兴斩蛟的宝刀流至吴江村，亦称为吴刀；吴兴在生命垂危之际勉强挣扎上岸走了七步，至今那个村仍称为七步村；而蛟龙的龙首流至梧塘（古称吴塘）的一个地方，便谓之漏头……一个个耳熟能详的村名，诉说着延寿溪畔一段治水的往事，也反映了当地农民彻底根除水患的心愿。

吴兴在莆田治水有功，升天后不久，被封为义勇普济侯。他的遗志也由吴氏另一位杰出的女性——吴媛来继承。

吴媛，一位自江浙入闽并经尤溪南下定居于兴角山的女子，史称"东瓯女神"，又因一生悬壶济世，百姓都尊其为"健康女神"。于是，她毅然决然从兴角山赶来，带着对吴兴的思念与对这片沃土的深情热爱，带领乡亲们继续未竟的事业。

吴媛不仅精通水利，更有着非凡的智慧与坚韧不拔的意志。她不仅修复了陂堤，使之更加牢固，还亲自勘察地形，在上游泗华重新筑陂，并主持开挖了七十二条灌溉沟渠，如同地上水库，形成了较为完善的灌溉系统，为北洋平原的农田提供了稳定的水源。

为了进一步巩固北洋发达的水系，吴媛还在古驿道至黄岐埔东南侧的两座小山丘之间，发动群众将两山之间的淤泥挖起筑堤，形成巨大的水域面积以调节水源，旱时开塘放水灌溉，涝时吸水疏流，缓解下游的洪涝压力，使得北洋从一片泽国变成了鱼米之乡，极大地促进了当地农业的发展，提升了环境美化水平，也引来一群群白鹭来到龟湖山上栖身安居。

据说，吴媛在西侧那座稍微高大的山脚下清淤时，先挖出一只巨大的乌龟。这乌龟身披翠绿甲胄，眼含沧桑智慧，对水域的每一个细微变化都了如指掌。不久，又陆续挖出六只小乌龟和七口泉眼，涓涓细流，汇聚于湖中，蓄水丰沛，湖天一色。

吴媛在此地为"七星坠地"风水宝穴，并视乌龟为灵性动物，便称之塘为龟湖，西侧山便叫龟湖山，并令原先挖到的那只大乌龟掌管该片水域。这座龟湖在忠于职守的乌龟掌管下，湖中水草丰茂，鱼虾成群；湖山林木葱茏，鸟语花香，是百姓理想的安居乐业之所。

其中，原来居住在县城方巷的方姓人家，率先来到城郊龟湖山一带开垦种植，安居乐业，并与附近原住民共奉吴妈于黄岐埔路口宫中，初一、十五前往祭拜祈福，成为一道独特的民俗习惯。

再说，那只大乌龟得到吴媛的加持后，忠于职守。白天巡塘之余，它时常会在午后的暖阳下爬上岸，与附近的一只白兔结缘。因常在同一山坡上晒太阳，它们的友谊成为了塘边一道温馨的风景线。每当夕阳西下，乌龟便会缓缓爬上山坡，等待白兔的到来。两者相视一笑，仿佛能读懂彼此的心声，共同发愿为吴媛守护水塘一带百姓的平安。

有一日，吴媛外出云游，留下乌龟独自守候。天空突然乌云密布，电闪雷鸣，一道闪电不偏不倚地击中了乌龟所在的那块石头，乌龟瞬间被电击，化作了一块山石，永远留在了它挚爱的土地上。

吴嫒在云游中，心有所感，预感不祥。她心急如焚，立即驾云返回，但当她降落在水塘边的杜松树林时，只见乌龟已化为石像，静静地躺在那里。

　　吴嫒悲痛欲绝，但她深知，泪水无法挽回逝去的生命，唯有用行动来纪念乌龟的忠诚与勇敢。于是，她从随身携带的药葫芦中倾倒出几粒神奇的药丸，这些药丸在空中化作一群洁白的蝴蝶，围绕着水塘翩翩起舞，仿佛在为乌龟的灵魂送行，也似乎在守护着这片土地。

　　从此，这个龟湖更加神秘而美丽，那群翻飞的蝴蝶成为了九华山下的奇景。人们说，那是吴嫒对乌龟的挚爱，也是对这片土地永恒的守护。而杜塘之水，也似乎因此变得更加清澈甘甜，滋养了一代又一代的溪白人。

　　吴嫒并未因失去乌龟而止步不前。她深知，作为一位神仙，她的使命是守护这片土地上的每一个生灵。于是，她上天找到了玉帝，为雷公的无情之举据理力争。玉帝了解了吴嫒在人间所为，为她的真诚与执着所感动，特准她有权调遣雷公、电母、雨神，共同掌管人间的雨季旱象。

　　从此以后，每当人间遭遇干旱或洪涝灾害，人们只需向她祈愿，便能得到及时的甘霖或缓解的洪水。吴嫒的灵验，在民间广为流传，成为了人们心中不可磨灭的信仰。随着时间的推移，以及对女神信仰的日益加深，人们亲切地称吴媛为吴妈，并在龟湖山西侧古驿道口黄岐埔建路口宫奉祀之，享四季香火和春秋二祭。吴妈在黄岐埔驻灵分神更加显赫，信仰区越扩越大，信众越来越多，连城里人都来黄岐埔朝圣吴妈。其中，居于莆田县城刺桐巷的杜塘方氏先祖，不久，也搬来黄岐埔附近择居繁衍，开枝散叶，沐浴吴妈神恩的庇护，扩塘兴水，致水利农，事业腾达。

一个风雨交加的夜里，位于黄岐埔的路口宫和大官庙墙体受损严重。其中，一阵狂风把大官庙中的香炉和茭杯吹到龟湖山西边的一棵大榕树下。

翌日，村民们寻到后，都认为是神灵有显选择了吉地。经过两村村民商定，大官庙由白杜村村民搬迁重建；路口宫归后卓村民搬回村头重建，但白杜村民把路口宫里奉祀的吴圣天妃分灵回村中，并重塑女神金身，一起于大官庙奉祀。白杜村村民就把大官庙改为祥应祖庙。

村头有了吴妈等诸神灵的庇佑，方家上下齐心协力，挥汗如雨，在龟湖山这片被梦境赋予神奇色彩的土地上，开启了他们勤劳与智慧的篇章。他们筑堤引水，灌溉良田，使得荒芜之地逐渐焕发生机；又广植树木，涵养水源，让这片区域成为了远近闻名的生态乐园。农业发达，方氏族人家道殷实，重视教书育人，传播知识之光，还积极参与地方建设，倡导教育兴农，鼓励邻里间互帮互助，共同致富。

果然，在方家人不懈的努力与智慧的耕耘下，龟湖山周边逐渐展现出勃勃生机，一派繁荣兴旺之景。农田肥沃，作物丰收；商贾云集，文化繁荣；邻里和谐，共谋发展。方家的故事，如同那龟湖山的绿水青山一般，成为了流传千古的佳话，激励着后人秉持善念，勇往直前，共创美好未来。方家的子孙后代，承继了祖辈的善良与勤奋，在各自的领域内发光发热，正如吴妈梦境中所预示的那样，家族发达昌盛，成为了当地乃至更广泛区域的典范。

　　在龟湖山杜塘水的滋养和吴妈的庇护下，溪白人代代健康平安，逐渐繁荣昌盛起来。随着方家在溪白一带开发的逐渐深入，周边农田用水量日益增多，方氏族人不断拓宽龟湖水域面积，使岸边扩展到龟湖山下。水塘边逐渐长满了杜若花，花开时环塘洁白，人们便称这片偌大的水域为杜塘，让村人努力耕耘，发展农业，重视教育，并培养出了许多杰出的人才。方氏家族联甲联芳，单白杜境孝友社在宋明期间，就出了48名进士而名扬四海，成为了当地乃至全国闻名的望族。故而，至今九华山下流传一句民谚："先有吴妈筑龟湖，后来方氏开杜塘。"

　　岁月流转，吴妈的故事如同延寿溪之水，静静地流淌在莆田北洋人民的心间。吴妈利水兴农的壮举、悬壶济世的情怀以及赐福民生的恩德，被后人永远铭记，成为了一段不朽的传奇。后来，当企溪港口兴起时，为了纪念吴妈慈祥感应与福祉黎民的恩德，白杜村民会在龙舟之首刻上一只偌大的蝴蝶为号，寓意着健康女神吴妈威灵显赫，庇佑平安，保驾护航，也为霞美白杜扬名立威。由此，吴妈在信仰区中被人们尊为法力无边、无所不能的"乾坤圣母"，无论村里的祥应庙庙址如何变迁，溪白人永远信仰之，并将其文化发扬光大，福祉村民，代代繁荣昌盛。

第三章

·························· 威灵显赫

第一节　祈雨遂愿

　　在古老的兴化府，岁月悠长，山川秀美，然而天有不测风云，开禧元年（1205）之春，一场前所未有的干旱悄然侵袭，百日无雨，大地龟裂，河流枯竭。时至盛夏，庄稼成片枯萎，百姓苦不堪言，哀鸿遍野。

　　在人力已尽，回天无术之际，百姓自然而然地转向神灵，祈求祥瑞降临。城中庙宇香烟袅袅，祈雨之声此起彼伏，却似乎未能触动上苍的慈悲之心。此时，一神婆声称能代天传言，言明需郡守亲自前往莆兴两县交界的兴角仙山，向吴妈祈雨，方能解救旱灾，福泽百姓。

　　郡守贺次章，乃是一位以勤政爱民著称的官员，他虽坚信人定胜天，但对民间信仰的鬼神之说，始终抱有怀疑。然而，面对这场前所未有的旱灾，即便是他，也不得不重新审视自己的观念。

一日，郡城吴妈宫一位德高望重的老董事颤巍巍地跪在郡守府前，身后跟随着数百名衣衫褴褛、面带愁容的百姓，他们的眼中满是对生存的渴望。"大人啊，若再不前往兴角山求雨，我兴化府怕是要化为一片焦土了！"老董事声泪俱下，言辞恳切。

贺次章心中五味杂陈，他扶起老人，望着那些充满期待的眼神，终于下定了决心："为解民困，本官愿亲赴深山祈雨。"

兴角山，云雾缭绕，古木参天，是传说中吴妈显灵的圣地。然而，对于郡守贺次章而言，这不过是一个未经验证的民间传说。他此行，既是为了安抚民心，也是为了验证自己心中的疑惑。

一行人沿着蜿蜒的山路，历经半日跋涉，终于抵达兴角山之巅的吴妈庙前。庙宇虽不宏大，却古朴庄严，香火虽不旺盛，却透着一股不可言喻的神圣气息。贺次章步入庙中，只见吴妈像慈眉善目，面带微笑，仿佛能洞察世间一切疾苦。在一片庄重的法事氛围中，他缓缓上前，三拜九叩，心中默念："若吴妈真有灵验，请赐甘霖以解我兴化府之困。贺次章愿以三日为限，若雨至，必令全郡官吏就近大祭于您，并奏请朝廷，褒封女神。"

三日之期，对贺次章而言，既是焦急的等待，也是心灵的煎熬。他每日除参与法事外，便是望着远方的天空，心中既有期盼也有不安。而古庙中的董事与百姓，则自发组织起来，日夜诵经祈福，整个兴角山仿佛都被一种虔诚而坚定的力量所笼罩。

随着贺次章及众百姓的诚心祈愿，庙内香火愈发旺盛，烟雾缭绕间，吴妈像似乎被一层淡淡的金光所笼罩，那光芒柔和而温暖，犹如初升的太阳，给予人们无限的希望与慰藉。

时光悄然流逝，一天过去了，天空依旧万里无云；两天过去了，大地万物似乎更加枯萎。到了第三天，夕阳斜挂西山，阳光依旧炽烈。随着贺次章许下的三日之限即将到来，庙内的空气仿佛凝固，所有人都屏息以待，期盼着奇迹的发生。

早已焦急不安的贺次章，望着天空毫无降雨的迹象，便吩咐随从准备趁天黑前下山回城，另寻调水抗旱之策。然而，却被吴妈庙中的董事们劝阻："长官，三日设限未到，不妨再多等片刻，或许转机就在此时。"

贺次章思量片刻，觉得有理，便继续参与各种朝圣法事。

人间官民祈雨心诚，天上吴妈亦在暗中施法。其实，吴妈早已洞察贺次章此次前来祈雨的决心，暗下决心要让他心服口服。在祈雨的庄严时刻，尽管吴妈身为神像静立于庙宇之中，但其神灵已飞天遁地，誓要以自己的法术为兴化府带来甘霖。

她腾云驾雾至天庭，手持令牌，调度雷公、电母、风神、水君降临兴化府降雨解旱。古人云："天上一时辰，人间已百年。"但在此刻，时间的流转似乎被吴妈的意志所左右。

当第三天夜幕低垂之际，兴角山上祈福坪上方，乌云悄然聚集，天空变得阴沉。吴妈身着古朴法袍，立于山巅的"接天楼"上，双眸紧闭，双手轻捻古朴玉诀，口中低吟着世代相传的祈雨咒语，低沉而神秘。

随着她的吟唱，风神收敛了风力，天地间只余下她清晰而坚定的声音在回荡。吴妈的身体微微颤抖，仿佛正与无形的力量进行着深刻的沟通。她的手指在空中划出一道道复杂的轨迹，绘制着天地间最古老的符文。

突然，天际闪过一抹刺眼的亮光，紧接着雷声轰隆而至，回应着吴妈的召唤。吴妈猛地睁开双眼，眼中闪烁着不容置疑的坚定与敬畏。她双手高举过头，大喝一声："雷公电母、水君听令，速降甘霖于闽中兴化，以解苍生之渴！"

话音未落，只见乌云之中电光如蛇游走，雷声轰鸣不绝。紧接着，豆大的雨点开始从天际倾泻而下，先是稀疏，而后愈发密集，最终化作了倾盆大雨，滋润着干涸已久的兴化大地。

吴妈的脸上露出了欣慰的笑容，她缓缓放下双手，闭目感受着雨水带来的清凉与生机。村民们也纷纷走出家门，仰望苍穹，感激之情溢于言表。

这场甘霖般的喜雨连绵下了一夜，彻底滋润了干涸的大地。百姓们欢呼雀跃，奔走相告，整个兴化府都沉浸在一片喜悦之中。贺次章站在雨中，任由雨水打湿衣襟，他的眼中闪烁着泪光，那是对自然的敬畏，也是对吴妈灵验的深深折服。

次日，正值六月初一，吴妈升天之日，雨过天晴。贺次章立即返回郡守府，号令全郡官吏率众就近到庙中祭祀吴妈。同时，他也着手准备奏章，将吴妈显灵护佑民生的事迹上报朝廷，请求褒封。至开禧三年（1207），朝廷加封吴妈为"灵顺昭应夫人"，并在兴角山上、山下同时扩建庙宇，以彰显其功德。

岁月流转，吴妈的传说如同那绵绵不绝的甘霖，滋养着一代又一代人的心田。而贺次章的名字，也因其勇于担当、心系百姓的精神，被永远镌刻在了《莆阳比事》《游洋志》《福建兴化县志》等历史典籍之中。

第二节　状元奇梦

在宋代那个文风鼎盛、才子辈出的年代，福建兴化县以其深厚的文化底蕴和钟灵毓秀的山水风光，孕育出了一位不凡的才子——萧国梁。他自幼聪颖过人，勤勉好学，心怀壮志，梦想有朝一日能金榜题名，光宗耀祖。而这一切，都与他与健康女神吴妈及仙梦洞的一段传奇经历紧密相连。

母体多病，虔诚感人

萧国梁传奇人生的序章中，有一段关于其母与吴妈不解之缘的温馨插曲。萧母自幼体弱多病，幸得同县兴角山吴妈灵符与三叶松药引子之助，回去服用后竟奇迹般地康复。自此，她对吴妈心怀无限感激与虔诚。为表敬意，萧母特在家中设立祭坛，每日供奉，香火不断，每逢初一、十五，更是以丰盛祭品，虔诚祈祷家人平安顺遂。

岁月流转，当萧母腹怀国梁之时，她更是行善积德。一日，萧母刚拜完吴妈，突然一只受伤的梅花鹿奔入家门，片刻后消失无踪。随后，一猎人持枪寻至，萧母谎称未见梅花鹿。猎人在屋内搜寻未果，悻悻离去。萧母在吴妈像前再拜，述说来龙去脉，以求心安。不料，那梅花鹿竟从供着吴妈佛龛下的香柜中钻出。萧母爱怜地为其疗伤，后放归山野。

转眼间，萧国梁周岁将至，依古兴化习俗举办"祝周"仪式。那日，细雨绵绵，当萧母满怀喜悦地将国梁置于"椅轿"准备抓周时，一只梅花鹿突然闯入，以角轻挑"椅轿"，疾驰向对面山丘。宾客惊愕之余，纷纷追出，未料此刻，萧家祖屋后山突发山体滑坡，房屋瞬间被泥石流掩埋。若非梅花鹿及时引领众人逃离，恐难逃此劫。事后，众人皆言此乃吴妈遣梅花鹿前来解救萧国梁及其家人，预示着萧国梁福泽深厚。萧家对这个儿子更加用心培养。

缘起馨山，梦启仙洞

宋哲宗年间，萧国梁为求学问之道，不远百里，慕名来到位于本县与莆田交界的馨山书院游学。馨山书院依山傍水，环境清幽，是无数读书人梦寐以求的求学圣地。书院藏书丰富，更有隐士高人在此讲学授业，使之成为培养国家栋梁的摇篮。

萧国梁入书院后，勤奋异常，日夜苦读，常至深夜仍不辍笔。一日，他听闻书院后山有一神秘洞穴——"仙梦洞"，相传此洞原为吴妈练功静修之地，吴妈升天后，人们常在此祈梦，且屡有应验。萧国梁心生向往，决定独自登山探秘。

山风摇曳，树影婆娑。萧国梁手持清香、贡银、火烛及吴妈经书，踏着崎岖山石，一步步向山顶进发。历经艰难跋涉，他终于抵达仙梦洞口。洞口藤蔓遮掩，仅容一人侧身而入。萧国梁深吸一口气，鼓起勇气，踏入了这个神秘的世界。

洞内幽深莫测，空气异常清新，仿佛能洗净人间一切尘埃。石壁上荧光闪烁，犹如无数星辰镶嵌其中。萧国梁虔诚拜过吴妈后，静坐在青石上养神。突然，一阵悠扬的乐声传来，伴随着淡淡的香气，令人心旷神怡。循声望去，只见一位身着古朴衣裳的女子端坐于石台之上，周围彩凤环绕，翩翩起舞，美不胜收。

这女子，正是广受敬仰的女神——吴妈。她虽为神祇，却常以凡人之姿，暗中庇护这片土地上的生灵。萧国梁见状，连忙上前行礼，恭敬地述说了自己的来意与求学之志。

骑凤北飞，金榜题名

吴妈缓缓地睁开眼，目光温和而深邃，她微笑着对萧国梁说："少年有志，难能可贵。我观你心性纯良，勤勉好学，又有虔诚善良的家风，今赠你一场仙境之旅，望你能够领会并珍惜。"

言罢，只见吴妈轻挥衣袖，一只彩凤翩然而至，落在萧国梁面前，俯首以待。萧国梁心中既惊又喜，在吴妈的指引下，他跨上彩凤，随之一同腾空而起，穿云越树，向北飞去。他仿佛置身于九天之上，俯瞰大地，山川河流、城市乡村尽收眼底。更有无数先贤智者，在云端之上向他传授学问，指点迷津。

当萧国梁从梦中醒来，已是次日清晨，他发现自己仍躺在仙梦洞内，但心中却充满了前所未有的明悟与自信。他深信，这场吴妈赐予的梦境定能助他金榜题名。

果然，第二年春闱，萧国梁凭借过人的才华与不懈的努力，终于摘得榜眼桂冠，也算名噪四方，乡野闻名。当萧母闻讯再次来到吴妈像前烧香谢恩时，也将此喜讯一并告慰。

然而，吴妈得知后却略感不遂。她查明原因，发现该科状元赵汝愚乃皇族，按制度应回避。于是，吴妈托梦于皇帝，并告知此事。皇帝在梦中得到女神的启示，醒来后回想起萧国梁在殿试时的佳句"名传玉陛星辰晓，泽沛金芝雨露春"，甚为欣悦，便顺水推舟地将原本第二名的萧国梁擢升为状元。萧国梁在谢恩奏章中巧妙用典，以汉初韩信功高屈次、萧何擢居首功的典故自喻，表明自己虽为榜眼，但实至名归，最终一举夺魁，成为兴化县历史上第一位状元，实现了儿时的梦想，光宗耀祖，令人钦敬。

重游仙梦，再得启示

及第之后，萧国梁被朝廷委以重任，但他始终不忘初心，时常怀念在仙梦洞中的奇遇。于是，在一个风和日丽的日子，他再次来到馨山书院，重游仙梦洞，希望能再次得到吴妈的指点。

这次，他没有像上次那样直接入睡，而是在洞口静静地等待着。夜幕降临，月华如练，萧国梁仿佛听到了吴妈轻柔的呼唤，他缓缓步入洞中，再次见到了那位慈祥的女神。

吴妈侧卧于石台之上，面带微笑，仿佛早已预知他的到来。她轻轻抬手，示意萧国梁坐下，然后缓缓说道："你已成国家栋梁，我甚感欣慰。但人生路长，万不可懈怠。今日，我再赠你一场梦境，望你能悟出长寿之道。"

言罢，萧国梁再次进入梦乡。这次，他梦见自己漫步在一片仙境之中，周围是郁郁葱葱的树木、清澈的溪流，还有各式各样的奇花异草。他遇见了一位白发苍苍的老者，老者告诉他，长寿之道在于修身养性、顺应自然、保持内心的平和与宁静。

醒来后，萧国梁深感启发。他意识到，真正的长寿不仅仅是身体的康健，更是心灵的富足与超脱。从此，他更加注重修养身心，勤政爱民，赢得了百姓的尊敬与爱戴。

萧家世代善良待人、诗书传家，好人终得好报。至于萧国梁最后一次找吴妈祈梦的结果，关于他的长寿几何，史书上并无明确记载。有人说，他自那次梦境后静心修养，注重药膳同食，活了一百多岁，甚至也成了神仙，但这都只是传说。不过，他生平所行皆是善事，著有文集十一种流传于世，虽已散佚，但他的事迹仍被后人铭记。逝世后，他被祀于乡贤祠。在漳州市区新华东路教子桥，有一座具有800年历史的古墓，墓碑上横书"漳潮萧氏祖坟"六个大字，这正是宋孝宗乾道二年（1166）丙戌科状元萧国梁的墓地，《漳州府志》称之为"萧状元墓"。

第三节　金伞福地

一说起莆田市笏石大丘埔，众所周知是一个小山丘，虽然山不高，却雄起于当地，可谓山高林密，景致风雅，十分有名，可谓风水宝地。而人口密集的当地，这里却一直人烟稀少，村民没有在此聚族而居。其中与一个神奇传说有关。

有一天，沿海一个林姓渔民挑海货要到城里贩卖，行经大丘埔时，便放下担子在一棵大树下歇息，不知不觉中睡着了。

"咦——，外面的雨下得密不透风，那个小山包的土地还是白的，这是不是传说中的乾坤圣母'金伞地'风水宝穴啊？"说完，众人也顾不及大雨淋身，便都跪下朝那块地跪拜祈福一番。

正在梦中的这个渔民，被一阵喧嚷的声音吵醒了，发现周围情况，又回忆刚才梦中情景：一位自称为健康女神吴妈驾临面前，指点自己冒犯坐了她的金砖上睡觉。但念及同姓分支的情分，不会责怪，但须率众建一座宫庙，并照顾四季香火，让宫内诸神明保护乡民。

这位林姓渔民回想梦境，又看看眼前情景，心中大惊，马上来到众人面前，告知刚才梦象。可是，当他一走出"金伞地"，马上被雨淋了一身，众人皆呼神奇。但他顾不上这些，将梦里吴妈女神嘱咐的事一五一十说了，众人都称是"吴妈显灵"。

于是，这些来自五湖四海的过客马上请林姓渔民带头建宫庙，以福佑商旅平民。但建宫经费需要不菲数额，即使在场人员捐款献资，也只是杯水车薪。其中，有一个灵感的人马上指出，吴妈女神既然责怪他坐了金砖，说不定那块石头下面真有宝藏呢？

众人经这提醒，就动手开始刨地寻宝，不一会儿，果然从树根下刨开一缸金银宝。这下更坚定了众人对健康女神吴妈的信仰，便再次地跪拜下来，表示全心全意为建宫立庙尽犬马之劳，以福荫子孙后代。

不径而走的奇闻经传播，八方信众都来支援。不久，一座宏伟壮观、古色古香的妈祖宫便在大丘埔建立起来。林姓渔民也不食言地从沿海渔村举家迁到大丘埔附近安家居住，每天早晚前来庙里诵早课、顾香火，并为前来求神问卜的人解卦释惑，无不灵验，大埔宫由此声名大振。

林姓渔民四季奉祀女神有功，一生积善行德，子孙繁衍众多，遂聚居成村落，后裔遍布闽中地区，这是后话。但一直谨记圣地不可侵犯的道理。

话说回来，大丘埔地处高，为笏石三关司马地的制高点，历来为兵家所重视。

第四节　鞭水兴农

莆仙平原，这片由南北洋与东西乡共同编织的沃土，河流交织，稻田广袤，自古以来便是远近闻名的鱼米之乡，位列福建四大平原之一。然而，有一年，天象突变，旱魃降临，数月间滴雨未降，大地龟裂，河流干涸，庄稼枯萎，百姓们生活在绝望的深渊，到处祈福降祥，解救水火。

在这大旱之年，烈日如火，烤焦了每一寸土地。就在这危难之际，天际突现异象，祥云缭绕，金光闪烁，一位身着素衣，手持青翠竹鞭的女子，如同仙子降临，缓缓步入这片焦土。她，便是来自天界的健康与慈感之神——吴妈。目睹了人间的苦难，吴妈心中涌起无尽的怜悯，她决定施展神力，为这片土地带来甘霖，解救万民于水火之中。

吴妈踏上了寻找水源的征途，最终来到了木兰溪的源头——仙游山。为解水荒，她驾云而至，欲取圣水以济苍生。然而，山巅之上，云雾虽浓，却难掩山神那贪婪的目光。见吴妈来意，山神冷笑连连，妄图将水据为己有，独享一方滋润。于是，一场天地间的斗法悄然展开。

山神怒目圆睁，挥动枯枝，顿时狂风大作，飞沙走石，直逼吴妈而来。面对贪婪成性的山神，吴妈并未退缩，她手中竹鞭轻摇，化作道道翠绿光影，将狂风一一化解。竹鞭所过之处，草木复苏，绿意盎然，细泉鸣涧，与周遭的荒芜景象形成了鲜明对比。

见风术无效，山神更加愤怒，口吐火焰，欲以烈焰焚尽吴妈。火光冲天，映照天际，但吴妈身形一闪，已至山神背后，竹鞭挥出，如龙入水，直击山神命门。山神痛呼一声，火焰顿熄，身形踉跄，再也无法抵挡吴妈的攻势。

正当此时，吴妈目光如炬，锁定了山涧深处的一汪清泉。她深知，唯有此泉方能解万民之困。于是，她站在桥头深吸一口仙气，体内灵力涌动，竹鞭猛然甩出，直击地面。只听"轰"的一声巨响，大地震颤，一道黄色金光闪过，山梁深处立即被鞭炸裂出一道深坑，清泉自坑中喷涌而出，宛如银河倒挂，气势磅礴。后来，人们将此处命名为"黄坑"，永载史册。

清泉汇入木兰溪，水流潺潺，迅速蔓延至东西乡，绕过三紫山下，滋润了南北洋的每一寸土地。干渴的土地得到了滋润，万物复苏，生机盎然。百姓们欢呼雀跃，感激吴妈之恩德。而山神见状，也知大势已去，只得悻悻离去，不再阻挠。

从此，木兰溪水源源不断，成为了这片土地的生命之源，不仅挽救了农田，更滋养了山林，万物生长，生机勃勃。木兰溪也因此被誉为兴化人民的"母亲河"。而吴妈用竹鞭甩裂坑泉的壮举，更是被后人传为佳话，永远铭记在心。

　　然而，好景不长，古兴化县山区雨季又带来了新的考验。又一年夏季，天际乌云密布，雷声轰鸣，暴雨如注，连绵不绝。昔日温婉的溪流瞬间化身为狂暴的巨龙，肆虐于山谷之间，村庄与农田危在旦夕。百姓们忧心忡忡，面露绝望之色。

　　在这紧要关头，慈祥感应的吴妈再次显灵。她眼观六路，耳听八方，闻讯后毅然决然地踏上了治水之路。吴妈身着素衣，手持一柄古朴长鞭，那鞭非同凡响，乃是上古神器，蕴含无尽神力。她立于庄边萍湖之畔，面对滔滔洪水，闭目凝神，感应天地之灵气。随后猛然睁开眼，长鞭一挥，只见天地间风云变幻，雷声隆隆中，一块块巨石仿佛被赋予了生命般腾空而起，精准无误地降落在河流的关键位置，层层堆叠成一道巍峨壮观的堤岸——水坝。

　　为了缓解下游的洪水压力，吴妈在此一筑就是三个水坝，至今成为当地一处重要的旅游资源。这种重力石坝，不仅坚不可摧，更深深蕴含着吴妈对这片土地的深情厚谊与卓越智慧。它不仅成功抵御了肆虐的洪水，还巧妙地引导水流方向，有效减轻了上游迅猛下泄水流对下游的冲击，化水患为水利，灌溉了下游广袤的农田，使得万物重获生机，五谷丰登。百姓们欢呼雀跃，感激之情溢于言表，纷纷将吴妈视为救星，她的故事在兴化县的山山水水间广为传唱，成为了一则激励人心的神话故事，代代相传。

完成治水大业后，吴妈并未离去，而是继续在人间播撒智慧与慈爱的种子。她教导百姓如何科学合理地利用水资源，如何有效预防水灾，以及如何和谐共处，共同守护这片珍贵的土地。在她的悉心指导下，村民们学会了修建水渠以灌溉农田，种植耐旱作物以应对干旱，更重要的是，他们学会了团结互助，共同面对自然的挑战。吴妈的教诲如同绵绵春雨，悄无声息地滋润着每个人的心田，使得这片土地上的人们变得更加坚韧不拔，更加珍惜彼此之间的情谊。

至今，吴妈的事迹仍然被人们铭记于心，通过各种方式纪念她、感激她、传承她的精神。在莆田南北洋与仙游东西乡一带的田野间、河流旁、村庄里，到处都可以感受到吴妈留下的深远影响。她用自己的实际行动诠释了慈悲与智慧的真正含义，也让人们深刻认识到人与自然和谐共处的重要性。吴妈的故事如同一盏明灯，照亮了人们前行的道路，激励着后人不断追求更加美好的未来。

第五节　草木皆兵

在明朝嘉靖年间，倭寇频繁侵扰中国东南沿海地区，给当地人民带来了深重的灾难。莆田作为其中的一个重要城市，也未能幸免。嘉靖八年（1529年，注意年份应为1529而非1530），有一支倭寇队伍乘船从木兰溪溯水而上，进犯至三紫山下的文赋里、华亭一带，给宁静的田园生活笼罩上了一层突如其来的阴云，带来了无尽的恐惧与灾难。倭寇的烧杀抢掠，让昔日炊烟袅袅、鸡犬相闻的村落瞬间变成了人间地狱。绝望之中，村民们将最后的希望寄托在了这方土地上的守护神——吴妈身上。

倭寇的铁蹄践踏了这片富饶的土地，村民们跪倒在村口的吴妈宫前，泪流满面，齐声高呼："吴妈显灵，救我华亭！"那一刻，天空似乎感受到了人间的悲鸣，乌云密布之中，一道金光穿云裂石，直落村头。金光消散后，只见一位身着红衣红裤，面容慈祥而威严的女子立于众人之前，正是村民们日夜祈盼的女神吴妈。

吴妈目光如炬，望向远方那片被硝烟染黑的天空，手中一柄长剑闪烁着寒光，那是她守护这片土地、斩妖除魔的利器。

倭寇从莆田城关一路烧杀抢掠至赖溪时，天已近黄昏。吴妈腾云驾雾至三紫山上往下望，待倭寇逼近村口，只见她深吸一口气，剑尖轻触地面，口中念念有词，顿时，四周风起云涌，天地为之色变。只见吴妈身形一展，剑尖所指，竟有奇异的光芒自剑身溢出，所过之处，三紫山下草木皆动，仿佛被赋予了生命，化作千军万马，向着倭寇的阵地汹涌而去。这便是传说中的吴妈"举剑指山，点木成兵"。

一时间，山林间响起了阵阵低沉而坚定的脚步声，那是自然之力与吴妈施法的共鸣，好像千军万马以排山倒海之势，向山下的倭寇逼去……

倭寇见状，大惊失色，他们从未见过如此诡异而强大的对手。那些由树木幻化的"士兵"，虽然无血肉之躯，却力大无穷，不畏刀枪，前赴后继地冲向敌人。倭寇的防线瞬间崩溃，他们惊慌失措，四处逃窜，却发现自己已被这无尽的"木兵"团团围住，无处可逃。

然而，吴妈并未就此罢休。她深知，唯有彻底击溃这股邪恶势力，才能还民众以安宁。于是，她再次举剑，仰天长啸，声音中带着不容抗拒的威严："风神助我！"

话音刚落，天际忽现狂风，风起云涌，狂风之中夹杂着雷鸣电闪，仿佛是天神震怒，要荡涤世间一切污秽。

风，越来越大，吹得倭寇们东倒西歪，站立不稳。他们手中的兵器被狂风卷走，身上的盔甲也被吹得七零八落。在这股不可抗拒的自然之力面前，倭寇们终于意识到，自己面对的是何等的存在。他们恐惧地跪倒在地，双手合十，不住地求饶："请女神慈悲，饶我等一命，我等即刻退出华亭、回到海上，永不再犯文赋里、新兴里！"

吴妈见状，微微点头，手中长剑缓缓垂下，狂风也随之减弱，最终归于平静。她以悲天悯人的目光扫视着这些曾经无恶不作的倭寇，轻声说道："念尔等亦是受命于人，非本意作恶，今日便饶你们一命。但记住，若再犯我疆土，必不轻饶！"

倭寇们如蒙大赦，连滚带爬地逃回战船，扬帆顺溪远去，再也不敢进犯华亭这片土地。村民们欢呼雀跃，感激涕零，纷纷跪拜在吴妈面前，感谢她的救命之恩。

从此，吴妈的事迹在华亭乃至周边地区广为流传，成为万民钦敬的健康平安女神。村民们自发修建庙宇，供奉吴妈神像，每年举行盛大的祭祀活动，以表达对她的敬仰与感激。而吴妈，也继续以她的慈悲与智慧，守护着这片土地，让和平与安宁得以延续。

第六节　托梦拾银

　　在兴泰里那片被岁月温柔抚摸的古老土地上，流传着一则关于善行与福报的温馨传说。故事的主角，是位名叫林建造的吴妈虔诚信徒，他的名字至今仍镌刻在多次修缮后的吴妈祖宫大殿之中，流芳百世。

　　林建造的故事，宛若兴角山下美林溪畔的清泉，潺潺流淌，滋养着吴妈信仰区人们的心田。他出身于美林古村落的一个书香门第，家族中不乏秀才之才，以诗礼传家，知书达理，且世代对健康女神吴妈怀有无比的敬畏与虔诚。每月初一、十五，当晨曦初破，他总手持香火，步入吴妈祖宫，默默祈愿风调雨顺、家人安康。

　　这份纯粹的信仰，成为他生命中不可或缺的精神支柱。而吴妈，亦似有意回馈他的虔诚，赠予他一段不凡的人生旅程。

　　时值兴角祖宫大规模修缮之际，虽已募捐得大量资金，但仍存部分缺口。为择一可靠之人管理资金，祖宫董事会面临难题。最终决定，七境各推举经济条件优越之人选，于吴妈金身前占卜以定。

　　美林境的林建造，虽非巨富，却因其秀才身份与高尚品德而备受推崇，被推举为候选人之一。然他初时并不愿参与占卜，以去省城会试在即为由婉拒。董事们深知其德，坚持等他归来再议。林建造心中思量，祖宫七境，候选众多，未必会选中自己，便应允日后再议。

一天夜里，林建造梦遇吴妈，女神面容慈祥，赐予"延寿丹"一枚，并言善行必有善报，能福泽子孙。醒来后，床头果真有闪光药丸一枚，他毫不犹豫服下，心怀感激踏上归途。

省试如期举行，山里有句俗话"吃人一个蛋，人情念不断"。林建造心中念念不忘吴妈在梦境赐丹药之事，也惦记着祖宫修缮未尽之宜，便草草应试后，就往家里赶。

途中，林建造上了旗头岭在"孔店"客栈偶遇一位归国华侨，对方不慎遗落装有财物与证件的小麻袋。林建造坚守诚信，放弃归家，于客栈门前静候失主。烈日炎炎下，他终得与焦急返回的失主重逢，物归原主，尽显高风亮节。失主感激涕零，欲以银元酬谢，而林建造的善行，早已超越了金钱的衡量。

此事传为佳话，林建造以他的善行铺就了一条通往人心深处的道路，证明了"善有善报"的古老真理。当对方要拿出两个银元作为酬谢时，林建造轻轻摆手，笑容温暖而坚定："出门在外，谁都会遇到困难。况且，我们都是吴妈的信徒，能伸出援手是缘分。这钱，我不能收。"他的话语虽质朴，却如春风化雨，温暖了惠洋人的心房。两人在夜色中相视一笑，仿佛瞬间拉近了千山万水的距离，建立了深厚的情谊。最终，惠洋人带着失而复得的财物，怀揣着林建造"吴妈保佑你平安"的诚挚祝福，踏上了出国的旅程。而林建造，则继续着他平凡而又不凡的生活轨迹。

送走惠洋人后，正午的阳光暖洋洋地洒在山谷中，林建造匆匆踏上归家之路。不料，行至兴龙宫田垄间，突遭大雨倾盆，小路泥泞不堪。他急寻避雨之处，最终发现了肇建于宋代的"宣和桥"。在雨声潺潺中，他坐于桥下一块石头，再次进入梦乡。

梦中，吴妈现身，对林建造说："你面对银元不为所动，毅然归还，足见你品行之高。祖宫修缮资金之责，你当仁不让。回去后，勇敢参与占卜吧。"

林建造略显忧虑："管理资金我责无旁贷，定不贪墨分毫，但资金缺口甚大，恐难以为继。"

吴妈慈祥地回应："修缮之事，还需你多多费心。至于资金，我自有安排。"

"好！一切听从吴妈安排。"林建造连连点头，不料后脑撞上了桥墩石壁，方知又是一场梦境。醒来之际，惊扰了一只洁白如雪的老鼠，它眼珠灵动，随即钻入桥下洞穴。

出于好奇，林建造用木棍轻轻撬开洞口，意外发现一古朴瓮器，内藏满满白银！面对这笔横财，他心中无丝毫贪念，只想起梦中吴妈之语，深知这些银子非己所有。于是，他小心将瓮器盖好，待雨停后带回祖宫，向董事们讲述了吴妈托梦送财之事。

董事们闻之惊奇不已，决定次日于祖宫吴妈金身前举行仪式，通过"三圣杯"占卜选定资金管理人。经过一番占卜，最终林建造三掷三圣，被众人视为吴妈特选之人。

资金到位后，吴妈祖宫得以全面修缮，焕然一新，成为村里的标志性建筑。修缮之余，尚有结余。董事们商议后认为，这瓮白银既为林建造所发现，应由其自行处置。但林建造非但没有独占，反而慷慨解囊，多出"份子钱"，并出资随喜缘金题写正副脊梁。董事们纷纷赞叹："林建造虽非村中最富，却是对吴妈虔诚事贡献最大人。"因此，他被尊为功德主而载入宫史。

此外，林建造还将剩余资金用于改善美林村中基础设施，首当其冲的是铺设了自内井起屹的东西走向宽敞平坦的石板路，沿途遇水架桥，面坡彻石，牢固异常，至今还为村民的出行提供方便。对于村民们的赞誉，他总是淡然处之，言称："此乃吴妈之恩赐，教我行善积德，必有善报。"

岁月悠悠，林建造故事在乡间传为佳话，成为一盏不灭的灯塔，照亮了后人前行的道路。他不仅自己行善不辍，更以身作则教育子女心怀慈恩、乐善好施。他的善行如同春种秋收，在村中生根发芽、开花结果。

儿孙们个个出类拔萃，有的成为学者、有的成为官员，更有继承他遗志者，继续为吴妈文化的传承与发展贡献力量。

附录：

鸣　谢

　　盛世修书，以留芳于千古。今兹集之成，实乃群贤鼎力相助之功，惠及良多，报德之念，恒萦于心。应古人云："滴水之恩，当以涌泉报之。"至于彰名致谢，诚乃吾辈应尽之责。故特将诸君高义，附书以胜金石，列名于后录，以志不忘，并颂千秋功德云尔：

刘奇成　黄清泉　方阿田
朱海霞　林淑英　陈伟盛
陈金水（新加坡）　李玉珍（新加坡）
郑国南（台湾）　吴宝明（汕头）
吴　飞（建瓯）　吴海英（台湾）

《吴妈奇缘》编委会 谨识

甲辰仲秋 于鼎元居

·跋·

　　童年记忆里，莆仙大地上总萦绕着"姑妈挂脰"的红线轻响。乡邻们提起吴圣天妃时，那声饱含亲昵的"吴妈"，让这位千年女神褪去神光，化作人间烟火里的慈祥长者。这位自东瓯跋涉至庐山修业后入闽行善的平凡女子，以悬壶济世之德、鞭地涌泉之能，在兴角山上书写传奇。她不曾立言传世，却让莆仙平原化作鱼米之乡；未建宗教体系，却在两岸信众心中与妈祖、陈靖姑鼎足而立。这般反差，恰是吴妈文化最动人的注脚——大音希声，大德无形。

　　涵江哆头昭惠庙的袅袅香烟，曾是一方信众最早的信仰启蒙。每逢祭祀，信众"挑鼎出门"的铿锵步履，总让人想起神话中逐日的夸父；"白花洗路"的素洁花瓣，又似女娲补天的五色石屑。这些流淌在生活褶皱里的仪式，将神性编织进凡尘，让吴妈的慈悲化作春霖，浸润着代代民众的心田。

　　年岁渐长，疑问愈深。长辈口中"江浙名医世家"的吴妈，为何正史记载语焉不详？宋《莆阳比事》载

286

其五代显圣，《福建兴化县志》却言唐代得道，两百年时光鸿沟横亘眼前。更令人困惑的是，这位早于妈祖数百年的女神，竟在民间传说中与后世神祇交相辉映。于是，二十载寻访路就此启程。

古籍堆中，南宋文献里的"水上布席禹步"，使人窥见其巫医风采；明代方志中的"驱山魈"传说，则勾勒出拓荒者的勇毅。在仙游西乡古碑上的水利图印证着"鞭地成渠"的神迹；赖店井亭宫的题诗，将"白花洗路"升华为精神净化的隐喻。最难忘武夷山涧，与台中乌日圣母宫信众溯溪寻访"东瓯女神"的神迹，水雾氤氲间，仿佛看见吴妈布衣芒鞋涉水而过的身影。

2010年兴角山天妃殿（昭惠祖庙）重建，犹如天启。当《吴圣天妃》专刊飞渡海峡，台胞郑吴锦莲女士捧着还带着油墨香的报纸潸然泪下；新加坡分灵宫寄来的百年签诗，竟与祖庙古签不谋而合。开光大典当日，海内外三百余座分灵宫代表齐聚，不同方言吟诵的祝文在殿前交融——这一刻，使人顿悟文化传承的真谛：不在庙堂之高，而在民心之诚。

壬寅之岁，鼎元居之茶叙，实乃吴妈文化史上之盛事也。海外游子偶发奇想，曰："何不缀章以成书乎?"言罢，"三圣杯"应声而鸣，铿锵有力。又叙宁夏奇遇，初欲访吴市长而未得，不料于贺兰山麓巧遇其侄吴国晖先生。及老市长之序言，乘塞北长风，翩然而至，吾始悟"精诚所至，金石为开"之理矣。是书同时作序者，尚有原福建省常务副省长张家坤公、省文旅厅长陈修平公，更兼中国文联副主席、艺术大家姜昆先生，亲为题写书名，增色良多。

仙游县委县府，笃重吴妈文化之兴。自兴角山"昭惠祖庙"重建伊始，游洋镇党委政府历届相援，未曾中辍。已办三届"吴圣天妃文化旅游节"，作赞歌、摄映像、立铜像，诸般举措，促吴妈文化弘扬愈速。兴山村两委，近年宣介不遗余力。仙游县吴妈文化促进会、兴角祖宫董事会诸同仁，暨各分灵宫弟子，皆如园丁之勤，致吴妈文化于兴化大地，日益茁壮。诸君坚守奉献，恰似璀璨星辰，照亮吴妈文化传承之路。

此书之付梓，实为万千赤子心血之所凝萃也。更有一批吴妈文化之有识雅士，悉心统筹，精心擘画，虽居首功而谦逊弗宣，众人皆蒙其益而获益匪浅焉。乡贤官金忠先生统筹策划并关注该书出版费用，始终在省上省下奔波，推动和扩延周边文化研究机构启动"吴妈文化研究院"项目，为日后之研究深植善因。仙游县吴妈文化促进会名誉会长曾文山先生，为促此书顺遂问世，奔波于省郡县乡之间，不辞辛劳。祖庙诸董事，欲集潮汕"乾坤圣母"之传说，炎日之下，于潮汕实地探赜索隐，历两昼夜而不倦。澳门郑福美先生所供图案，令书之内页古韵盎然；陈新君为考"渔沧桥"典故，三往洞湖村，又制"健康女神"视频，以于世界吴氏大会播映展示，使健康女神令人人钟爱。

至若诸多无名之贤达，亦令人难以忘怀。石里村陈伟盛，披荆斩棘，寻访"夫人潭"；赖店井亭宫陈宗华，刻碑记于窗台，使后人铭记仙妃即吴妈。龙溪顶张隆兴灵宫，虽宫貌更新，然对联依旧，历史之脉络彰显其中。凡此众人，皆倾尽全力，为吴妈文化传承，或劳心，或劳力，其功甚伟，实乃此书得以成书之关键，亦为文化传承之脊梁。

掩卷之际，忽忆起少年时在祖宫所见：信众将治病药方系于吴妈裙裾，待香火熏陶后取回。这朴素的仪式，恰是吴妈文化最生动的诠释——信仰不是缥缈的香火，而是将神性转化为济世力量。书中五十个故事或许未尽全貌，但若能让后人知晓：在妈祖羽衣铺展的东海之滨，在陈靖姑斩妖的闽江之畔，还有位布衣女神用草药与锄头守护人间，便不负这廿载春秋。

吴妈文化，渊深广博，其故事繁若星汉。今付梓之书，虽竭尽心力，然遗珠之憾、舛误之处或未能免，诚为可惜。然此亦为吾辈日后奋进之向、动力之源。冀望诸有志之士，踊跃襄助，续写吴妈文化新篇，增其辉光，耀此传承之路。

今将书稿托付梨枣，恰似投漂流瓶于文化长河。祈愿书中故事，化而为舟，渡越海峡，使两岸儿女同沾吴妈慈晖；更盼后来俊彦，奋笔新章，令此历经千载之慈悲，恒暖人间烟火，绵延不绝，愈焕华彩。

2025年3月13日 于鼎元居